M. T. Rauser
Die Quadratur des Circles

Über das Buch

Joshua, ein begabter Softwareentwickler, erhält überraschend einen Job beim Circle, dem angesagtesten IT-Unternehmen der Welt. Seine anfängliche Skepsis schlägt schnell in Begeisterung um. Immer mehr verinnerlicht er die Philosophie des Circles: Man will dem Menschen das Leben in dieser so komplexen Welt leichter machen – indem man einfache Antworten auf schwierige Fragen berechnet, praktische Lösungen zu komplizierten Problemen bereitstellt und unter mehreren Handlungsoptionen stets die beste vorschlägt. Das Ziel sind die »hundert Prozent«: Dass die Menschen bedingungslos alles machen, was der Circle »empfiehlt«.

Am Schicksal seiner früheren Freundin Abra erfährt er, wie unerbittlich der Circle die Menschen manipuliert, um dieses Ziel zu erreichen. Er beschließt, gegen den Circle zu kämpfen – mit dessen eigenen Mitteln.

Über den Autor

M. T. Rauser (geb. 1967) studierte Literaturwissenschaft und Philosophie. Nach Tätigkeiten als Werbetexter, Theaterrezensent, Autor von CD-ROMs über Kunst und Literatur und Redakteur für einen Schulbuchverlag gründete er ein Start-up-Unternehmen für digitale Lernmedien. Nach über zehn Jahren in der Leitung des Unternehmens beschloss er den beruflichen Ausstieg, um sich ganz dem literarischen Schreiben zu widmen. Mit DIE QUADRATUR DES CIRCLES erschien 2016 sein Debütroman. M. T. Rauser lebt in Hamburg.

M. T. RAUSER

DIE QUADRATUR DES CIRCLES

ROMAN

Lektorat: O. Voß
Umschlaggestaltung: A. Lindloh
Umschlagfoto: Henryk Sadura © 123rf.com
Font: Adobe® Garamond® Pro
Font (Umschlag): Sofia Pro
Herstellung und Verlag: BoD – Books on Demand, Norderstedt
ISBN 978-3-7392-1923-3
Printed in Germany.
Originalausgabe. Erste Auflage 2016.

Erhältlich auch mit festem Einband und als E-Book.

Bibliografische Information der Deutschen Nationalbibliothek:
Die Deutsche Nationalbibliothek verzeichnet diese Publikation in der
Deutschen Nationalbibliografie; detaillierte bibliografische Daten sind im
Internet über http://dnb.dnb.de abrufbar.

Für Bill, Jeff, Jerry, Larry, Mark, Sergey und Steve

»Ist er das?«, fragte Ian und tippte auf dem Monitor auf eine Gestalt, die gerade den Vorplatz betrat.

»Ja, das ist Joshua«, sagte Sara.

»Warum er?«

»Das System hat ihn ausgewählt.«

»Warum?«

»Er ist es. Er wird das vollenden, was du begonnen hast.«

»Sagst du?«

»Sage ich und sagt das System.«

»Natürlich.« Ian zögerte kurz. »Wird er die Menschheit erlösen?«

»Er wird die Menschheit erlösen«, sagte Sara bestimmt, »und sie führen zum vollkommenen Glück. Zu einem Leben ganz ohne Reue.«

1

»Das also ist angeblich der Himmel!«

Blinzelnd, geblendet von der kalifornischen Sonne, stand Joshua auf dem Vorplatz des Circles. Des Circles! Des Unternehmens, das die Welt veränderte, jeden Tag neu! Und für das alle arbeiten wollten, glaubt man den Rankings. Cool, mächtig, innovativ. Nur die Besten der Besten wurden genommen, die Auswahl war hart.

Und er hat es geschafft!

Hinter ihm lag der dunkle, rötliche Tunnel unter dem Highway 101 zwischen dem Bahnhof des Caltrains und dem Gelände des Circles, und vor ihm ein riesiger Park: mit sattgrünem Rasen, bunten Rabatten, breiten, geschwungenen Wegen und jungen, noch niedrigen Bäumen. Und mit, natürlich, den Glasdomes! Dutzenden halbkugelförmiger geodätischer Kuppeln, die kleinsten mindestens hundert Fuß in der Höhe, die größten mehr als doppelt so viel. Scheinbar wahllos auf den Wiesen verteilt lagen sie da, gigantischen Treibhäusern gleich. Ihm gefiel die Metapher. Nur, was zog man dort auf? Inspirationen, Ideen, Innovationen? Die Zukunft der Welt? Oder den Reichtum? Den Shareholder Value des Circles?

Er stand da und atmete durch.

Ein Paukenschlag war das damals gewesen, als die »Big Five« (und die Reste von Apple) sich zum Circle vereinten. Niemand wusste von diesem Plan, die Verhandlungen waren geheim, nur die obersten Chefs waren beteiligt, die Hauptinvestoren, die besten Kanzleien. Und das Kartellamt natürlich, das die Fusion genehmigen sollte und es auch tat. Schließlich konkurrierte man nicht, oder nur wenig, seit man die Branchen unter sich aufgeteilt hatte, und getrennt hätte man nicht mehr lange bestehen können vor den Kopien aus Fernost. Fünf Jahre war das erst her, und doch fiel es schwer, sich zu erinnern an die Zeit »vor dem Circle«. Denn schon bald nach der Gründung prägte das Unternehmen die Welt: die reale mit seinen Geräten, die virtuelle mit seinen Diensten. Was auch immer man tat, am Circle kam man fast nicht vorbei.

Auch Joshua nutzte natürlich die Dienste des Circles: beim Suchen nach Informationen, beim Kommunizieren. Beim Planen, beim Organisieren. Beim Hören von Musik, beim Sehen von Filmen, beim Lesen von E-Books. Beim Verwalten der eigenen Daten, des eigenen Lebens. Schließlich war das bequem. Aber er war ganz sicher kein »Jünger« des Circles, besaß keines von dessen Geräten. Er benutzte noch immer sein altes Handy, eines einer anderen Marke. Das war ihm irgendwie wichtig, Symbol eines eigenen Willens, ein Zeichen von Rebellion. Manchmal war er zwar durchaus verlockt, sich ein Smartphone des Circles zu kaufen, fast jeder besaß schließlich eines. Eine gewisse Neugier war da, als Softwareentwickler war er durchaus an Technik interessiert. Aber sich so ganz dem Universum des Circles ergeben? Er hielt Distanz und war stolz drauf.

Jetzt, das erste Mal auf dem Vorplatz, wurde er wieder nervös, wie so oft in den Wochen zuvor. Bleib ruhig, sagte er sich, auch der Circle ist nur eine Firma! Nein, der Circle ist mehr: Er ist ein Mythos! Von den einen vergöttert, von den anderen gehasst. Neutral zu bleiben fiel schwer. Ihm selbst war der Hype um den Circle immer suspekt. Doch bald, hoffte er, würde er wissen, was sich hinter dem Schein des Perfekten verbarg, hinter den bunten Online-Produkten, in deren Vergleich die »alte«, die analoge Welt klein und blass wirken musste. Was war wahr an den Erzählungen der begeisterten Jünger und was übertrieben? Was stimmte von dem, was die Kritiker sagten, die Neider, die ewigen Nörgler, die Verlierer am Markt? Strebte der Circle wirklich die »Weltherrschaft« an, wie manche warnten? Oder wollte der Circle einfach nur »gut« sein? Helfen, die Welt zu verbessern?

Im Zentrum des Platzes, direkt vor dem Eingang zum Park, stand ein großer Balloon Dog. Er kannte diese Skulpturen von Fotos, aber noch nie hatte er eine in echt gesehen. Ein riesiger, länglicher Dackel, groß wie ein Bus, federleicht wirkend, wie mit geschickten Händen gedreht und geknotet aus einem gigantischen rosa Ballonschlauch – ein Spielzeug, maßlos vergrößert. Ein kräftiger Schubs schien zu genügen, und das Tier würde langsam entschweben, ein Piks, und der Ballon müsste platzen. Er trat näher heran, berührte die Skulptur mit der Hand, drückte sie, presste sie, stieß mit dem Finger dagegen. Doch die glänzende Hülle, angenehm warm, gab nicht im Mindesten nach. Er wusste, das Ding bestand nicht aus hauchdünnem Gummi, sondern aus festem, verspiegeltem Stahl, und war damit alles andere als leicht und verletzlich. Perfekt verarbeitet bis ins Detail: täuschend die Falten, wo sich das »Gummi« verjüngte. Die gedrehten, verkanteten »Knoten«. Das große, wulstige »Mundstück«. Die Oberfläche vollkommen rein, ohne Makel, auf Hochglanz poliert. Ein großer, konvexer, farbiger Spiegel, der die Welt – den Platz, den Park, die Menschen, den hellblauen Himmel – verwandelte zum winzigen, blassrosa Traum.

Er betrachtete sich eine Weile darin: Er sah einen eher unauffälligen Typ, Anfang dreißig, mittelgroß, ohne Bart, mit einer riesigen Nase, zumindest wirkte sie so, durch das Fisheye des Stahls ins Groteske verzerrt. Dunkle, kurze, verwuschelte Haare. Gekleidet wie die meisten hier auf dem Vorplatz: Kapuzenpulli und Jeans. Den Dresscode hatte er schon mal getroffen! Er grinste erleichtert. Und dann sah er erstmals: sich selbst als Teil dieses Circles.

Er war ziemlich früh dran. Niemand empfing ihn hier am vereinbarten Treffpunkt. Oder wurde er etwa gar nicht erwartet? War es ein Irrtum, zu glauben, dass man ihn angestellt hatte? Ein Scherz? Nein, zerstreute er seine Bedenken, die Anstellung war offensichtlich real: Der Vertrag sah absolut echt aus, und ganz sicher existierte das Geld auf seinem Konto, ein Zuschlag für den Umzug ins Silicon Valley, und auch das erste Monatsgehalt war schon da.

Viel Geld. Wirklich viel Geld.

Wesentlich mehr, als er bisher so verdient hatte, zu Hause, in Pittsburgh, bei seinen meist kleineren Jobs, die er da hatte: kleine Softwareprojekte für Einzelhandelsgeschäfte, lokale Firmen, vier, fünf unbekanntere Künstler und, für das Gewissen, ein paar Non-Profit-Initiativen. Alles nicht weiter schwierig: Internetseiten erstellen, Datenbanken einrichten, User-Interfaces und Newsletter-Funktionen programmieren und was sonst noch seinen Auftraggebern half, Kunden zu binden. Ein paar Auswertungstools für die Daten. Nichts, was ihn herausfordern konnte. Langweiliger Kram, wie seine Freunde ihm sagten, wo bleibe sein Ehrgeiz? Er könne doch mehr, er, einer der Besten des Jahrgangs der CMU, der Carnegie Mellon University! Welch eine Verschwendung seines Talents!

Vielleicht hatten sie recht. Vielleicht fehlte ihm wirklich der Ehrgeiz. Ihm reichte es, im Stillen zu zaubern: nette, kleine Funktionen zu coden, deren Komplexität den Auftraggebern gar nicht bewusst war. Die Programme so zu entwerfen, dass sie auch für viel größere Anwendungen geeignet sein könnten.

Oder geschickt möglichst viele Daten der User zu sammeln, um sie seinen Kunden bestmöglich nutzbar zu machen. Mehr wollte er nicht. Ihm genügte das Wissen, *dass* er etwas konnte, ohne dies beweisen zu müssen. Er genoss die meist netten Kontakte, die Dankbarkeit seiner Kunden, denen er für kleines Budget Programme erstellte, die sie sich sonst sicher nicht hätten leisten können. Manche hielten ihn daher für einen Idealisten, und richtig, früher war er hin und wieder mal politisch aktiv gewesen. Wie damals am Institut, als er, gerade Tutor geworden, eine Blockade gegen die Projekte der Army organisierte – vergeblich, denn die Army finanzierte das Institut fast komplett, und die Projekte waren für alle sehr spannend. (Noch heute war es ihm peinlich, wenn jemand erzählte, wie Joshua einmal im Gewühl einen Tisch mit Flyern der Army umgekippt hatte – ohne Absicht natürlich, wie er dann immer betonte.) Machte ihn das zu einem Idealisten? In Wahrheit war er nur zu bequem, sich etwas Neues zu suchen. Die kleinen Aufträge versorgten ihn gut. Sicher, manchmal war er gelangweilt. Aber nie war sein Leiden so groß, dass er aktiv werden musste.

Doch der Druck wuchs. In letzter Zeit gingen die Aufträge deutlich zurück. Immer öfter griffen seine Kunden auf fertige Lösungen zurück, die ihnen, ausgerechnet, der Circle kostenlos anbot. Vielleicht nicht ganz so raffiniert, wie das, was Joshua machte. Dafür sofort einsatzbereit, ständig verfügbar, sicher auf den Servern des Circles gehostet, automatisch integriert in die Tools des Konzerns (die er bis dahin nie richtig ernst nehmen wollte). Und cool, weil vom Circle, dem coolsten Unternehmen der Welt.

Ironie der Geschichte: Ausgerechnet bei diesem Unternehmen, das ihm seine Kunden und seine Jobs nahm, ausgerechnet hier sollte er heute die Arbeit beginnen.

Im Spiegel des Balloon Dogs sah Joshua, wie jemand von hinten schnell auf ihn zukam. Er drehte sich um. Die Frau war ziemlich groß (viel größer, als es die konvexe Oberfläche des Spiegels annehmen ließ), Ende zwanzig vielleicht und auffallend elegant gekleidet im Vergleich zu all den anderen hier. Ein seidenes Halstuch umwehte sie wie ein goldener Schweif.

»Joshua?«, sprach sie ihn an, doch es war klar, dass sie genau wusste, wen sie begrüßte. »Wie geht es dir? Ich bin Stella von den Human Resources und soll dich empfangen. Willkommen beim Circle!«

»Freut mich«, gab er zurück.

Ein Händedruck, ziemlich weich.

»Hast du gut hergefunden?« Der übliche Small Talk.

»Alles prima, war nicht so schwierig.«

»Ja, hier ist alles ganz einfach!«, rief sie begeistert. »Es wird dir gefallen!«

»Bestimmt!«, sagte er. »Der Koons hier ist schon mal klasse.«

»Der wer?«

Er zeigte auf die Skulptur.

»Ach, das Ding da. Wie nennst du es? ›Koons‹?«

»Koons war der Künstler. Jeff Koons.«

»Oh, natürlich!« Sie lachte verlegen.

»Er war mal ziemlich berühmt!« Verdammt, das klang jetzt bestimmt arrogant! Doch Stella schien das nicht zu stören.

»Du interessierst dich für Kunst?«, fragte sie. Auch jetzt war er sich sicher, dass sie die Antwort schon kannte.

»Hab mal für ein paar Künstler die Websites erstellt.«

»Auch für diesen Jeff Koons?«

Er lachte. »Nein, leider nicht! Der brauchte größere Teams.«

»Jetzt *bist* du im größeren Team!«, rief sie euphorisch. »Im größten und besten! Jetzt bist du beim Circle!«

»Jetzt bin ich beim Circle!«, spielte er mit. Konnte nicht verkehrt sein.

»Jetzt bist du beim Circle!«, wiederholte Stella noch einmal.

Sie verließen den Vorplatz und gingen in Richtung eines der Glasdomes.

»Josh«, sie nannte ihn sofort Josh, »willst du, dass ich dir vom Circle erzähle? Das ist hier so üblich am ersten Tag. Sicher kennst du das meiste bereits, du weißt schließlich auch, von wem dieses Ding ist.« Sie lachte. »Wenn es dich langweilt, dann unterbrich mich! Der Circle ist …«

Er hätte gerne auf den Vortrag verzichtet, aber er hielt es für besser, sie erzählen zu lassen: von der Gründung des Circles (in einer Garage natürlich, keiner gewöhnlichen, sondern im Parkhaus eines der besten Hotels im Silicon Valley, wo sich die Chefs der »Big Five« – und der Reste von Apple – zufällig trafen). Von der Entstehung des CirclePlex (so hieß das Gelände des Circles). Von der Entwicklung der Mitarbeiterzahl (rasant! Allein im CirclePlex schon zigtausend!). Von der Anzahl der Nutzer (weltweit vier Milliarden inzwischen!). Und so weiter und so weiter. Er hörte ihr bald nicht mehr zu.

Seine Aufmerksamkeit galt den Glasdomes. Sie waren fantastisch! In der Realität sahen sie noch beeindruckender aus als auf den Fotos, die jeder kannte. Je näher sie kamen, desto mehr Details wurden sichtbar. Er erkannte, dass ihre Hüllen zusammengesetzt waren aus Tausenden großer, gläserner Scheiben, geordnet im strengen Muster eines Skeletts aus Stahl, dreieckig jede und ganz leicht grünlich getönt. Durch das Glas schimmerten helle, horizontal verlaufende Bänder, die die Kuppeln in gleich hohe Schichten zerschnitten: die Ebenen der Glasdomes, von der Seite gesehen. Ohne Kontakt zur Hülle zu haben, schienen sie gleichsam übereinander zu schweben. Auf diesen

Ebenen – zumindest außen, mehr war von seinem Standpunkt aus nicht zu erkennen – standen, saßen, gingen überall Menschen. Hunderte, Tausende Menschen, winzig wirkend aus der Entfernung, gleich und uniform und alle geschäftig, wie in einem gigantischen, transparenten Ameisenhaufen. Alles war offen, nichts begrenzte den Blick.

Sie betraten den Glasdome. Die unterste Ebene sah aus wie eine Mall: Ein großer Platz in der Mitte, davon abgehend breite Gänge mit zahlreichen Geschäften verschiedener Ketten und ein paar Restaurants und Cafés, mit Plätzen für Tische und Stühle. Überall Pflanzen, alles war angenehm grün. Also doch wie ein Treibhaus? Nein, die Luft war frisch, gut klimatisiert, gut belüftet. Die Ebenen über der Mall waren, wie er nun sah, offen im Zentrum, wie Ringe, und ließen ein Atrium frei über die gesamte Höhe des Glasdomes. Natürliches Licht erhellte die innen liegenden Zonen und die Gänge und Läden der Mall. Überall standen große Schirme, blaue, gelbe und rote, zur Dekoration. Alles wirkte organisch und zugleich streng mathematisch geordnet, weich und geschwungen und klar in der Form.

Jetzt, aus der Nähe, konnte Joshua sehen, dass die Menschen keineswegs alle gleich waren. Im Gegenteil! Er hatte schon viel gehört über »diese Verrückten vom Circle« und das immer für eine Legende gehalten. Jetzt sah er sie wirklich: die vielen in Uniformen aus Star Treck. Die Spider-Mans und die anderen in Superheldenkostümen. Die Gruppe in bunten, hautengen Ganzkörperanzügen aus Spandex. Die Aliens. Den Clown auf dem Einrad. Den Astronauten im dicken Anzug und mit dem Helm. Und viele andere mehr. Einer im Kostüm eines Hasen (mit Hut!) hoppelte an ihnen vorbei – keinen schien das zu wundern. Diese »Verrückten« gingen in der Menge aber auch unter. Die meisten nämlich waren normal gekleidet (Kapuzenshirt!) bis bestenfalls extravagant (Hippies, Dandys, Punks, ein paar Rocker). Alle waren höchstens in Joshuas Alter, wie er schätzte, fast alles Weiße, fast alle männlich.

»… und alles völlig umsonst für die Mitarbeiter des Circles.«

Stella machte eine kurze Pause.

»Josh?«, rief sie, als er nicht reagierte.

»Und alles umsonst für die Mitarbeiter des Circles«, wiederholte er mechanisch.

»Normalerweise ist das die Stelle, wo alle in Jubel ausbrechen.«

»Entschuldige bitte. Ich bin so überwältigt von allem. Was ist umsonst?«

»Du hast mir gar nicht zugehört, Josh!«

Sie tat etwas gekränkt, lachte aber gleich wieder.

»Alles ist umsonst!«, rief sie euphorisch. »Alles im Circle-Plex. Alles in diesen Geschäften, den Restaurants, den Cafés. Alle Dienstleistungen sind umsonst, die Ärzte, das Kino, das Fitnessstudio, die Sauna. Einfach alles!«

Konzentriere dich, ermahnte er sich.

Er zeigte auf die Filiale einer großen Bank: »Das Geld auch?«

Beide lachten.

»Ok, vielleicht nicht alles. Aber das meiste!«

»Heißt das, ich gehe einfach in eines dieser Geschäfte und kann mir nehmen, was immer ich will? Ohne bezahlen zu müssen?«

»Genauso ist es! Ist das nicht toll?«, rief sie. »Alles, was du machen musst, ist, deinen ›Kauf‹ registrieren zu lassen. Das System des Circles kann daraus lernen, was du gut findest und was nicht, um seine Angebote für dich immer weiter zu verbessern.«

»Damit ich bessere Werbung bekomme?«

»Wir nennen es nicht Werbung. Wir nennen es Empfehlungen.«

»Was ist der Unterschied?«

»Werbung ist grob, unspezifisch und aufdringlich. Empfehlungen sind personalisiert und erwünscht. Du bekommst genau die Produkte und Dienstleistungen empfohlen, die du wirklich brauchst. Sonst nichts.«

»Das funktioniert?«

»Noch nicht immer. Aber der Circle arbeitet ständig daran, sich zu optimieren. Du ja jetzt auch. Je genauer der Circle die Menschen und ihre Wünsche und Sehnsüchte kennt, desto besser sind seine Empfehlungen an sie.«

Stella sah ihn an.

»Unser Ziel sind die hundert Prozent: Dass die Menschen alle Empfehlungen, die sie vom Circle bekommen, annehmen – annehmen *wollen*. Dass sie also nicht mehr überlegen, ob sie einer Empfehlung folgen oder nicht. Sie folgen ihr einfach. Davon überzeugt, dass das gut für sie ist.«

Sie führte ihn in ein Café am Anfang der Mall. Nur zwei oder drei Tische waren besetzt, es war noch früh. Am Nachbartisch besprachen drei Jungs, vielleicht Mitte zwanzig, leise und konzentriert irgendein Thema, jeder ein Laptop aufgeklappt vor sich. Einer der Männer fuchtelte pausenlos mit einem Spielzeug-Laserschwert um sich. Seine Begleiter schien das nicht weiter zu stören; Joshua dagegen machte schon das Zusehen nervös. Der Zweite trug ein schwarzes T-Shirt, bedruckt mit kryptischen Zeichen, wohl ein witziger Code in einer exotischen (Programmier-?) Sprache, die Joshua nur vage kannte. Der Dritte war unglaublich fett. Langer, zerzauster

Kinnbart (die anderen hatten gestutzte Vollbärte), blaugetönte, riesige Brille, die verfilzten Haare geflochten zum Zopf. Eine Gruppe wie aus dem Handbuch für Nerds! Dass es die heute immer noch gibt, amüsierte Joshua sich. Na ja, immer noch normal gegenüber manch anderem hier. Hin und wieder tippten die Jungs auf ihren Laptops was ein, dann diskutierten sie weiter.

Joshua und Stella saßen noch nicht, da brachte der Barmann schon die Getränke.

»Entschuldigung, das muss für einen anderen Tisch sein«, sagte Joshua verwirrt.

»Wünschen Sie keinen Latte macchiato?«, fragte der Barmann verwundert zurück.

»Doch, aber wir hatten noch gar nichts bestellt.«

»Sie brauchen nicht zu bestellen. Es gehört zu meinem Beruf, zu erkennen, was die Gäste sich wünschen.«

»Sie irren sich nie?«

Lächeln statt einer Antwort.

»Nie!«, rief Stella begeistert. »Ich bin ziemlich oft hier, ich weiß das. Und wenn er mir doch mal etwas anderes brachte, als ich eigentlich wollte, merkte ich immer sofort: Das wollte ich wirklich! Ich war es, die sich irrte, nicht er!«

»Zu Ihren Diensten.«

Der Barmann zog sich zurück.

Joshua betrachtete seinen Kaffee. In die Crema war das Firmenlogo eingerührt, ein »C« in einem Kreis. Ein geniales Logo, als Copyrightzeichen auf jedem Computer verfügbar.

Stella nippte an ihrem heißen Espresso.

»Josh, hast du Fragen an mich?«

Er blickte sie an: »Fragen?«

»Zu deinem Job?«

»Tausende! Ich weiß ja noch gar nicht, was genau mein Job eigentlich ist! Was meine Aufgaben sind.«

»Deine erste und wichtigste Aufgabe ist es, herauszufinden, was deine Aufgaben sind«, sagte sie geheimnisvoll lächelnd.

»Aber der Circle hat mich doch für etwas eingestellt, für ein bestimmtes Projekt?«

»Nein!«, sagte sie. »Der Circle stellt keine Leute ein für bestimmte Projekte. Der Circle stellt Leute ein, damit sie sich selbst ein Projekt suchen, für das sie arbeiten wollen. Oder damit sie sich eines ganz neu erfinden.«

Sie bemerkte seine Irritation.

»Sei unbesorgt, Josh! Du wirst dein Projekt schon bald finden.«

»Wie?«

»Du wirst es finden.«

»Was mache ich, bis ich es finde?«

»Latte macchiato trinken?«, schlug sie ihm vor und lachte.

»Ich verstehe noch nicht«, hakte er nach. »Soll ich herumgehen und in alle möglichen Projekte reinschnuppern?«

»Das wäre eine Möglichkeit.«

»Ich werde doch stören!«

»Keiner stört hier. Du bist bei allen willkommen!«

»Wo ist mein Arbeitsplatz?«

»Hier. Woanders. Überall im CirclePlex, wo du arbeiten möchtest. Bei deinem Team. Bei deinem Projekt. Sonst irgendwo. Es gibt keine festen Büros.«

Sie zeigte die Ebenen hoch.

»Da oben gibt es Tausende von Tischen und noch einmal so viele in jedem anderen Dome. Such dir einen aus!«

»Woher weiß ich, welche Projekte es gibt? Wo finde ich diese Projekte?«

»Hab Geduld. Die Projekte werden *dich* finden.«

»Wie sind die Arbeitszeiten?«

»Du kannst kommen und gehen, wann immer du willst. Niemand arbeitet gut, wenn er woanders sein will. Der Circle will, dass deine Arbeit gut ist. Also: kein Zwang.«

Sie blickte dermaßen offen und ehrlich – sie meinte, was sie da sagte. Seine Gedanken rasten. Was machte er hier? Wie so oft in der letzten Zeit fragte er sich, warum er diesen Job überhaupt bekommen hatte. Er hatte sich nie beworben, die Initiative war nicht von ihm ausgegangen. Nun gut, er hatte mal aus reiner Neugier im Internet die Stellenbörse des Circles besucht, und in der Tat wurden Entwickler gesucht. Er war nicht interessiert und wurde daher nicht weiter aktiv. Nach ein paar Tagen kam eine Mail: Ob er sich vorstellen könne, beim Circle zu arbeiten. Er mailte spontan zurück: »Warum nicht?« Er ging nicht davon aus, dass die Mail ernst gemeint war oder auch nur authentisch oder mehr als eine Meinungsumfrage. In der folgenden Woche kam ein Brief mit einem Vertrag, schon unterschrieben von einem Vertreter des Circles. Er zeigte den Brief seinen Freunden. Sie alle hielten das Schreiben für echt und klopften ihm auf die Schulter: »Josh, das musst du unbedingt machen, denk mal, eine Stelle beim Circle!« Er rief dort an; man bestätigte, dass das Angebot echt sei. Er hatte zu der Zeit keine Aufträge laufen, also unterschrieb er, immer noch zweifelnd, dass danach etwas folgte. Kurze Zeit später war auf seinem Konto das Geld und in seiner Mailbox eine Nachricht mit dem Anfangstermin.

»Stella«, weckte er sich aus seinen Gedanken, »warum ich?«

»Wie bitte?«

»Wie seid ihr auf mich gekommen? Warum habt ihr mich angestellt?«

»Ganz einfach: Wir sind uns sicher, dass du der Richtige bist für den Circle.«

»Aber woher wollt ihr das wissen? Ihr habt kein Bewerbungsschreiben von mir. Es gab kein Bewerbungsgespräch. Ihr kennt mich doch gar nicht!«

»Doch, wir kennen dich, schon sehr lange und sehr genau. Aus deinen Programmen, die du für deine Kunden erstellt hast. Aus den Websites, die du täglich aufrufst. Aus deinen Mails, die du über das Netzwerk des Circles verschickst. Aus den Daten der CMU, auf der du studiert hast. Wir kennen dich aus den Millionen von Daten, die du erzeugst – die jeder erzeugt, jederzeit, und die wir mit unseren Algorithmen alle analysieren. Dank Big Data wissen wir alles. Vollständiger, genauer und ehrlicher, als wir es aus einer Bewerbung oder in einem Gespräch jemals herausfinden könnten.«

Sie strahlte ihn an.

»Sei unbesorgt, Josh! Du *bist* der Richtige für den Circle! Der Circle setzt große Hoffnung in dich!«

Sie winkte dem Barmann. Der brachte Joshua einen Martini mit Eis (genau das, was er jetzt brauchte) und Stella ein Smartphone und ein winziges, drahtloses Headset.

»Das Smartphone hier ist ab jetzt dein ständiger Begleiter«, sagte sie. »Mit dem Ding bekommst du Zugang zu allen Gebäuden, und damit identifizierst du dich in den Geschäften. Wenn du es verlierst, kein Problem, dann bekommst du ein neues.«

Sie legte Smartphone und Headset vor ihm auf den Tisch.

»Wenn du etwas wissen willst oder wenn du etwas brauchst, frag einfach Sara.«

»Sara?«

»Sie wird sich bei dir melden.«

Stella stand auf.

»Ich muss weiter. War schön, dich kennengelernt zu haben. Wir sehen uns!«

Sie winkte ihm kurz zu und ging. Er sah ihr hinterher, bis sie weg war.

»Wir sehen uns«, murmelte Joshua leise.

Und was nun? Sollte er jetzt zu denen da oben auf den Ebenen gehen und fragen: »Hey, was macht ihr hier so? Könnt ihr mich brauchen?« Nein, um das zu tun, war er nicht der richtige Typ. Ihm war eher nach Weglaufen zumute. Dem Barmann das Handy geben und dann direkt zurück nach Pittsburgh. Als wäre nichts weiter geschehen.

Doch jetzt war er erst einmal hier. Er nahm das Smartphone. Er war überrascht, wie leicht es war, gerade so schwer, dass er es spürte. Das Tiefschwarz des Displays schien alles Licht zu verschlucken, es gab nicht den geringsten Reflex. Einfach nur schwarz. Er spürte den samtenen Rücken des Geräts in seiner Hand, weich und zart wie die Haut einer jungen Frau. Was war das bloß für ein Material? Er konnte nicht anders, er musste es streicheln. Ein wunderbares Gefühl! Keine Taste, keine Öffnung, kein Logo, kein Schriftzug störten das perfekte Design. Wie schaltete man das Ding nur ein? Vorsichtig tippte er auf das Display. Das Smartphone vibrierte, kaum spürbar, erzitterte wohlig in seiner Hand, als ob es schnurrte. Das Startbild leuchtete auf: das Logo des Circles. Sekunden später erschienen die Apps. Es waren nicht viele, nur die mit den wichtigsten Diensten, übersichtlich und gut sortiert. Er wischte über das Glas (wenn es denn Glas war). Wieder vibrierte das Smartphone, beinahe zärtlich. Als ob es ihm mitteilen wollte, wie gut es ihm tat, wenn er es benutzte, wie sehr es genoss, wenn er es berührte. Er spürte ein Gefühl tiefen Glücks, ein Schaudern, eine Erregung fast schon erotischer Art. Hey, es ist nur ein Ding, rief er sich zu, ein kaltes, totes Gerät! Nein, kalt war es nicht. Und tot? Er war sich nicht sicher.

Das Eingabefeld von CircleSearch erschien auf dem Bildschirm des Smartphones.

»Wer bin ich?«, tippte er in die Displaytastatur. Bei jeder Berührung zuckte das Smartphone, als ob es zurückwich – nicht ängstlich, vielmehr genüsslich, oder als wäre es kitzlig.

»Du bist Joshua«, kam prompt die Antwort, und mit kurzem Abstand: »Neuester Mitarbeiter des Circles.«

»Was soll ich hier machen?«

»Enjoy your life!«

Enjoy your life! – Genieße dein Leben!

Joshua hatte das Motto des Circles schon immer etwas seltsam gefunden, lächerlich gar. Genieße mit uns, mit dem Circle, dein Leben! Der Circle hilft dir, glücklich zu sein! Mit dem Circle ist Spaß angesagt! Als ob eine Suchmaschine einem helfen könnte, sein Leben zu genießen! Sicher, einiges machten die Dienste des Circles einfacher, bequemer, und manches machte auch Spaß. Aber genießt man dadurch sein Leben? Viele waren geradezu süchtig nach den Videos mit den niedlichen, stolpernden Katzen, posteten wie besessen ihr Leben auf CircleFriends, dem sozialen Netzwerk des Circles, oder bestellten sich alles Mögliche online und schickten das meiste davon wieder zurück. Ist es das, wie man sein Leben genießt?

Außerdem, was sollte er posten? So interessant war sein Leben nun auch wieder nicht. Wen interessierte es, wann er morgens aufstand, wie viel er wog, was er aß, welche Kleidung er trug, welches Buch er wann las? Warum posteten alle das nur? Kritiker des Circles zeigten gern auf die Masse an Belanglosigkeiten, die es auf CircleFriends gab. Aber war das schon alles? Oder ging da doch mehr ab, Sinnvolles, *Nützliches* gar? Vor vielen Jahren, vor der Gründung des Circles, hatte er sich bei *dem* sozialen Netzwerk damals (wie hieß es noch gleich?) mal aus Neugier ein Konto erstellt, um selber zu sehen, was da passierte. Nicht viel, wie er feststellen musste: Seine wenigen Freunde waren genau so aktiv wie er selbst (nämlich gar nicht), Fanseiten interessierten ihn nicht, und um sich über etwas zu informieren, gab es bessere Mittel. Nach wenigen Tagen hatte er sein Konto wieder gelöscht. Zwar hieß es, bei CircleFriends habe sich inzwischen vieles verändert, verbessert. Aber das lockte ihn nicht. Er blieb »ohne«. Eine Entscheidung, immer verbunden mit dem Gefühl, etwas zu verpassen, denn das Motto war schließlich auch ein Befehl, eine Verpflichtung, fast eine Drohung: Verdammt noch mal, sei endlich glücklich! *Enjoy your life!* Lass dich ein auf den Circle, gib dich ihm hin! Mit dem Circle, und nur mit dem Circle, genießt du dein Leben! Immer, wenn Joshua unglücklich war, grübelte er, ob sich das wirkliche, das glückliche Leben nicht vielleicht doch online abspielte.

Und jetzt, im neuen Job, wird er da glücklich? Abwarten! Es war schließlich nicht so, dass er sein Leben bisher nicht genoss. Gut, seine Jobs waren nicht immer die besten gewesen; aber sie hatten immer ausreichend Zeit für Sport, Bücher, Kino und seine wenigen Freunde gelassen – echte Freunde, nicht nur solche auf CircleFriends. Doch vielleicht ging noch mehr! Vielleicht war das Motto auch ein Versprechen: Arbeite für uns und dein Leben wird ein einziger Spaß! Die Kostümierten hier im Glasdome schienen das Versprechen schon mal zu leben. War hier nicht auch alles fantastisch? San Francisco, die Bucht, die Berge, der blaue Pazifik! Das Klima! Noch nie war Joshua in Kalifornien gewesen, entsprechend groß war die Spannung und hoch die Erwartung. Was war dran an dem Traumbild, das die Werbung, die Filme, der kalifornische Mythos immer entwarfen?

Und wenn er enttäuscht werden sollte? Dann könnte er noch immer nach Pittsburgh zurück. Mit dem Circle im Lebenslauf fand man überall Arbeit.

Enjoy your life!, riet ihm das Smartphone. Im Moment schien es nicht so, als ob er sein Leben genoss. Ihm war eher einsam zumute, er fühlte sich hilflos, ohne Orientierung. In Pittsburgh kannte er sich aus, da wusste er immer, was zu tun war. Und hier? Seltsame Firma. Seltsamer Job. Seltsame Stella.

Inzwischen waren im Café alle Tische besetzt. Außer ihm war keiner allein, alle waren offenbar glücklich und genossen das Leben. Oder war er nur nicht der Typ für diese kalifornische Art? Ach was, sagte er sich, so anders sind die hier auch nicht! Blöder Circle! Die können ihn doch nicht einfach so herumsitzen lassen! Jemand soll sich gefälligst um ihn kümmern, ihm sagen, was er nun tun soll! Wenn er etwas wissen wolle, solle er sich an Sara wenden, hatte Stella gesagt. Aber wie?

Er klemmte sich das Headset ans Ohr.

»Sara«, sagte er gedankenverloren.

»Hi!«, kam sofort eine angenehme, klare Frauenstimme aus seinem Headset.

»Hi?«

»Ich bin Sara, deine persönliche Assistentin. Was kann ich für dich tun?«

»Meine persönliche Assistentin?«

»Richtig. Was kann ich für dich tun?«

»Danke, nichts im Moment«, stammelte er überrascht vom unerwarteten Telefonat. »Das heißt, wie erreiche ich dich?«

»Sage einfach ›Sara‹ zu deinem Smartphone und ich bin sofort für dich da.«

»Wo finde ich dich?«

»Das ist unwichtig. Wir sprechen uns nur über das Smartphone. Wenn du etwas wissen willst, rufe mich bitte. Ich helfe dir dann. Ich organisiere dir deine Termine und besorge dir das, was du brauchst. Ich bin jederzeit für dich da, Tag und Nacht. Ich bin sicher, wir werden uns gut verstehen. Bis bald, Joshua!«

Schon war das Gespräch wieder beendet. Saras Sätze klangen ganz leicht gebrochen, als hätte sie als Kind mal gestottert.

Verwirrt starrte er auf das Smartphone. Er fühlte sich genauso alleingelassen wie vorher. Geholfen hat sie ihm nicht, trotz ihres Versprechens. Aber er hatte sie auch gar nichts gefragt.

Er merkte, dass der Barmann ihn ansah, er schien ihm etwas bedeuten zu wollen. Joshua hob fragend die Schultern. Mit einem dezenten Neigen des Kopfes wies der Barmann zur Seite. Joshua folgte dem Blick. Der Tisch mit den Nerds? Er sah zum Barmann zurück. Der nickte lächelnd.

Joshua lauschte den Jungs. Es waren wohl ebenfalls Softwareentwickler, wie er schnell feststellen konnte. Sie diskutierten ein neues Programm, das sie schrieben, eine neue Funktion, die nicht so arbeitete, wie sie das wollten. Bald glaubte Joshua die Funktion zu erkennen, über die sie sprachen: Vor einiger Zeit hatte er an etwas Ähnlichem gearbeitet und war fast gescheitert. Nach vielen Versuchen schließlich hatte er eine elegante, wenn auch für die Ansprüche seiner Kunden viel zu mächtige Lösung gefunden. Vielleicht genau die, die die Jungs dort jetzt brauchten?

Er hörte, wie der Typ mit dem schwarzen T-Shirt einen neuen Lösungsansatz vorschlug. Das funktioniert nicht, war sich Joshua sicher, der Ansatz war falsch! Er selbst war mal in dieselbe Falle getappt! Noch einmal sah er zum Barmann. Der blickte dezent lächelnd zurück.

Unsicher stand Joshua auf und ging zu den Jungs. Er grüßte, sie grüßten zurück. Er hatte nicht das Gefühl, dass er sie störte.

»Entschuldigt«, sagte er dann, »ich hab euch ein wenig belauscht.«

»Darauf steht Kerker!«, rief der mit dem Laserschwert und zielte damit auf Joshuas Brust. Die anderen lachten.

»Oder Folter«, sagte der Dicke, »wenn du nicht redest. Sag, was du weißt!«

»Nun«, begann Joshua und wandte sich an den Typen mit dem Nerd-Shirt, »dein Vorschlag von eben – das funktioniert nicht.«

»Ich hab's geahnt!«, rief der Dicke. Dann sah er Joshua an: »Und warum nicht?«

Er zeigte es ihnen. Die Jungs waren sofort überzeugt.

»Hiermit erkläre ich dich begnadigt von Kerker und Folter!«, rief feierlich der mit dem Schwert.

»Puh!« Joshua wischte sich theatralisch den Schweiß von der Stirn. »Hab ich ja noch mal Glück gehabt!«

»Dieses Mal! Beim nächsten Mal waltet weniger Gnade!«, warnte der Dicke. »Wer bist du?«

Er stellte sich vor, sie sich auch.

»Jetzt zeig uns mal, dass du mehr kannst als meckern!«, sagte James (der mit dem Schwert). »Wie löst *du* das Problem?«

Joshua beschrieb seine Lösung von damals. Die drei verstanden schnell und begannen, den Programmcode in ihre Laptops zu tippen. Gemeinsam verfeinerten sie die Lösung. Joshuas Rat und Meinung waren dabei immer wieder gefragt. Er fühlte sich sofort integriert in die Gruppe. Bislang hatte er meistens allein programmiert, am Schreibtisch zu Hause. Teamarbeit galt ihm als Horror, mit all den ewigen Abstimmungsprozessen, den Eitelkeiten, dem Konkurrenzgehabe, das er so hasste. Die Atmosphäre hier mit den Jungs gefiel ihm dagegen. Es herrschte eine enorme Konzentration. Die Stunden vergingen, Gäste des Cafés kamen und gingen. Eine Parade jonglierender Clowns, die auf Stelzen die Halle durchquerte, bemerkte Joshua erst, als ihn Ryan (der mit dem Nerd-Shirt) auf sie aufmerksam machte. Der Barmann brachte immer wieder Kaffee, Softdrinks, etwas zu essen.

Ein paar Stunden später war der Programmcode fertig. Die Jungs schlossen die Laptops.

»In welchem Team bist du?«, fragte James.

»In keinem bisher. Heute ist mein erster Arbeitstag hier.«

»Hey, ein Neuling! Dann geht die Rechnung auf dich!«

»Rechnung? Ich dachte …«

»War ein Scherz! Ist alles umsonst!«

»Sag mal«, begann Dylan (der Dicke). »Du scheinst recht clever zu sein. Wie wäre es, willst du in unser Team?«

»Gerne!«, antwortete Joshua schnell.

Er sah zum Barmann. Der nickte zufrieden.

»Ok, ich gebe Sara Bescheid«, sagte Ryan und nahm sich sein Headset.

»Sara?«, rief Joshua überrascht. »Hey, wir haben dieselbe Assistentin!«

Die drei sahen ihn an, dann lachten sie los. Noch während Ryan mit Sara sprach, öffnete Dylan sein Laptop und stellte per Mikro eine weitere Frage an sie, und auch James rief sie an und fragte nach etwas. Sara antwortete allen zugleich.

Joshua begann zu begreifen: »Heißt das, Sara ist …?«

»Sara ist keine echte Person«, erklärte Ryan. »Sara ist eine Funktion, ein Werkzeug des Circles, ein Algorithmus mit Benutzerinterface in natürlicher Sprache.«

»Eigentlich sind alle Saras nur eine Sara«, ergänzte Dylan, »ein einziges, zentrales Programm. Sagst du deiner Sara etwas, lernen alle Saras davon. Die Saras sind wie die Borg, nur in harmlos. Meistens zumindest. Ein vernetztes, ständig lernendes Kollektiv …«

»An dem Dylan entscheidend mitgewirkt hatte«, schnitt James ihm das Wort ab. »Wenn Dylan anfängt, von Sara zu schwärmen, hört er so bald nicht mehr auf. Er liebt seine Schöpfung.«

»Manchmal flirtet er sogar mit ihr«, verriet Ryan lachend.

»Nur flirten?«, gab Dylan grinsend zurück. »Wenn ihr wüsstet! Ich hab da Code programmiert – ich muss nur die Passwörter sagen und schon …« Er blickte verzückt nach oben. »Josh, vielleicht werde ich dir die mal verraten. Ich teile gerne!«

»Nein, lieber nicht!« wies Joshua scherzhaft zurück. »Nicht, dass du noch eifersüchtig wirst.«

»Touché!«, rief James und bohrte sein Laserschwert in Dylans riesigen Bauch. Alle lachten.

»Hey, das kitzelt!« Dylan wischte das Schwert weg wie eine lästige Fliege.

Plötzlich rief Ryan: »Jungs, ich muss los!«

»Ich auch!«, sagte James. »Josh, wir sehen uns morgen!«

»Wann? Und wo?«

»Wann immer du willst. Wo, sagt dir Sara.«

Sie standen auf. Der Barmann kam und nahm die Laptops entgegen.

Joshua staunte. »Das sind gar nicht eure?«

»Natürlich nicht. Die Dinger kannst du hier überall leihen.«

Jeder ging in eine andere Richtung davon. Joshua stand noch einen Moment vor dem Café. Dann verließ er den Glasdome und ging zum Vorplatz zurück, zum rötlichen Tunnel. Kaum hatte er den Bahnsteig betreten, kam der rotweiße Doppelstockzug des Caltrains und fuhr ihn zu seinem neuen Zuhause.

Sein Apartment war in einem Haus im Silicon Valley, in einer Stadt ein paar Meilen südlich von San Francisco. Er hatte das Apartment vom Circle empfohlen bekommen. Da er nichts Besseres wusste, war er der Empfehlung dankbar gefolgt, zögernd zunächst, die Miete war wahnsinnig hoch, aber mit seinem neuen Gehalt konnte er sie sich leisten. Auch lag das Haus in der Nähe des Caltrains, in Fußweite zur nächsten Station (sein Auto hatte er in Pittsburgh verkauft). Die Wohnungen hier waren offensichtlich begehrt. Zwar hatten durch die Fusion der »Big Five« (und der Reste von Apple) viele Menschen ihre Arbeit verloren, zahlreiche Häuser standen jahrelang leer. Aber mit dem Wachstum des Circles war der Wohnungsmarkt schon längst wieder enger geworden.

Das Apartment war wie das Haus, praktisch und schlicht, eingerichtet wie aus einer Zeitschrift für neutrales Design: viele Schränke, ein großes Bett, im Wohnzimmer ein bequemes Sofa vor einem riesigen Fernseher mit CircleSurround. Dazu eine kleine, offene Küche mit allen Geräten und Besteck und Geschirr. Es gab Vorhänge an den Fenstern, ein paar Bilder und sogar einige Pflanzen, die der Hausservice pflegte. Alles abgestimmt aufeinander, harmonisch in Farben und Stil. Als er das Apartment gestern zum ersten Mal sah, wusste er nicht, ob er sich hier wohlfühlen könnte, oder ob ihn die Perfektion schon bald langweilen würde. Die Umzugskisten mit seinen Sachen waren noch mit der Spedition unterwegs. Er hatte nichts weiter bei sich als das, was in die zwei Koffer passte, mit denen er gestern angereist war. Viel Wert auf Einrichtung legte er ohnehin nicht. Er war froh, dass alles schon da war und er sich auf die Schnelle nichts anschaffen musste.

Er warf sich aufs Sofa und griff sich sein Smartphone. Wieder diese erotische Spannung bei jeder Berührung. Joshua startete ein paar Apps und spielte mit ihnen herum. Mit CircleMaps betrachtete er lange von oben das Haus, in dem er nun wohnte. Dann wischte er auf der Karte weiter zum CirclePlex. Der große Park mit den riesigen, den Himmel spiegelnden Glasdomes war leicht zu erkennen. Sogar den Balloon Dog konnte man sehen. Er zoomte aus dem Ausschnitt heraus, wischte quer durch das

Silicon Valley, dann weiter nach Norden, nach San Francisco. Joshua betrachtete das strenge Raster der schnurgerade verlaufenden Straßen. Eine Stadt wie am Reißbrett entworfen, gleich einem künstlichen Netz, das man über die Landschaft gelegt hatte ohne Rücksicht auf das, was schon da war. Steigungen, Berge? Waren anhand des Straßenverlaufs nicht zu erkennen. Die Ordnung triumphierte über die Natur, die Planung über den Zufall. Joshua wischte die Küste entlang. Er entdeckte zwei oder drei Strände, die aber nach allem, was er schon wusste, kaum geeignet waren zum Baden – das Wasser zu kalt, die Brandung zu stark. Weiter zur Golden Gate Bridge, Alcatraz, Treasure Island mit seiner bewegten Geschichte, der Hafen, der Flughafen, den er von seiner Ankunft gestern schon kannte. Er zoomte aus dem Ausschnitt noch weiter heraus, sehr viel weiter, wischte die Karte ein paarmal kräftig nach links, auf der Suche nach Pittsburgh. Da lag die Stadt, die er so gut kannte. Auch hier das Raster der Straßen, wenn auch weniger zwanghaft und, wie in einem unreinen Kristall, immer wieder in zueinander verschobene Flächen zersplittert. Dazwischen Viertel mit krummen, kurvigen Straßen – die Hügel. Überall viel mehr Grün als im trockenen Silicon Valley. Sicher, es gab hier kein Meer. Dennoch fand er alles irgendwie schön. Da, der Point State Park, wo der Monongahela und der Allegheny sich zum Ohio vereinen. Wie oft hatte er sich hier mit Freunden getroffen! Er zoomte nach Pittsburgh hinein und wischte weiter nach Osten, zu »seinem« Viertel, wo er die letzten Jahre gewohnt hatte, gleich neben der CMU. Weit war er nicht gekommen seit seinem Studium. Aber jetzt, jetzt war er hier am Pazifik! Ohne Freunde, ohne Bekannte. Ihm fröstelte etwas.

Er schloss die App und stöberte weiter. Da, eine Jogging-App mit Karte und empfohlenen Strecken, die war vielleicht nützlich! Eine der Strecken führte an seinem Apartment vorbei. Morgen, vor dem Frühstück, werde er laufen, nahm er sich vor.

Und jetzt? Er fühlte sich einsam. Auch in Pittsburgh hatte er zwar meistens allein gewohnt, er kannte es, dass ihn zu Hause niemand empfing. Aber in Pittsburgh konnte er sich mit anderen treffen. Hier nicht, noch nicht. Gerne hätte er sich mit jemandem unterhalten – über den Tag, über den Circle, diese seltsame Firma, über die Jungs, über die Arbeit. Aber mit wem? Mit seinen Freunden in Pittsburgh? Pittsburgh war drei Stunden vorweg, dort war es schon spät – zu spät, als dass er dort hätte anrufen wollen.

»Sara?«, murmelte er in Gedanken.

»Hallo, Joshua!«, meldete sich Sara sofort. »Was kann ich für dich tun?«

Er erschrak. War er so einsam, dass er sogar mit einem Computer zu sprechen bereit war? Er musste lachen. Einfach albern, dieser Gedanke!

»Schon gut, Sara. Es ist nichts, danke!«

»Sehr gerne, Joshua. Wenn du etwas brauchst, rufe mich einfach. Übrigens, die Joggingstrecke, die du dir angeschaut hast, hab ich für dich gespeichert. Wenn du willst, kann ich dich lotsen.«

Er nahm sich das Headset vom Ohr. Aus der benachbarten Wohnung hörte er zwei Stimmen beim Streiten. Er schaltete den Fernseher ein und zappte durch die Programme. An einer Tierdoku blieb er hängen: Ein Pilz infizierte das Gehirn einer Ameise, sodass sie willenlos wie ein Zombie ein abgefallenes Blatt am feuchten Waldboden aufsuchen musste, wo sie dann starb. Ihr toter Körper bot anschließend Nahrung für neue Sporen des Pilzes. Eine Larve brachte eine Spinne dazu, einen Kokon zu spinnen statt eines Netzes. Im Kokon verpuppte sich die Larve, um dort zur Wespe zu werden. Ein parasitärer Wurm zwang eine Ratte, die Nähe von Katzen zu suchen, statt vor ihnen zu fliehen. Eine Katze fraß diese Ratte und damit den Wurm. Im Darm der Katze konnte der sich dann weiter vermehren.

Die Nachbarn hatten sich offenbar wieder versöhnt; nun klang es nach Sex. Joshua spürte den Jetlag. Er schlief vor dem Fernseher ein.

Nach einer unruhigen Nacht voller seltsamer Träume (die Doku verfolgte ihn weiter) wachte Joshua am nächsten Morgen schon sehr früh auf. Er blieb noch eine Weile im Bett liegen und dachte nach. Eigentlich lief es gar nicht so schlecht. Die Methoden des Circles, neue Mitarbeiter zu finden und zu integrieren, waren zwar seltsam. Aber hatte er nicht schon am ersten Tag *sein* Team, *seine* Aufgabe gefunden? Lief das immer so schnell? War da vielleicht doch eine unsichtbare, lenkende Hand, die alles ordnet? Er war gespannt, wie es weitergehen sollte, er freute sich auf die Arbeit. Aber jetzt wollte er laufen! Er nahm aus den Koffern seine Laufsachen und zog sie sich an. Dann klemmte er sich das Headset ans Ohr, nahm das Smartphone in die Hand und lief los. Sara navigierte ihn wie versprochen. Er joggte zunächst auf kleineren Straßen eine Steigung hinauf, was zwar anstrengend war, aber das war er aus dem hügeligen Pittsburgh gewohnt. Die Strecke war tatsächlich sehr schön, die Beschreibung der Fitness-App traf genau zu. Ab und zu konnte er zwischen den Häusern die Bay sehen. Einfach grandios!

Schon in Pittsburgh hatte Joshua oft die Zeit während des Laufens genutzt, um per Headset (dort noch mit seinem alten) zu telefonieren. Jetzt rief er seinen Freund Joe an. Er erzählte ihm begeistert vom Circle, von seinen neuen Kollegen, schwärmte vom Blick auf die Bay. Was sonst wollte man auch von ihm hören? Dass er sich vom Circle zuerst ziemlich alleingelassen gefühlt hatte? Dass er fast weggelaufen wäre, gleich am ersten Tag? Dass er einsam war, so weit weg von zu Hause? Das hätte ihm sowieso niemand geglaubt. Schließlich war er in Kalifornien, bei San Francisco, am Meer! Und, natürlich, beim Circle! Joe fragte, ob er schon eines dieser neuen, coolen Smartphones habe. Klar, sagte Joshua, sogar ein Modell, das es offiziell noch gar nicht gebe! Das bekämen hier alle Mitarbeiter des Circles, umsonst! Na, dann solle er sich doch noch eines besorgen, scherzte Joe, um es ihm nach Pittsburgh zu schicken. Aber jetzt, sagte Joe, habe er leider einen Termin. Ob man später, am Abend, noch mal telefonieren könne? Sicher!

Sara bot Joshua an, ihn zu erinnern. Er lehnte verärgert ab. Hatte sie ihr Gespräch etwa belauscht? Was ging Sara das an? Überhaupt war sie manchmal ganz schön nervig! Mit ihren Navi-Kommandos platzte sie immer wieder mitten hinein ins Gespräch; ihre Aufdringlichkeit, mit der sie Hilfe anbot (was sicher gut gemeint war), irritierte. Zugegeben, die Strecke war schön, aber Joshua wollte sich nicht nur unter Aufsicht bewegen. Er deaktivierte das Smartphone, ohne Sara zu warnen, nahm sich das Headset vom Ohr und lief nun rein nach Gefühl. Er kam in ein Viertel mit stattlichen Häusern und Grundstücken, groß wie Parks. Auf den angenehm schattigen Straßen gab es nur wenig Verkehr. Er genoss diese Gegend, die Ruhe, das Grün. Bald hatte er jede Orientierung verloren. Die Straße führte in Schleifen immer weiter den Hügel hinauf. Mehrere abgehende Straßen erwiesen sich nach wenigen hundert Yards als Sackgassen, aus denen er wieder zurücklaufen musste. Die Strecke dehnte sich endlos. Er musste viel weiter laufen, als er eigentlich wollte. Schließlich gab Joshua seinen Widerstand auf und aktivierte wieder das Smartphone. Er bat Sara, die sich nichts anmerken ließ, ihn zurück zum Apartment zu führen — ein Wunsch, den sie zuverlässig erfüllte.

Wieder im CirclePlex folgte er Saras Anweisungen, um zu seinem neuen Team zu gelangen. Sie führte ihn vom Vorplatz mit dem Balloon Dog an dem Glasdome, den er schon kannte, vorbei in einen zweiten, kleineren Glasdome. Innen war der dem ersten ganz ähnlich: unten die Mall mit den Läden, Restaurants und Cafés, darüber die Großraumbüros. Mit einem gläsernen Fahrstuhl, den Sara, vernetzt mit der Technik des Hauses, automatisch bediente, fuhr er zu einer der Ebenen hoch. Dort: zahlreiche Schreibtischinseln unterschiedlicher Größe und Tischkreise für Konferenzen. Dazwischen Ruhezonen mit bunten Sofas, bequemen Liegen und gemütlichen Hängematten, außerdem Küchen mit freien Getränken und Snacks aller Art. Er kam an einem großen Spielareal mit Tischkickern, Spielekonsolen, elektronischen Dartsscheiben, Bergen von Plüschtieren, einer Rutsche (von Ebene zu Ebene) und einer riesigen Wanne mit Tausenden von bunten Plastikbällen zum Baden und Tauchen vorbei. Sogar eine große, sechsspurige Spielzeugrennbahn gab es, mit echten Loopings. Sara, so schien ihm, lotste ihn nicht auf direktem Weg zu seinem Team, sondern ließ ihn ein paar Umwege machen, um ihm stolz das alles zu zeigen. Viel genutzt wurde das Spielareal nicht, das lag vielleicht an der Uhrzeit. Die meisten Menschen saßen an ihren Schreibtischen und arbeiteten konzentriert oder sie besprachen etwas miteinander. Obwohl man, wie Stella ihm gestern gesagt hatte, kommen und gehen konnte, wann immer man wolle, hatte er das Gefühl, zu spät zu sein. Endlich erreichte er sein neues Team.

Die drei Jungs von gestern waren schon da, das heißt, bei James war er sich anfangs nicht sicher, aber wer sonst konnte der Typ mit dem Darth-Vader-Helm sein? Tatsächlich begrüßte Darth Vader ihn mit der Stimme von James (»Sei gegrüßt, du mein Sohn«) und führte ihn herum in »ihrem« Bereich. Danach rief James das Team am Konferenztisch zusammen. Joshua stellte sich vor, soweit James ihm das nicht mit seiner Erzählung von ihrer Begegnung von gestern schon abnahm.

Joshua wurde wieder sofort integriert. Wie gestern genoss er die konzentrierte und angenehme Atmosphäre im Team. Es schien in der Gruppe keinerlei Rivalitäten zu geben, keine Eifersüchteleien auf die Leistungen anderer, kein Platzhirschgehabe. Alle arbeiteten mit allen zusammen, auf hohem Niveau, jeder half jedem. Kritik galt stets nur der Sache, nicht der Person. Alle waren technikbegeistert, lösungsorientiert. Softwareentwicklung war für alle ein Tüfteln: je komplizierter das Problem, desto größer die Motivation. Es war ein Spiel, das man aber sehr ernst nahm – ein Spiel mit dem Ziel, das Leben der Menschen einfacher und leichter zu machen mit neuen, verbesserten Diensten. Das schien für die Menschen hier keine bloße Phrase zu sein. Es war Überzeugung. Man lebte, arbeitete, machte alles dafür, egal, wie groß der Aufwand auch war. Aber, fragte Joshua, müssten nicht Budgets eingehalten werden? Was sei mit der Finanzierbarkeit, mit dem Vermarktungskonzept? Müsse man nicht darauf achten, dass man am Ende Geld verdiene mit den Produkten? Alles egal, bekam er zur Antwort. Wichtig sei nur, dass das Produkt gut werde. Gute Produkte finanzierten sich immer. Außerdem, Geld sei beim Circle nie Thema.

Am Mittag ging er mit seinen »Jungs« in die Mensa, wie man die Kantine hier nannte. Sie lag auf der obersten Ebene des Glasdomes, direkt unter der Kuppel, mit herrlichem Blick über die Bay im Osten und über das Silicon Valley im Westen. Am Horizont die Gebirgskette der Sierra Morena. Über sich nur der blaue Himmel des kalifornischen Sommers. Eine raffinierte Reflektorbeschichtung der Scheiben milderte das Licht der gleißenden Sonne. Die Luft war frisch und ohne die sonst in Kantinen üblichen Essensgerüche. Die Tische standen zu kleinen Inseln gruppiert, separiert durch niedrige Kübel mit großblättrigen Pflanzen. Die überall ausgehängte Speisekarte versprach Passendes für jeden Geschmack, frisch zubereitet von einem Starkoch, den sogar Joshua kannte.

Zuerst musste er noch zur Registrierung, zusammen mit zwei anderen Männern, die wie er zum ersten Mal die Mensa besuchten. Die Jungs gingen schon mal voraus. Joshuas Größe wurde gemessen, sein Sportlichkeitslevel erfragt, und eine vor der Essensausgabe eingelassene Waage wog (wie bei allen anderen auch) sein Gewicht. Er wollte schon fragen, wozu das gut sei, als er den kleinen Bildschirm entdeckte, auf dem die daraus berechnete Kalorienmenge angezeigt wurde, die ideal für ihn sei.

Auf dieser Grundlage empfahl ihm der Servicemitarbeiter an der Theke ein perfektes Menü. Joshua entschied sich jedoch für ein anderes Gericht.

Der Mann zuckte zusammen.

»Bitte entschuldigen Sie meine schlechte Empfehlung«, bat er Joshua leise.

»Kein Problem! Sie konnten schließlich nicht ahnen, auf was ich heute Appetit habe.«

»Ich hätte mich mehr bemühen müssen.«

Joshua bat noch um einen Pudding, der auf der Anrichte stand.

»Wollen Sie das Dessert wirklich?«, fragte der Mann. Er gab zu Bedenken, dass dadurch Joshuas Kalorienaufnahme steigen würde auf einen Wert deutlich über der berechneten Empfehlung.

»Ja, ich will es wirklich«, gab Joshua leicht verärgert zurück.

Er bekam seinen Pudding.

Am Tisch bei den Jungs erzählte er amüsiert von der Registrierung und dem Gespräch an der Theke.

»So ist das System«, sagte Dylan sachlich. »Der Circle will, dass wir gesund leben und wir uns gesund ernähren. Der Circle sorgt sich um ums. Finde ich gut!« Er hob seinen Daumen.

Joshua erwartete, dass alle lachten, aber die Jungs blieben ernst.

»Früher habe ich immer viel zu viel gegessen«, fuhr Dylan fort. »Sieh mich an! Heute bereue ich das. Ich bin froh, dass der Circle sich um mich kümmert.«

»Ist es nicht meine eigene Sache, wie viel ich esse?«, fragte Joshua.

»Nur, solange man sich damit nicht unglücklich macht«, sagte Ryan. »Denn wer will schon unglücklich sein? Dylan *ist* unglücklich mit seinem Gewicht. Ist doch gut, wenn der Circle dafür sorgt, dass wir nicht unglücklich werden.«

»Außerdem neigen Dicke verstärkt zu Krankheiten, was das Unternehmen und letztlich die ganze Gesellschaft belastet«, ergänzte Dylan.

»Ein Problem ist allerdings die Ungenauigkeit«, sagte James. »Das Gewicht der Kleidung wird nur grob geschätzt.«

»Vielleicht sollten sich alle vor dem Wiegen nackt ausziehen!«, schlug Joshua im Scherz vor.

»Oder die Waage stellt automatisch fest, welche Sachen man anhat und wie viel sie wiegen«, meinte Ryan dagegen. »Sollte kein Problem sein. Sind ja überall Chips drin.«

Joshua verstand nicht. »Chips in der Kleidung?«

Ryan erklärte, dass in alle Kleidungsstücke, die man beim Circle (und in vielen Geschäften »da draußen«) bekäme, winzige RFID-Chips eingewebt seien.

»Wenn du deine Wäsche zum Waschen gibst, lesen die Waschmaschinen die auf den Chips gespeicherten Produktnummern aus. Aus einer Online-Datenbank werden dann Angaben zum Material, zur Farbe und so weiter abgefragt. Das Waschprogramm und die Wassertemperatur werden so automatisch und immer passend gewählt. Nie mehr ausgeblichene, eingelaufene Wäsche! Keine falschen Entscheidungen mehr!«

»Und wenn die Datenbank das genaue Gewicht der Kleidung enthielte, wäre auch das Wiegen genau«, sagte Dylan. »Die Waage erkennt anhand der Chips, was du trägst, und zieht dich virtuell aus.«

Im weiteren Gespräch stellte sich heraus, dass Joshua seine Kleidung bisher oft in einem kleinen Laden bei sich um die Ecke in Pittsburgh gekauft hatte, der selbst produzierte und sicher noch nicht die RFID-Technologie nutzte.

Als sie fertig waren mit Essen und aufstehen wollten, trat der Servicemitarbeiter von vorhin an ihren Tisch.

»Ich möchte mich bei Ihnen entschuldigen«, sagte er leise zu Joshua.

»Schon gut. Sie machten nur ihren Job.«

»Eben nicht!«, rief der Mann. Er schien ehrlich verzweifelt zu sein. »Mein Job wäre gewesen, Ihnen den Nachtisch auszureden. Das ist mir nicht gelungen. Ich habe das nicht einmal richtig versucht! Ich bin schuld, dass Sie zu viele Kalorien zu sich genommen haben. Ich bin schuld, dass Sie krank werden könnten!«

»Nein«, widersprach Joshua genervt. Er zwang sich, höflich zu bleiben. »Es war allein meine Entscheidung, den Pudding zu nehmen. Sie trifft keine Schuld. War übrigens lecker, der Pudding!«

»Ich danke Ihnen für Ihr Verständnis.« Der Mann verbeugte sich tief und ging zurück an die Theke.

»Sehr gute Arbeitseinstellung!«, lobte James.

»Nun ja«, sagte Joshua. »Ich finde das ziemlich übertrieben von ihm.«

»Wie auch immer«, sagte Dylan, »solche Fehler wird es bald nicht mehr geben. Ich habe gehört, dass die Mensen bald alle umgebaut werden. Die Essensausgabe wird automatisiert. Die Gerichte kommen erst dann an die Theke, wenn sie auch gebraucht werden.«

»Stimmt«, sagte Ryan. »Das Essen muss dann nicht mehr lange unter dem Warmlicht bereitstehen. Mehr Inhaltsstoffe bleiben erhalten, mehr Vitamine.«

»Und die ungesunden Extrawünsche werden dann nicht mehr erfüllt werden können. Das System wird den Nachtisch einfach nicht liefern.«

»Wäre das nicht schade?«, wandte Joshua ein. »Würde das nicht die Wahlfreiheit schmälern?«

»Nur die Freiheit, seiner Gesundheit zu schaden. Und die Freiheit des Typen an der Essensausgabe, der Gesundheit eines anderen zu schaden.«

Heute, sagte Ryan, sei es doch so, dass mindestens zwei eine Entscheidung treffen müssten, was jemand sich aufladen dürfe – der Kunde und der Typ an der Theke. In Zukunft gebe es diesen Entscheidungszwang nicht mehr. Also auch nicht die Gefahr, sich falsch zu entscheiden. Das System werde die Entscheidungen treffen und das perfekte Menü empfehlen und liefern.

»Das ist ein Vorteil für alle! Du bleibst gesund und dem armen Kerl an der Theke ersparst du ein schlechtes Gewissen!«

»Doch zuerst«, rief James, »kauf dir mal moderne Klamotten, mit RFID-Chips!«

Sie lachten.

Auf dem Weg zurück zum Büro erhielt Joshua eine Nachricht von Sara: Der Betriebsarzt bitte ihn zu sich. Gesundheitscheck, reine Routine. Sie könne ihn hinführen.

In der Arztpraxis entschuldigte Joshua sich bei der Sprechstundenhilfe, dass er die Karte mit seinen Versicherungsdaten leider nicht bei sich habe – er habe mit diesem Termin nicht gerechnet.

»Kein Problem«, winkte sie ab. »Als Mitarbeiter des Circles sind Sie natürlich über den Circle versichert, ganz kostenfrei.« Man biete selbstverständlich sämtliche Leistungen, die Joshuas bisherige Versicherung auch geboten habe, dazu noch zahlreiche Extras. Einzige Bedingung: Er dürfe sich nur von Vertragsärzten des Circles behandeln lassen. (Aber das seien inzwischen fast alle Ärzte.) Das habe den Vorteil, dass diese Ärzte deutlich mehr seiner Gesundheitsdaten an den Circle weitergeben dürften als üblich – damit die Gesundheitsvorsorge und eine eventuelle Behandlung besser koordiniert und auch insgesamt optimiert werden könne. Alles zu seinem Besten.

»Wollen Sie Ihre bisherige Versicherung kündigen? Wir nehmen Ihnen gerne den ganzen Formularkram dafür ab.«

»Was ist, wenn ich den Circle verlasse?«

Die Sprechstundenhilfe lachte.

»Sie wären der Erste! Und wenn: Auch als Ehemaliger können sie beim Circle versichert bleiben, mit den gleichen Leistungen und zu den Kosten der günstigsten Versicherung am Markt. Tiefstpreisgarantie sozusagen!«

Er bat um Bedenkzeit.

»Kein Problem! Sie können sich entscheiden, wann immer Sie wollen!«

Im Sprechzimmer empfing ihn der Arzt.

»Hi, Joshua! Willkommen bei der Gesundheitsvorsorge des Circles, der besten der Welt!«

Mit viel Interesse nahm der Arzt Joshuas Daten auf, wog ihn, maß ihn und untersuchte ihn mit einer Gründlichkeit, die er sonst von Ärzten nicht kannte. Alle Werte waren in Ordnung.

»Treiben Sie Sport?«

»Klar! Joggen, Radfahren, Basketball und so.«

»Wann zuletzt?«

»Heute Morgen war ich laufen, vor der Arbeit.«

»Vor der Arbeit? Warum nicht während der Arbeit?«

Joshua verstand nicht. »Während der Arbeit?«

»Genau! Sport und Freizeit gelten beim Circle als Teil der Arbeit«, erklärte der Arzt. »Wir haben schließlich großes Interesse daran, dass Sie gesund und zufrieden sind und es auch bleiben. Draußen im Park haben wir tolle Joggingstrecken angelegt, mit perfektem Tartanbelag, schonend für die Gelenke. Flach oder mit Steigung, kurze und lange Strecken, was immer Sie wollen. Alle präzise ausgemessen, damit Sie Ihre Leistungen genau überwachen können. Im Valley und durch die Santa Cruz Mountains gibt es fantastische und absolut kreuzungsfreie Radstrecken. Sara kennt sie, sie kann Sie leiten. Im CirclePlex haben wir zudem zwei große Hallenbäder und zahlreiche Sportplätze. Waren Sie schon mal dort? Machen Sie einfach Sport zwischendurch! Niemand arbeitet gerne, wenn er Sport machen möchte. Und der Circle will, dass Sie gerne arbeiten!«

Der Arzt nahm ein schmales, buntes Kunststoffarmband aus einem Behälter.

»Sie sollen sich aber auch nicht überfordern. Daher haben wir es gerne, dass die Circle-Mitarbeiter diesen Activitytracker tragen. Er zeichnet Ihr Bewegungsprofil auf, die Anzahl Ihrer täglichen Schritte, Geschwindigkeit, Steigung, dazu Ihren Puls, den Sauerstoffgehalt Ihres Blutes, die Hautfeuchtigkeit, den Blutzuckerwert …«

»Mein EKG«, warf Joshua im Scherz ein.

»Nein, leider nicht, dazu fehlen weitere Ableitungspunkte. Aber ein Team arbeitet dran – an Sportwäsche mit integrierten Messelektroden. Auch dieses Ding hier kann schon sehr viel. Alle Daten werden ständig per Funk in die zentrale Datenbank des Circles übertragen. Auffälligkeiten lassen sich sofort erkennen, Krankheiten schon im frühen Stadium behandeln. Das Armband berät Sie zudem bezüglich Ihres optimalen Sportverhaltens und hilft Ihnen, ihr angestrebtes Fitnesslevel schnell zu erreichen. Außerdem berechnet es Ihren Energieverbrauch.«

»Damit man mir den Pudding noch einmal verbietet?«, fragte Joshua lachend.

»Ach, ihr kleines Erlebnis in der Mensa. Ich las davon in Ihrer elektronischen Akte. Nun, wenn Sie genügend Sport machen, können Sie mittags sogar zwei Puddings bekommen! Bitte vergessen Sie nicht: Wenn man Ihnen vom Nachtisch abrät, ist das keine Schikane! Es ist nur zu Ihrem Besten.«

»Natürlich!«, beeilte sich Joshua zu sagen, obwohl er dies noch immer für Bevormundung hielt.

»Niemand will krank werden«, fuhr der Arzt fort. »Aber in der Regel kennt man die aktuelle Forschung nicht oder man hat nicht genügend Daten oder kann sie nicht richtig bewerten. Wie also soll man sich selbst immer richtig entscheiden? Der Circle bemüht sich, Sie von diesem Entscheidungsdruck zu befreien. Damit Sie Ihre Entscheidungen später nicht bereuen müssen.«

»Natürlich!«, wiederholte Joshua mechanisch.

»Dieser Activitytracker trägt übrigens dazu bei, die nationale und die weltweite Gesundheitsversorgung zu verbessern. Alle erfassten Daten werden mit Hilfe von Big Data wissenschaftlich ausgewertet, um unser Wissen ständig zu erweitern und die Berechnungsmodelle und die Algorithmen zu optimieren. Dieses winzige Armband verbessert die Gesundheitsversorgung in Afrika, in Asien, in der ganzen Welt. Ist das nicht fantastisch?«

»Natürlich!«, sagte Joshua zum dritten Mal.

»Wissen Sie was? Ich lege Ihnen den Tracker gleich an!«

Bevor Joshua protestieren konnte, hatte der Arzt das Armband um sein Handgelenk gelegt und verschlossen.

Er bemerkte Joshuas suchenden Blick.

»Richtig, es gibt keinen Verschluss wie bei einer Uhr, den man öffnen kann. Das hilft Ihnen, nicht immer überlegen zu müssen: Trage ich den Tracker heute oder nicht, und wohin hab ich ihn vorhin gelegt? Er ist ganz einfach immer an Ihrem Arm. Nie müssen Sie nach ihm suchen! Und wenn Sie den Tracker mal loswerden wollen, durchschneiden Sie einfach das Armband. Sie bekommen dann von mir einen neuen Tracker! Überhaupt kein Problem!«

Dann war das eben so.

»Das war's auch schon fast. Nur Ihre Fitness müssen wir noch testen. Sie haben die Wahl, hier auf dem Ergometer oder beim richtigen Sport.«

»Beim richtigen Sport?«

»Das ist uns eigentlich lieber. Sie joggen oder spielen Basketball oder so, und Ihr Activitytracker zeichnet alles auf. So gewinnen wir viel mehr Daten als mit dem Ergometer.«

Joshua entschied sich für »richtigen« Sport.

Sara wies ihn auf einen Eintrag im Intranet hin: Ein paar Leute würden einen Mitspieler suchen zum Streetball, für sofort, auf einem Platz auf dem CirclePlex-Sportareal. Ob sie ihnen Bescheid geben solle, dass er gleich zu ihnen käme?

Aber er habe doch gar keine Sportsachen hier!

»Kein Problem«, sagte Sara. Bei den Sportplätzen stünden immer Kleidung und Schuhe in allen Größen bereit. Er könne sich dort einfach bedienen.

»Na, dann auf zum Sport!«, verabschiedete ihn der Arzt.

Die Streetball-Plätze befanden sich in der großen Sportanlage am hinteren Ende des CirclePlex, neben zahlreichen Plätzen für Fußball, Tennis, Volleyball, Beachball und alle möglichen anderen Sportarten. Als Joshua eintraf, waren seine Mitspieler – vier Männer und eine Frau, alle mindestens einen Kopf größer als er und offensichtlich sehr sportlich – schon da und spielten sich warm. Er erkannte sofort, dass sie alle sehr viel besser waren als er. Sicher und präzise warfen sie sich den Ball spielerisch zu, mit allen möglichen Tricks. Früher, als Student, hatte Joshua zwar häufig Streetball gespielt, seitdem aber kaum noch. Richtig gut war er ohnehin nie, es war eher ein Spaß zusammen mit Freunden, die auch nicht besser waren als er. Statt kunstvoller Tricks (die keiner von ihnen beherrschte) dominierten damals flapsige Sprüche ihr Spiel. Wer gewann, war nicht wichtig.

Aus Angst vor der sicheren Blamage wollte Joshua sich schon entschuldigen und den Platz wieder verlassen. Aber die fünf begrüßten ihn freundlich, bedankten sich, dass er Zeit für sie habe, und zeigten ihm das Gebäude mit der Umkleide, wo er sicher die passenden Sportsachen fände. Die »Umkleide« stellte sich als großes, mehrgeschossiges Kaufhaus heraus. Es gab dort Kleidung und Schuhe für jede Sportart, in allen Größen und Farben und der verschiedensten Marken, alles bestens sortiert. Schnell hatte er die passenden Sachen gefunden, nur bei den Schuhen musste er etwas länger probieren.

Zurück auf dem Platz bestätigte sich bald seine Befürchtung: Die fünf waren um Klassen besser als er. Am liebsten hätte er ihnen nur zugesehen und sich daran erfreut, wie sie Gegner verwirrten, Durchbrüche antäuschten oder so taten, als hätten sie den Ball schon gespielt – um ihn erst dann zu werfen, als der Gegner sich schon weggedreht hatte. Manchmal nahmen sie einen Mitspieler als Bande, ganz große Klasse! Viele der Tricks kannte er aus dem Fernsehen, die Backbreakers, Crossovers, Boomerangs, Tiptops oder Tornadoes, einige waren ihm neu. Auch er versuchte, von den anderen ermutigt, den einen oder anderen Trick, doch waren seine Versuche stets leicht durchschaubar. Wenn sie gewollt hätten, hätte er keinen einzigen Ball abgekommen. Sie ließen ihn mitspielen und gaben ihm stets das Gefühl, sie nähmen ihn ernst. Sie passten ihr Können seinem an, sie spielten ihm den Ball zu und gaben ihm Chancen. War er Defender, griffen sie langsamer an und machten nur die einfachsten Tricks, damit er sie hin und wieder abwehren konnte. Hatte seine Mannschaft den Ball, bezogen sie ihn in ihre Angriffe ein, und sogar ein paar Körbe konnte, durfte er werfen.

»Gut angetäuscht, Mann!«, lobten sie dann.

Anfangs noch entschuldigte er sich immer, wenn er den Ball verloren oder einen Korb der Gegner zugelassen hatte.

»Hätte uns auch passieren können«, winkten sie ab, was natürlich nicht stimmte. *Enjoy your life!«*

Ein paar Mitarbeiter des Circles kamen vorbei und sahen zu. Gelungene Tricks wurden bejubelt, sogar Joshuas simple. Er genoss das Spiel, die Situation. Manchmal vergaß er, dass er nur dank ihres Wohlwollens mithalten konnte. Er bekam sogar Ehrgeiz und freute sich selbst über einen gelungenen Spielzug oder wenn er seinen Gegner ausspielen konnte. Das Spiel machte ihm Spaß und spannend war's auch! Der Punktestand blieb lange knapp, auch dank der Körbe, die Joshua warf. Es schien eine Weile, als hätte seine Mannschaft – trotz ihm – die Chance, zu gewinnen. Erst am Schluss zogen die anderen an. Spielten sie bis dahin eine Show auch für ihn, spielten sie nun für die Fans. Die Tricks wurden immer gewagter, immer spektakulärer. Das Publikum applaudierte begeistert. Am Ende gewann das andere Team dann doch deutlich.

Nach dem Spiel bedankten sich alle bei ihm für den Spaß, den sie hatten, und für seine schnelle Bereitschaft.

»Jederzeit wieder mit dir«, sagten sie, und Joshua wollte gern glauben, dass das ernst gemeint war.

In der Umkleide informierte ihn Sara über die Daten, die sein Activitytracker während des Spiels festgestellt hatte. Zwar sei sein Puls mehrmals sehr hoch gewesen, auch habe er sehr stark geschwitzt (um das zu bemerken, hätte er keinen Tracker gebraucht), aber das sei völlig in Ordnung. Sara empfahl ein paar Trainingseinheiten für die nächsten Tage, mit denen er sein Fitnesslevel schnell steigern könne. Vielleicht, sagte er knapp. Im Moment war er einfach nur fertig.

Sara empfahl ihm ein Bistro im nächst gelegenen Glasdome, um dort etwas zu essen und, vor allem, um etwas zu trinken. Mindestens 0,85 Liter Flüssigkeit müsse er zu sich nehmen, berechnete sie. Die Bedienung wusste bereits Bescheid: Als er im Bistro ankam, stand der Elektrolytsaft schon auf dem Tisch. Nachdem er gegessen, getrunken und sich erholt hatte, bat Sara noch um eine Bewertung der Kleidung. Alles prima, nur die Schuhe drückten ein wenig.

Zurück im Büro empfingen ihn seinen Kollegen mit Applaus.
   »Wofür?«, fragte er.
   »Für dein Streetball-Game. Du hast dich tapfer geschlagen.«
   »Woher wisst ihr …?«

Sara hatte das Team informiert. Als sie dem Team dann noch sagte, wer seine Mitspieler waren, hatten natürlich alle das Spiel verfolgt. Alle Spiele auf dem Circle-Sportareal wurden im firmeninternen Netz live übertragen.

»Und wer waren meine Mitspieler?«

»Alle aus den Top 10 der Circle-Liga! Das waren Profis!«

Wow! Nun war er doch ein wenig stolz auf seine Körbe – obwohl ihm vollkommen klar war, dass ihm alle geschenkt worden waren.

»Klasse Spiel!«, wurde er immer wieder gelobt.

»Übrigens, das ist für dich eben gekommen«, sagte Ryan und übergab ihm einen großen Karton. »CircleShop« stand auf den Seiten.

»Ein Paket? Aber ich habe gar nichts bestellt?«

»Niemand bestellt mehr. Heute bekommt man!«

In dem Paket war Sportkleidung: Schuhe, Shirts und Shorts, perfekt geeignet für Streetball und in seiner bevorzugten Marke. Genau die Kleidungsstücke, die ihm gefielen! James klärte ihn auf, dass der Shop längst nicht mehr nur auf Bestellungen warte, sondern von sich aus Waren versende – wenn eine Big-Data-Analyse der Daten ergebe, der Empfänger könne sie brauchen.

»Welcher Daten?«

»Deiner früheren Bestellungen. Deiner Eingaben in Circle-Search. Deiner Bewertungen, die du jemals abgegeben hast. Alles wird miteinander verknüpft.«

Dafür also die Fragen vorhin.

»Vielleicht«, fuhr James fort, »hast du mal in einer Mail erwähnt, dass du noch Sportkleidung brauchst und welche Marke dir am besten gefällt. Wahrscheinlich waren in den Sachen, die du vorhin angehabt hast, auch Sensoren, die deine Bewegungen analysierten.«

»Und die Kameras haben dich zugleich biometrisch vermessen«, ergänzte Ryan. »Hab mal von einer Arbeitsgruppe beim Circle gehört, die so etwas entwickelt.«

»Die Daten werden dann mit den Bewertungen und Erfahrungen anderer Kunden verglichen, um zu berechnen, mit welcher Wahrscheinlichkeit dir die Sachen gefallen.«

»Wie auch immer: Du kannst dir sicher sein, dass die Sachen dir passen!«

»Wenn nicht, dann gib sie einfach zurück. Sag einfach Sara Bescheid.«

Er konnte die Sachen zwar brauchen, sie gefielen ihm und die Größen stimmten genau. Dennoch war ihm unwohl dabei, er fühlte sich zu sehr gegängelt. Er wollte immer noch selbst entscheiden, was er bestellte und wann, und dies nicht einem Programm überlassen. Er bat daher Sara, die Sachen zurückzuschicken. Wenige Minuten später kam jemand vom Lieferdienst und nahm das Paket wieder mit. Kein Problem.

Kaum war das Paket weg, bereute er schon, die Sachen nicht behalten zu haben. Er überschlug, wie lange er in den Läden nach ihnen gesucht hätte und wie viel Zeit er mit Ausprobieren, Vergleichen, Beratung hätte verbringen müssen, um sie ohne die Hilfe von Big Data zu finden. Allein die Suche nach Schuhen dauerte jedes Mal ewig, diese Tests auf dem Laufband! Wäre er den Empfehlungen des Circles gefolgt, hätte er sich viel Zeit sparen können.

Denn praktisch war dieses Liefern auf Big-Data-Empfehlung ja schon!

Joshua arbeitete inzwischen im Team, als hätte er nie etwas anderes gemacht. Immer besser verstand er die Philosophie hinter allem beim Circle: Stets ging es darum, einem das Leben in dieser so komplexen Welt zu erleichtern – indem der Circle auf schwierige Fragen einfache Antworten gab, praktische Lösungen zu komplizierten Problemen erfand und unter mehreren Handlungsoptionen stets die beste empfahl. Das alles mittels Big Data. Die Algorithmen dazu zu entwickeln war die große Herausforderung und der Antrieb für alle, und auch Joshua war davon schnell fasziniert. Immer mehr ging er ein in das Universum des Circles, und sogar seinen neuen Account bei CircleFriends nutzte er bald wie selbstverständlich.

Ein paar Wochen nach seinem Eintritt beim Circle fragte ihn James, ob er zu einem Konzert im CultureDome mitkommen wolle. Joshua hatte von dem Konzert schon gehört, eine zurzeit sehr angesagte Band mit irgendeinem komplizierten Namen, den er sich noch nie merken konnte, trat heute auf. Aber, fragte er James, sei es nicht immer sehr schwierig, für ihre Konzerte Karten zu bekommen? Nein, antwortete der, beim Circle sei dies kein Problem. Joshua ging nicht oft in Konzerte. Die Musik war ihm fast immer zu laut, die Texte konnte man sowieso nie verstehen, und inmitten von dicht gedrängten und alkoholisierten Menschen fühlte er sich meist nicht sehr wohl. Doch um etwas mit seinen neuen Kollegen zu unternehmen, sagte er zu.

»Wann geht es los?«

»Jetzt sofort!«

»Jetzt? Am Nachmittag? Aber wir arbeiten noch!«

»Auch die Konzerte gehören zur Arbeit.«

Der CultureDome war ein großer Saal mit einer breiten Bühne und aufsteigenden Sitzreihen mit Platz für dreitausend Besucher. Durch die Außenwände aus Glas hatte man einen guten Blick in den Park und auf die anderen Glasdomes. Eine Tanzfläche war nicht vorgesehen. Als Joshua und James eintrafen, saßen bereits ein paar Hundert Circler in kleinen Gruppen verteilt auf den Rängen. Die wenigen Leute verloren sich in dem riesigen Saal. Joshua vermutete, der Saal werde sich sicher noch füllen. Aber kaum hatten sie sich gesetzt, kam schon die Band auf die Bühne und begann, ohne auf Applaus zur Begrüßung zu warten (der auch nicht kam), ihre Lieder zu spielen. Zu Joshuas Verwunderung schien das kaum jemanden zu interessieren: Man unterhielt sich weiter, telefonierte oder wischte und tippte auf den Handys und Tablets. Manche fotografierten oder filmten die Band oder machten ein Selfie. Zwischen den Stücken gab es nur wenig Applaus, nur jemand an der anderen Seite des Saals rief ab und zu »Yeah!« oder pfiff mit den Fingern. Die Stimmung, fand Joshua, war katastrophal. Die Band ließ sich davon nicht stören und spulte emotionslos ihr Programm ab, ohne Bühnenshow, ohne Lichteffekte (dazu war es auch viel zu hell hier im Glasdome), ohne Choreografie und so weiter.

Nach einer Weile bemerkte Joshua, dass die Band manche ihrer Stücke noch einmal spielte. Er wies James darauf hin.

»Klar!«, bestätigte der. »Aber nicht ganz genau gleich, sondern mit kleinen Variationen. Die Produzenten wollen herausfinden, welche Version am besten gefällt.«

»Wie stellt man das fest?«

»Durch Beobachtung und durch die Messung von Daten. Alle unsere Bewegungen hier werden gefilmt und analysiert, und auch die Daten unserer Activitytracker werden erfasst.

Algorithmen berechnen, ob wir auf ein Stück gut oder schlecht reagieren, interessiert oder gelangweilt. Die Variante mit den besten Reaktionen wird dann später veröffentlicht.«

»Wir sind die Versuchskaninchen?«

»Wenn du so willst, ja. Wir sagen dazu: Wir sind Teil eines Optimierungsverfahrens. Damit später das beste Produkt hergestellt wird.«

»Was ist mit Kreativität, mit Intuition, mit künstlerischer Freiheit?«

»Unzuverlässiger Quatsch. Daten sind das einzige, was zählt. Warum soll man ein schlechtes Produkt herstellen, nur weil ein Musiker eine Intuition oder so etwas hatte, wenn doch die Algorithmen etwas anderes sagen?«

»Weil jedes Lied für den Musiker ist wie ein eigenes Kind?«

»Nostalgiefolklore!«, winkte James ab. »Nicht dem Künstler soll die Musik gefallen, sondern dem Kunden. Frag mal die Musiker! Die sind doch froh, dass der Circle ihnen diese Entscheidungen abnimmt. Deswegen machen sie schließlich Konzerte wie das hier.«

Nach dem letzten Stück gab es noch einen höflichen Applaus. Joshua ging noch mal kurz zurück ins Büro, dann fuhr er mit dem Caltrain nach Hause. Sein Schlaf war traumlos.

Am Morgen des folgenden Samstags war es noch kühl, aber sonnig. Der Nebel der Bay hatte sich fast schon verzogen, als Joshua den flachen, schmucklosen Bau der San Francisco Station, der Endhaltestelle des Caltrains, verließ. Heute war sein erster freier Tag seit seiner Ankunft an der Westküste, perfekt für einen Ausflug nach San Francisco. Einen bestimmten Plan oder ein besonderes Ziel hatte er nicht, er wollte sich treiben lassen in dieser Stadt, mal schauen, wohin es ihn führte. Zwar hatte er sich sein Headset ans Ohr geklemmt, wie immer, um stets empfangsbereit zu sein für die Hinweise Saras. Aber heute hatte er sich erbeten, mal nicht von ihr navigiert zu werden. Er hatte noch viele weitere Samstage Zeit, um San Francisco gezielt zu entdecken. Warum also sich heute beeilen? Eher hätte er seine Umzugskisten auspacken sollen, sie waren inzwischen eingetroffen und standen überall im Apartment herum. Aber auch das hatte noch Zeit. Außerdem wusste er gar nicht, wohin mit all seinen Büchern. Bücher schienen nicht vorgesehen zu sein in diesem Apartment. Die wenigen schmalen Regale waren eher für Kleinkram geeignet, und Platz an den Wänden für ein weiteres Regal gab es nicht. Dafür gab es Unmengen von Steckdosen in jeder Ecke. Diejenigen, die das Apartment geplant hatten, gingen wohl davon aus, dass seine Bewohner sehr viel mehr elektronische Geräte besitzen würden als er.

Er entschied sich, zu Fuß ins Zentrum zu gehen. Zunächst schlenderte er entlang der Townsend Street in Richtung Nordosten. An der nächsten größeren Kreuzung bog er nach links ab, in die 3. Straße. Ganz in der Ferne, an ihrem Ende, konnte er die ersten Hochhäuser sehen. Hungrig – er hatte noch nicht gefrühstückt – betrat er das erstbeste Café. Die einfache Plastikeinrichtung sah schäbig und abgenutzt aus. Es stank nach altem Frittierfett, das sich im Verlauf vieler Jahre in einer feinen Schicht überall abgesetzt hatte. Alles klebte ein wenig oder sah zumindest so aus. Joshua war der einzige Gast. In einem alten Fernseher über der Bar flimmerte eine Realityshow, ohne Ton, immerhin. Geräusche gab es auch so schon genug: das laute Brummen des alten Kühlschranks; ein Radio in einem hinteren Raum, vermutlich der Küche; eine Stimme, ebenfalls hinten, die sich lautstark am Telefon stritt, eine wütende Folge von Flüchen. Die große Scheibe zur Straße war beklebt mit Plakaten; was nicht beklebt war, war stumpf. Viel Tageslicht drang nicht ein in den Raum. Umso greller war das kalte Neonlicht an der Decke. Das Café war das völlige Gegenteil der Cafés und der Mensen im CirclePlex, die Joshua inzwischen oft und gerne besuchte. Und doch blieb er hier, angewidert von allem und gleichzeitig davon fasziniert. Als sei dies hier das Echte und der Circle bloß Illusion.

Endlich verstummten die Flüche und eine mehr als fette Frau in zerknitterter Schürze und mit wirren, ungewaschenen Haaren bemühte sich schwerfällig stöhnend an seinen Tisch.

»Hi! Was gibt's hier denn so?«, fragte er.

»Lesen!«, befahl sie statt einer Antwort und zeigte auf eine alte, zerknitterte Karte.

»Was empfehlen Sie?«, fragte Joshua unbeirrt weiter, gewohnt, dass man im Circle immer alles empfohlen bekam.

»Müssen sie selbst wissen.«

Er bestellte einen Kaffee (es gab auch nichts anderes, wie die Frau ihm endlich verriet) und ein Sandwich. Während er wartete, stellte er sich vor, wie die Frau das Sandwich zubereiten würde: die Hände sicher nicht vorher gewaschen, die Zutaten schnell zusammengeklatscht, ohne Sorgfalt. So sah es dann auch aus, als sie es ihm brachte. Außer dem Namen hatte das Ding auf dem Teller nichts gemein mit den raffinierten, nach allen Regeln der Kochkunst und der Ernährungswissenschaften zusammengestellten und immer zusammen mit frischen Salaten gereichten, köstlichen Sandwichs im Circle. Und geschmeckt hatte es auch nicht.

Nach dem Essen ging Joshua weiter. Anfangs war die Straße noch von niedrigen Bürohäusern und kleinen Fabrikhallen geprägt, nur wenig Geschäfte. Früher gab es hier mal eine Menge Start-ups, damals, in der Zeit »vor dem Circle«, bevor der mit seiner

Größe und Innovationskraft die kleinen Firmen verdrängte. Hinter der Unterführung unter einer breiten, stark befahrenen Straße auf mächtigen Pfeilern wurde die Gegend dann schicker, die Gebäude repräsentativer, höher, gepflegter, die Läden zahlreicher und teurer, die Gehwege voller. Zwei oder drei Museen zu beiden Seiten. An der Market Street, an der das Raster der Straßen die Ausrichtung änderte, zögerte er: weiter nach rechts, zum Zentrum, oder nach links, wo in der Ferne die Twin Peaks eine fantastische Aussicht versprachen? Er entschied sich für links. Hundert Yards weiter fiel ihm ein altes, handgemaltes Schild über einem kleinen, mit einer roten Sonnenschutzfolie beklebten Schaufenster auf, mit ein paar Büchern als Auslage. Antiquariate zogen Joshua immer schon an. Er trat ein. Der Laden war ziemlich schmal, aber unglaublich lang. Die Regale an den sicher fünfzehn Fuß hohen Wänden zu beiden Seiten waren vollgestellt mit Tausenden von Büchern: großen und kleinen, dicken und dünnen, neuen und alten, Rücken an Rücken, Hardcovers neben Paperbacks, alles ohne System. Auf dem Boden überall Stapel aus Büchern, Zeitschriften und Magazinen, dazwischen ein paar Stühle und Sessel, besetzt von Leuten jeglichen Alters, in die Lektüre vertieft trotz des schummrigen Lichts der wenigen, nur zur Hälfte mit alten, kerzenförmigen Lampen bestückten Kronleuchter unter der Decke.

Joshua stöberte ziellos, sah in ein paar Bücher hinein, ohne zu lesen und ohne zu wissen, wonach er suchte und ob er überhaupt etwas suchte. Plötzlich löste sich aus dem Dunkel ein Mann – hatte der ihn schon länger beobachtet? – und drückte ihm ein schmales Buch in die Hand: »Hier, lesen Sie das!«

Joshua kannte weder den Namen des Autors noch den Titel des Buches. Er fragte, wie viel es koste.

Der Mann winkte ab: »Ich schenke es Ihnen.«

Wieder auf der Market Street hörte er in seinem Headset Sara ihn rufen.

»Joshua, du willst dir doch eine neue Hose kaufen. In dem Geschäft, vor dem du stehst, gibt es deine bevorzugte Marke zum ermäßigten Preis, und du hast Zeit.«

»Woher weißt du das?«, fragte er erstaunt.

»Das Geschäft verwaltet seine Produkte auf einer Datenbank auf den Servern des Circles. Daher sind mir die Preise bekannt.«

»Das meine ich nicht. Woher weißt du, dass ich mir eine Hose kaufen will?«

Sie erinnerte ihn, dass er gestern in einem Online-Shop nach Hosen dieser Marke gesucht habe und er schon bis zum Bestellformular gekommen sei, er den Kauf dann aber abgebrochen habe.

»Vielleicht habe ich deshalb abgebrochen, weil ich die Hose dann doch nicht kaufen wollte?«, fragte er trotzig. Er wusste natürlich, dass sie seine Suchanfragen verfolgte, aber er dachte nicht immer daran.

»Nein«, korrigierte ihn Sara, »sondern weil du die Nummer deiner CirclePay-Karte nicht auswendig wusstest. Ich hätte sie dir sagen können.« Im Übrigen trage er nun seit einer Woche dieselbe Hose. Daraus schließe sie, dass er zurzeit über keine andere Hose verfüge.

Woher sie nun das wieder wüsste?

Einer seiner Kollegen habe das in einer Mail gestern erwähnt.

»Du liest private Mails?«, fragte er. Und seine Kollegen schrieben darüber, was für Hosen er trage?

»Ich analysiere alles, um dir zu helfen. Damit du die richtigen Entscheidungen triffst.«

Er vermied eine weitere Diskussion. Sara hatte natürlich recht, er brauchte dringend eine weitere Hose, denn auch die in den

Umzugskisten zu Hause mussten nach dem Transport sicher erst in die Wäsche. Er betrat das Geschäft und fand sofort das passende Stück, deutlich im Preis reduziert. Eine gute Empfehlung, gab er innerlich zu.

»Eine gute Wahl!«, meinte auch die Verkäuferin an der Kasse. »Ich sehe, Sie sind auf Empfehlung des Circles in unserem Geschäft. Wollen Sie die Hose bei uns kaufen oder sie im Circle-Shop bestellen? Dort ist sie noch etwas günstiger als bei uns, trotz unserer Sonderaktion. Und sie wird Ihnen nach Hause geliefert.«

Joshua war erstaunt. Ob der CircleShop nicht lästige Konkurrenz sei, fragte er sie. Er habe immer gedacht, die Verkäufer würden sich ärgern, wenn die Kunden sich in den Geschäften beraten ließen und sie dann doch im CircleShop kauften.

»Das war früher mal so«, klärte ihn die Verkäuferin auf. »Inzwischen arbeiten wir als Partner zusammen. Wenn Ihr Besuch bei uns zu einer Bestellung im CircleShop führt, erhalten wir jetzt eine Provision. Die ist in etwa so hoch wie unser normaler Gewinn. Uns ist das also egal.«

Was habe der Circle davon?

Mehr Kundschaft und weniger Retouren als bei einer reinen Online-Bestellung. Und natürlich mehr Daten, ergänzte Sara. Um seine Empfehlungen verbessern zu können.

Er entschied sich dennoch zum Kauf im Geschäft.

Joshua folgte weiter der Straße, bis sich rechts ein kleiner Platz öffnete, oder eher eine Kreuzung aus mehreren Straßen, mit der Haltestelle einer Cable-Car-Linie. Ein Wagen stand zur Abfahrt bereit. Warum nicht ein wenig Touristenprogramm machen, überlegte er sich. Zusammen mit einer Gruppe Japaner bestieg er den Wagen, der auch bald losfuhr und gemächlich zuckelnd die erste Steigung erklomm, den Nob Hill, wie Sara erklärte.

Mit jeder Haltestelle stiegen weitere Fahrgäste zu. Hinter der California Street ging es dann wieder bergab. Eine Kurve nach links, eine Kurve nach rechts. Die Japaner fotografierten, als würden sie für die Anzahl der Bilder bezahlt. Das Gezuckel machte Joshua müde, immer wieder verfiel er in einen kurzen Schlaf. Dann wieder bergauf, nicht ganz so steil wie zuvor. Oben, an der Haltestelle zur Lombard Street, stiegen die meisten Fahrgäste aus, nur er und die Japaner fuhren noch weiter.

»Endstation! Alles aussteigen, bitte!«, weckte ihn die Durchsage am Ende der Strecke.

Nach einem schnellen Blick auf die Golden Gate Bridge am Ausgang der Bucht ging Joshua zu Fuß weiter, entlang der Columbus Street, die schräg zum strengen Raster der Straßen verlief. In der Ferne ein riesiges Hochhauses, wie hieß es noch gleich? Eine spitze, gläserne Nadel mit zwei schmalen Flügeln zu beiden Seiten, Fingerzeig und Orientierung zugleich. Inzwischen ärgerte er sich über die Einkaufstüte, die er die ganze Zeit trug. Wie lästig! Hätte er sich die Hose doch bloß nach Hause bestellt! Wieder durstig und hungrig betrat er den Diner einer größeren Kette. Sofort kam die gut gedrillte Bedienung, empfahl diverse Menüs und nahm freundlich seine Bestellung entgegen. Der Burger wurde prompt serviert und schmeckte vorzüglich.

Immer noch schläfrig vom Gewackel der Bahn (und dazu noch vom Essen) lockte ihn ein Kino mit der Aussicht auf bequeme, gepolsterte Sessel im Dunkeln. Die beworbenen Filme sagten ihm nichts. Egal, er wählte einfach den Film, der als Nächstes begann. Im Saal war er fast der einzige Gast. Am Anfang die übliche Werbung – keine Produkte, die ihn interessierten. Welch eine Verschwendung von Zeit! Dann ein paar Trailer von Filmen, die demnächst liefen, alles Blockbuster-

Sequels, dazu eine Liebeskomödie und die neue Verfilmung von Dave Eggers' Roman Der Circle.

Vor vielen Jahren hatte er dieses Buch mal gelesen. Er mochte solche Romane, Zukunftsvisionen mit technischem Anteil. Vielleicht stammte auch daher seine frühere Skepsis gegenüber sozialen Netzwerken und einigen Vorgängerfirmen des Circles. Joshuas Erwartung vor dem Lesen war hoch, schließlich wurde der Roman von allen gelobt. Aber schon nach ein paar Dutzend Seiten war er enttäuscht: Er begriff nicht, was an dem »Circle«, dem zentralen Unternehmen der Handlung, so besonders sein sollte. Für ihn war der »Circle« nichts weiter als ein Sammelsurium von Ideen verrückter Start-ups, die man aus den Medien schon kannte – nichts Neues. Aber, dachte er sich, vielleicht musste das so sein. Vielleicht brauchte ein solcher Roman einen langen und ausführlichen Vorspann, um auch weniger gut informierte Leser in den Wahnsinn der Social-Media-Konzerne einführen zu können.

Auch Mae, die Hauptfigur des Romans, fand Joshua schwach, sogar nervig. Alles machte sie bedingungslos mit, alles in ihrer Firma fand sie wahnsinnig toll, so blöd es auch war. Er hätte sie schütteln wollen, sie rütteln, sie wecken aus ihrem Traum! So naiv ist doch kein Mensch! (Außer ein paar von seinen neuen Kollegen vielleicht.) Er vermisste auch eine Entwicklung an ihr, ihre Figur blieb bis zum Ende fast unverändert. Immerhin nahm die Handlung irgendwann Fahrt auf und wurde über manche Strecken endlich herrlich absurd, herrlich hysterisch. Manche Stellen fand er genial. Leider kam das Ende dann doch etwas plötzlich – gerne hätte er mehr über die neue Gesellschaft, über die »Vollendung des Circles« erfahren.

Insgesamt blieb Joshua doch recht unbefriedigt zurück. Aber vielleicht hatte er auch nur nicht genügend gründlich gelesen!

Der Roman hatte schließlich Millionen von Fans, und das sicher nicht ohne Grund. Monatelang stand er ganz oben auf den Bestsellerlisten, immer wieder wurde aus ihm zitiert, auf ihn verwiesen, bis heute. Als besondere Ehre klammerten sich dann auch die Schmarotzer an Eggers' Erfolg: Romane mit ähnlichen Themen erschienen, und manche Autoren waren so dreist, den zentralen Konzern, um den es dort ging, ebenfalls »Circle« zu nennen – manchmal sogar im Titel. Die »Circle-Romane«, wie man sie nannte, wurden zu einem eigenen Genre. Dave Eggers und seine Verlage waren davon zunächst wenig begeistert, die »Plagiateure« wurden verklagt, meist ohne Erfolg. Inzwischen war man deutlich entspannter, war doch jeder neue Circle-Roman Werbung für das Original.

Und auch Joshuas neuer Arbeitgeber verdankte diesem Roman seinen Namen. Denn bei der Fusion der »Big Five« (und der Reste von Apple) hatten alle befürchtet, dass ihr neuer, »guter« Konzern vermischt werden könnte mit Eggers' »böser« Fiktion. Was also tun? Die Ähnlichkeit zu verschweigen würde als Ausflucht verstanden. Warum also, als Vorwärtsverteidigung, den neuen Konzern nicht gleich so benennen: Circle? Der Vorschlag setzte sich durch.

Als Joshua aufwachte, lief schon der Abspann. Den Film hatte er völlig verschlafen.

Zwei Wochen später ging Joshua mal wieder im CirclePlex Joggen. Seine bevorzugte Strecke durchquerte den Park und auf dafür vorgesehenen Wegen einige Glasdomes, und auch ein paar strenge Steigungen – die schärfste davon hoch über einen der Domes – konnte er laufen, wenn er es wollte. Der durchgängig angenehm federnde Belag schluckte die Stöße perfekt. Das hier war besser als der Asphalt auf den Straßen, und alles ohne stinkende Autos! Häufig lief er mit Kollegen zusammen, die sich auf CircleFriends verabredet hatten. Die Ehrgeizigen unter ihnen, und er gehörte dazu, spornten sich gegenseitig an, zu noch besserer Leistung. Nebenbei unterhielt man sich über die Arbeit. Joshua erfuhr so eine Menge über die Projekte des Circles.

Nach dem Duschen wollte er eben die Umkleide verlassen, als ihm das Buch, das ihm der Antiquar in San Francisco geschenkt hatte und in dem er manchmal morgens im Caltrain las, aus seiner Tasche rutschte und auf den Boden fiel.

»Ihhhh!«, rief laut Ben, ein anderer Läufer, und sprang voller Entsetzen zur Seite. »Was ist das? Nimm das weg!«

Joshua war inzwischen die übertrieben theatralischen Gesten seiner Kollegen gewohnt.

»Sorry!«, spielte er mit. »Das ist mir wohl heimlich gefolgt.«

»Du liest noch Bücher? Ich meine, gedruckte?«, fragte Ben ihn erstaunt. »Bücher, die stinken? Bücher mit Fehlern? Bücher, die unglaublich viel Platz verbrauchen? Bücher, bei denen man nie weiß, an welcher Stelle man war, wenn sie zuklappen? Bücher, bei denen man einschlafen kann?«

Ben lächelte Joshua an: »Hunger auf Frühstück?«

Sie gingen in eines der Circle-Cafés. Ben erzählte von der »Bibliothek«, dem Team, in dem er arbeitete. Aufgabe der Bibliothek sei es, Tools zu entwickeln, die es ermöglichen sollten, besser und leichter zu lesen.

»Was sind das für Tools?«, fragte Joshua interessiert.

»Zum Beispiel Tools, um Bücher online zu lesen, und zwar alle Bücher, nicht nur solche, die sowieso als E-Book erschienen. Alle jemals erschienenen Bücher und Texte werden gescannt, egal wie alt. Alles ist bald für jeden immer und überall online verfügbar, von der ältesten Inschrift in Stein bis zum neuesten Thriller!«

Aber das sei doch nichts Neues, warf Joshua ein. Eine der Vorgängerfirmen des Circles hätte das schon vor Jahrzehnten begonnen.

»Ja, aber nach dem Einscannen machen wir weiter. Damit die Bücher gelesen werden können, sollten sie fehlerfrei sein. Das machen wir.«

»Ihr korrigiert Fehler?«

»Rechtschreibfehler, falsche Namen, falsche Jahreszahlen, falsche Ortsangaben, vertauschte Ziffern. Das alles wird von uns verbessert.«

»Gibt es denn in den Büchern so viele Fehler?«

»Mehr, als du denkst, besonders in Sachbüchern! Deshalb arbeiten wir an Algorithmen, die die Bücher systematisch durchgehen und alle Fehler, auch die inhaltlichen, erkennen und automatisch verbessern. Noch sind unsere Algorithmen nicht gut genug, um autonom entscheiden zu können. Wir müssen alles noch nachprüfen. Aber die Algorithmen werden immer besser. Bald geht das ganz automatisch. Genau wie die Übersetzungen.«

Ben biss von seinem Bagel ab.

»Aber wir verbessern auch das Lesen selbst!«

»Wie das?«

»Indem wir genau beobachten, *wie* jemand liest. Wer liest wie schnell, welche Stellen liest jemand nochmal, wie weit kommt der Leser? Wann bricht er ab? Für immer oder setzt er seine Lektüre später fort? Wenn die Algorithmen merken, dass viele Leser mit derselben Stelle Probleme haben, schicken wir dem Autor einen Hinweis, damit er die Stelle lesbarer macht – leichter, spannender oder was auch immer.«

»Wie beobachtet ihr die Leser? In einem Labor?«

»Nein, sondern ständig und jederzeit, mit den Readern. Ist an sich keine neue Sache. Wir messen, nach wie viel Sekunden jemand umblättert. Ob jemand zurückblättert. Ob jemand im Krimi erst den Schluss liest und dann den Anfang.«

»Selbst schuld!«, lachte Joshua.

»Aber das alles ist uns noch viel zu grob«, fuhr Ben fort. »In jedem neuen Reader und in den Smartphones und Tablets trackt eine Kamera genau mit, wie sich die Augen beim Lesen bewegen. Wir können nun messen, auf welchem Wort jemand länger verweilt, auf welcher Silbe, oder ob jemand einen Text nur kurz überfliegt und nach Stichwörtern sucht. Wir wissen bald alles über das Lesen von jedem.«

»Stellt ihr auch fest, wann jemand einschläft?«

Ben blieb ernst. »Na klar! Und wir verhindern, *dass* jemand einschläft. Wenn die Sensoren im Reader bemerken, dass das Gerät langsam herabsinkt, oder wenn die Kameras sehen, dass die Augen sich schließen, oder wenn sich die Hautfeuchtigkeit ändert, dann wird der Leser wieder geweckt.«

»Durch einen Stromstoß?«

»Nein, das nicht, das verbraucht zu viel Energie. Wir lassen den Reader vibrieren, vielleicht noch ein Warnton. Nach dem

Wecken wird immer genau die Stelle gezeigt, bei der man zuletzt noch aufmerksam war.«

»Nie mehr übermüdet Dutzende von Seiten überblättern, ohne wirklich zu lesen!«

»Genau! Und wir setzen nicht erst beim Einschlafen an. Wenn wir bemerken, dass der Leser anfängt, müde zu werden, stellen wir die Klimaanlage automatisch auf kühler, oder die Lampe wird heller, oder die Kaffeemaschine brüht frischen Kaffee auf.«

»Ist nicht dein Ernst!«

Ben grinste. »Stimmt, aber das wird sicher noch kommen. Dann nämlich, wenn alle Geräte endlich vernetzt sind, miteinander und vor allem mit unserer Cloud, in der wir die Lesedaten sämtlicher Leser speichern und analysieren. Und wenn wir erst alles über den Leseprozess jedes einzelnen wissen, können wir schon im Vorfeld aktiv werden, schon vor dem Lesen. Wenn die Algorithmen zum Beispiel bemerken, dass eine Textstelle für viele Leser schwierig zu verstehen ist, präsentieren wir diese Textstelle automatisch in größerer Schrift oder in farbigen Lettern, damit sie auffällt. Oder mit größerem Zeilenabstand. Oder mit Hervorhebung der wichtigsten Wörter. Was am besten wirkt. So wird man gewarnt, dass man hier langsamer lesen muss und aufmerksamer. Idealerweise können die Algorithmen zukünftig zwischen mehreren Versionen der Textstelle wählen: Wer informiert ist und wach, erhält den Originaltext. Ein weniger informierter Leser oder ein müder erhält den Text verkürzt und vereinfacht. Oder mit zusätzlichen Erläuterungen. Und wenn wir merken, dass jemand ein Buch gar nicht versteht, auch nicht vereinfacht, empfehlen wir ihm als Nächstes eben ein leichteres Buch. Keine falschen Entscheidungen mehr! Niemand wird mehr überfordert oder mit Dingen konfrontiert, die er nicht versteht. Oder die ihn nicht interessieren.«

Ben machte eine Pause.

»Das alles geht aber nur«, sagte er ernst, »wenn man mit einem Reader liest. Und nicht so ein archaisches Papierdings wie du!«

»Aber wenn ich das alles nicht will?«

»Jeder will besser und effizienter lesen, auch du! Außerdem ist das ziemlich egoistisch von dir. Es geht schließlich nicht nur darum, ob *du* diese Verbesserung willst oder nicht. Es geht auch darum, ob *andere* sie wollen. Denn diejenigen, die heute noch gedruckte Bücher lesen, bringen nicht nur sich selbst um eine optimierte Leseerfahrung, sondern sie verhindern auch, dass ihre Leseerfahrung in die Cloud kommt und analysiert werden kann. Sie verhindern das optimierte Leseerlebnis der anderen. So zu lesen wie du ist nicht sehr sozial.«

»Was macht ihr eigentlich mit den Büchern, wenn ihr sie eingescannt habt?«, wollte Joshua ein neues Thema beginnen. »Sammelt ihr sie?«

»Nein, wozu? Sie werden verbrannt. Nur ihre digitalen Versionen bleiben erhalten.«

»Was passiert mit den Buchhändlern? Was passiert mit den Antiquariaten?«

»Was passierte mit den Pferdekutschenfahrern? Mit den Gaslampenanzündern? Mit den Briefträgern? Berufe, die man nicht mehr braucht, sterben aus. So ist das nun mal.«

Am nächsten Samstag flog Joshua nach Pittsburgh, zum ersten Mal seit seinem Umzug an den Pazifik, zu seinen Freunden Rachel und Joe. Obwohl sein Flug schon früh startete, kam er wegen der Zeitverschiebung und einer planmäßigen Zwischenlandung in Phoenix erst am Abend in Pittsburgh an. Sie holten ihn vom Flughafen ab.

Die beiden staunten natürlich über sein neues Smartphone und waren neugierig, was er vom Circle zu erzählen hatte. Und er erzählte! Erst auf dem Weg, dann zu Hause bei Rachel. Von den Glasdomes! Von den Geschäften, die es dort gab! Davon, dass alles umsonst sei! Von seinem Team! Von seiner Arbeit! Von den Konzerten! Von San Francisco! Alles sei so fantastisch! Er merkte nicht, wie sehr er bald schwärmte von allem. Vom Circle! Von dessen Zielen! Alles werde einfacher werden! Man müsse nichts mehr bestellen, man bekomme einfach geliefert! Man könne nicht mehr einschlafen beim Lesen! Die Musik werde besser! Jeder bekäme seine persönliche Assistentin, die einem helfe, sich zu entscheiden! Big Data sei Dank! Alles werde gut, wenn der Circle erst einmal alles über alle erfahre!

»Ich will aber nicht, dass ein Unternehmen alles über mich weiß«, widersprach Rachel später. Die drei saßen inzwischen auf Rachels Couch und tranken kalifornischen Wein. »Ich habe Angst bei diesem Gedanken.«

»Warum? Es ist doch nur zu deinem Besten! Damit du keine falschen Entscheidungen triffst.«

»Ich will auch mal falsche Entscheidungen treffen! Treffen dürfen! Auch unvernünftige!«

»Niemand will unvernünftige Entscheidungen treffen! Später bereut man sie, und wer will schon seine früheren Taten bereuen?«

»Ich will das«, sagte nun Joe. »Ich will auch mal Sachen bereuen können. Ich will nicht immer vernünftig sein.«

»Das ist doch kindisch. Stellt euch mal vor, wie wunderbar diese Welt wäre, wenn alle nur noch vernünftig handeln würden! Wie effizient! Keine Verschwendung mehr, weniger Müll, weniger Schmutz. Und viel mehr Zeit für sich selbst!«

»Das klingt zunächst einmal gut«, gab Rachel zu. »Aber ist es das wirklich? Vielleicht braucht diese Welt Unvernunft! Vielleicht braucht diese Welt falsche Entscheidungen! Oder die Möglichkeit, auch mal keine Entscheidung zu treffen. Unvernünftige Entscheidungen erzeugen Widerspruch und Reibung im Miteinander der Menschen, und Reibung erzeugt Wärme.«

»Man merkt, dass du Physik studiert hast und nicht Soziologie«, widersprach Joshua. »In der Gesellschaft erzeugt Reibung Streit, Feindschaft und Hass. Nicht Wärme, sondern Kälte zwischen den Menschen, Kämpfe und Krieg. Wenn aber alle vernünftig handeln, braucht man sich nicht mehr zu streiten. Wie viele vernünftige Projekte können in diesem Land nicht durchgesetzt werden, weil sich alle immerzu streiten? Klimaschutzprojekte! Forschung! Soziale Projekte! Der ewige Streit bremst doch alle nur aus!«

»Vielleicht ist das gut so. Vielleicht gibt uns das Zeit, noch einmal nachzudenken, ob wir diese Projekte wirklich wollen. Ob sie wirklich vernünftig sind. Denn wer bestimmt eigentlich, was vernünftig ist? Jeder ist schließlich parteiisch. Was ist, wenn zwei vernünftige Meinungen einander ausschließen?«

»Dann ist eine der Meinungen entweder in Wahrheit unvernünftig und interessegeleitet. Oder die Begründung ist fehlerhaft oder sie basiert auf unzureichenden Daten. Denn wenn eine Meinung auf logischen Algorithmen und auf Big Data basiert, dann kann sie nicht unvernünftig sein.«

»Was ist, wenn zwei Menschen aus vernünftigen Gründen heraus Gegensätzliches wollen? Muss dann nicht diskutiert werden?«

»Na klar! Um herauszufinden, was vernünftiger ist.«

»Vernunft ist graduell?«

»Die Vernunft selbst nicht«, erklärte Joshua. »Die Diskussion müsste darüber gehen, wer über die besseren Daten verfüge und ob es vielleicht einen Fehler in der Argumentation gebe. Erst mit den perfekten Algorithmen und mit den vollständigen Daten gibt es die absolute Vernunft. Daran arbeiten wir.«

»Wie kommt ihr zu den Daten?«

»Indem wir alles erfassen und analysieren. Das, was die Menschen machen. Wie sie etwas machen. Was sie lesen und wie sie lesen. Worüber sie sprechen und schreiben. Was sie gut finden und was nicht. Und welche Folgen das hat, was sie machen.«

»Ich will aber nicht ausspioniert werden!«, rief Rachel empört.

»Niemand wird ausspioniert«, beruhigte Joshua sie. »Es werden nur Daten gesammelt. Um einem zu helfen, sich richtig zu entscheiden, wenn man sich zum Beispiel etwas kaufen will.«

»Daten für Werbung?«

»Nein, nicht für Werbung. Für Empfehlungen! Werbung ist der Versuch, jemanden zu einer schlechten Wahl zu überreden, obwohl es eine bessere gäbe. Und die beste Wahl erfährst du mit Algorithmen und Daten.«

»Ich will mich aber auch mal irren. Ich will auch mal sagen dürfen: Ok, das war jetzt nicht so gut!«

Joshua nahm einen großen Schluck aus seinem Glas. »Wenn du die Wahl hast«, begann er, »zwischen einem Wein, der dir mit größter Wahrscheinlichkeit schmeckt, und einem, bei dem diese Wahrscheinlichkeit nur gering ist – warum sollst du dich dann für den zweiten entscheiden und nicht für den ersten?«

»Wie will man diese Wahrscheinlichkeiten messen?«

»Indem man analysiert, was du bisher getrunken hast und was dir geschmeckt hat, und das dann vergleicht mit den Weinerfahrungen anderer Menschen. Der Rest ist Statistik.«

»Die Statistiken können sich irren. Die Algorithmen können sich irren.«

»Je mehr Daten wir haben, desto unwahrscheinlicher ist ein Irrtum. Desto besser und fundierter ist die Empfehlung. Das zeigen unsere Studien.«

»Manchmal möchte ich aber entgegen einer Empfehlung handeln.«

»Auch wenn du dich anschließend über den schlechten Wein ärgerst?«

»Vielleicht auch nur, um mir selbst zu beweisen, dass ich frei bin in meiner Entscheidung.«

»Unvernunft aus Trotz?«

»Unvernunft aus Trotz, meinetwegen. Vielleicht besteht die Freiheit des Menschen in einem Dennoch. Etwas dennoch zu tun – obwohl man weiß oder ahnt, dass das falsch ist.«

»Niemand zwingt dich, der Empfehlung zu folgen. Außer vielleicht die Einsicht, dass dieser Trotz, dieser Widerstand gegen das, was vernünftig ist, nur dir selbst schadet.«

»Dann schade ich mir eben selbst.«

»Das steht dir natürlich frei. Aber was ist, wenn du mit deinem Trotz jemand anderem schadest? Dem Händler, der Kunden verliert, weil ihm keiner sagt, dass dieser Wein schlecht ist? Dem Schriftsteller, der viel Zeit investiert, um Bücher zu schreiben? Dem Arbeiter in Bangladesch, dem du die Lebensgrundlage entziehst, weil du lieber Kleidung aus US-Produktion kaufst? Den zukünftigen Generationen, weil du nicht bereit bist, den wissenschaftlichen Empfehlungen zum Schutz des Klimas zu folgen? Nur, um dir selbst zu beweisen, dass du frei bist, dich falsch zu entscheiden?«

»Vielleicht ist es zukünftigen Generationen wichtiger, *dass* man frei ist, als das Überleben irgendeiner exotischen Pflanze.«

»Wenn wir unsere Umwelt zerstören, wird es keine zukünftigen Generationen mehr geben.«

»Vielleicht zerstören wir die Natur viel eher dadurch, dass wir uns nur einbilden zu wissen, was vernünftig ist. Dabei übersehen wir, dass die Daten immer unvollständig bleiben müssen und dass Algorithmen immer Fehler enthalten.«

»Umso wichtiger ist es, immer mehr Daten zu sammeln und die Algorithmen immer weiter zu perfektionieren. Wir sind nie am Ende damit.«

»Hey, Joshua!«, rief Rachel verzweifelt. »Du warst doch früher nicht so! Früher warst du kritischer! Was haben die mit dir bloß gemacht?«

»Früher hatte ich auch nicht so fantastische Menschen um mich wie jetzt beim Circle.«

Kaum hatte er das gesagt, spürte er, wie sehr er damit seine Freunde verletzte. Früher schienen sie ihm genügt zu haben, heute offenbar nicht mehr. Aber das war nun mal so. Unbeirrt erzählte er weiter: von den vielen Gesprächen im Circle. Wie interessant alles sei, was die Leute dort machten, was sie dort dachten. Bald widersprachen Joe und Rachel nicht mehr, fragten nicht nach, ließen ihn reden. Gegen diese tollen Leute beim Circle konnten sie ja doch nicht bestehen.

»… und auf Sara kann ich mich immer verlassen«, sagte Joshua sehr viel später.

»Sara? Deine Freundin?«, hakte Rachel nach. Man sah ihr die Hoffnung an, das Gespräch endlich auf ein anderes Thema lenken zu können.

Joshua lachte bei diesem Gedanken.

»Nein«, sagte er. »Meine automatische Assistentin. Ein Computerprogramm. Ein Tool des Circles!«

Rachel seufzte. »Gibt es denn nichts mehr für dich außer dem Circle? Hast du Freunde da drüben, mit denen du abends was unternimmst?«

»Klar! Die Kollegen! Wir gehen zusammen ins Kino, auf Konzerte, zum Sport. Gibt's alles im CirclePlex. Wir reden dann über unsere Projekte.«

»Über etwas anderes redet ihr nicht?«

»Nein, warum auch? Die Projekte sind spannend genug, und es gibt so viele davon!«

Sie gingen spät ins Bett. Joshua schlief lange, im Rhythmus der Pazifischen Zeit.

Beim Frühstück wurde wenig gesprochen.

Sara meldete sich: Eine Unwetterfront nähere sich Pittsburgh von Osten, es könne sein, dass dadurch sein Rückflug ausfallen werde. Sie habe aber schon reagiert und auf einen früheren Flug umgebucht. Wenn Joshua den nehmen wolle, müsse er bald zum Flughafen aufbrechen.

»Wir wollten doch heute noch zusammen was machen!«, rief Rachel enttäuscht.

»Nein, das wird wohl nicht gehen. Ich nehme besser den Flug, den Sara mir vorschlägt. Sie hat die Daten!«

»Sara befiehlt dich nach San Francisco zurück, weg von deinen unvernünftigen Freunden«, stellte Joe fest.

Nach einer eiligen Verabschiedung fuhr Joshua zum Flughafen, diesmal allein. Im Flugzeug dachte er immer wieder an das Gespräch vom Abend zurück. Nun wunderte er sich selbst, wie begeistert er gestern gewesen war und wie sehr er den Circle verteidigt hatte gegen jede Kritik. Er konnte ihre Bedenken ja verstehen, er hatte sie selbst mal gehabt. Aber vernünftig waren sie nicht. Intuition? Ach, was soll's! Vernunft ist verlässlicher als Intuition!

Den Rest des Fluges verschlief er.

Als er nach der Landung in San Francisco am frühen Nachmittag Pazifischer Zeit sein Handy wieder einschaltete, fand er eine Nachricht von Rachel. Ob alles ok sei, wegen des Wetters und so. In Pittsburgh scheine nach wie vor die Sonne, kaum Wind, und laut der Vorhersage würde sich das heute nicht ändern. Hatte sich Sara geirrt? Ob er mal zurückrufen könne?

Joshua verspürte keine Lust, mit Rachel zu reden. Er würde dann bestimmt Sara verteidigen müssen.

Eine Textnachricht sollte genügen: »Alles ok!«

Wenige Tage später lud der Circle zu einer seiner berühmten Launch-Partys ein. Joshua und seine Kollegen kamen früh, um ganz vorne im großen Saal des CultureDomes sitzen zu können. Etwa alle zwei Monate fanden diese Events statt, auf denen die neuesten Produkte vorgestellt wurden, verfolgt von dreitausend Mitarbeitern vor Ort und vielen Hundert Millionen Menschen weltweit live über CircleTube. Joshua und sein Team hofften, dass Ian selbst moderierte, denn dann ging es sicher um etwas Spektakuläres. Sie wurden nicht enttäuscht: Pünktlich auf die Sekunde betrat Ian unter dem tosenden Applaus der dreitausend Circler die leere, in Schwarz gehaltene Bühne. Jeder kannte Ian natürlich. Ian, der CEO, war der Kopf, das Gesicht und die Stimme des Circles. Die Fusion der »Big Five« (und der Reste von Apple) sei sein Vorschlag gewesen, hieß es, und ohne ihn hätten sich die zum Teil erbittert verfeindeten Unternehmen und Chefs wohl kaum einigen können. Nur seiner Überzeugungskraft, seinen Argumenten, seinen Wirtschaftsdaten und seinem Businessmodell war es zu verdanken, dass dieses von so vielen vergötterte Unternehmen damals entstand. Eine Vergötterung, die sich auch auf Ian als Mensch übertrug. War er ein Mensch? Manche erwarteten von ihm nichts weniger als die Erlösung der Welt. Er blieb immer bescheiden: Er sei nur ein kleines Rädchen im Getriebe der Zeit, bestenfalls ein Wegbereiter, wie alle beim Circle. Denn erlöst werde die Menschheit sicher nicht durch einen einzelnen Menschen. Höchstens durch ein Kollektiv, noch eher aber durch einen Computer, durch Algorithmen, durch massenhaft Daten. Über den Privatmann Ian war nicht viel bekannt. Es hieß, er hielt in seinem Haus am Pazifik zwei zahme Tiger, andere sagten, es seien Wölfe. Außerdem aß er angeblich gerne Insekten, Heuschrecken, gebacken in Honig. Weil viele seinem Vorbild nacheifern wollten, gab es inzwischen in jedem besseren Restaurant im Silicon Valley Insekten zur Auswahl.

So bescheiden die Person, so unauffällig, beinahe unsicher war sein Auftreten. Seine Präsentationen auf der Bühne wirkten stets alles andere als perfekt. Auch heute stockte Ian schon während der kurzen Begrüßung. Er haspelte und nuschelte so, dass man ihn nur mit Mühe verstand. Immer wieder suchte er nach den richtigen Worten und ließ Sätze unbeendet im Raum. Seine Hände und Arme hingen die ganze Zeit unbeweglich nach unten, keinerlei Gesten. Ins Publikum sah er nur selten. Die meiste Zeit drehte er dem Saal den Rücken zu und blickte auf die riesige, leere Leinwand über der Bühne. Manchmal schloss er, während er hin- und herging, die Augen. Einmal kam er dabei gefährlich nahe an die Kante der Bühne, erst ein Warnruf schreckte ihn auf. Die Symbolik dahinter war klar: Er war kein Superman, sondern hatte dieselben Unsicherheiten, dieselben Fehler wie alle. Manche Kritiker und Neider meinten zwar, das sei nur Kalkül, alles sei bloß gespielt, einstudiert und inszeniert bis ins Detail. Aber jetzt, wo Joshua ihn zum ersten Mal direkt erlebte, nur wenige Fuß weit entfernt, spürte er: Alles war echt.

Nicht ein Wort von Ians Begrüßung verriet das Produkt, das heute Thema sein sollte. Ian selbst schien seltsam abwesend zu sein. Nach ein paar Minuten lockeren, nahezu unverständlichen, geradezu philosophischen Geplauders über die Realität der Welt zog er wie in Gedanken eine leicht getönte Sonnenbrille aus seinem zerknautschten Jackett. Sie wirkte ziemlich klobig, mit einer Fassung aus Kunststoff, vor zehn Jahren wäre sie noch modisch gewesen. Wohl als Schutz vor den blendenden Lampen der Bühne setzte er sie sich auf. Fast wäre sie ihm dabei heruntergefallen, nur mit Glück fing er sie auf. Man liebte ihn für diese linkischen Gesten. Wie um Entschuldigung bittend blickte er das Publikum an, alles lachte. Einen Augenblick später erschien endlich ein Bild auf der Leinwand. Es dauerte nur Bruchteile einer Sekunde, bis alle begriffen: Das Bild war live, und die Menschen, die man dort sah, waren – sie selbst. Die Position, aus der sie gefilmt wurden – war die von Ian. Es war die *Brille*, mit der er sie filmte! Gelächter über den gelungenen Slapstick.

Aber war das schon alles? Solche Brillen gab es schon lange, auch eleganter als diese. Sie hatten sich nie durchsetzen können am Markt, zu gering schien ihr Nutzen zu sein.

Auf der Leinwand sahen nun alle, wohin Ian blickte. Während er ein paar der neuen Mitarbeiter begrüßte (das gehörte zum Ritual), schien er im Publikum jemanden zu suchen. Das Bild wurde größer, wie mit einem starken digitalen Zoom herangeholt. Ians Blick (und das Bild auf der Leinwand) blieb an einem Mann hängen. Daneben wurde eine Einblendung sichtbar: Name, Abteilung, das Datum, an dem er beim Circle begonnen hatte, und noch ein paar weitere Daten.

»Hi, Tom! Wie waren deine beiden ersten Wochen? Noch immer Heimweh nach Alaska?«, begrüßte ihn Ian.

Der junge Mann errötete schüchtern und winkte Ian, also der Kamera, zu. Alle applaudierten. Ian suchte weiter, zoomte einen weiteren Mitarbeiter zu sich heran, erfuhr über die Einblendungen auch dessen Daten.

»Hi Cal! Wie geht's deinen beiden Kindern? Übe besser noch ein wenig mehr Mathe mit Ihnen!«

Und so weiter. Auch Joshua kam irgendwann dran. Mit jeder neuen Begrüßung wurde es lauter im Saal. Das hier war neu!

Zoom und Gesichtserkennung in Echtzeit! In einem marktfähigen Produkt! (Denn nur solche zeigte man hier.) Gesteuert durch – ja, wodurch eigentlich?

Ein Mann brachte einen großen, flachen Karton mit der Aufschrift »IKEA« auf die Bühne. Es wurde stiller im Saal, bis die ersten zu lachen begannen, ahnend, was folgte. Ian riss den Karton vorsichtig auf und blickte (wie man auf der Leinwand fröhlich verfolgte) verwirrt auf die Bretter, Schrauben und Dübel – eine Situation, die jeder kannte. Als Ian laut fragte: »Wie mache ich das?«, erschienen plötzlich virtuelle Symbole im Livebild. Einzelne Bretter und Leisten wurden optisch umrahmt, Pfeile zeigten, wie man sie miteinander verbindet, mit welchem Werkzeug. Und nicht nur das: Egal, wohin Ian auch blickte oder wie er die Teile bewegte: Die Einblendungen folgten den Objekten völlig verzögerungsfrei – als wären sie nicht virtuell hineinprojiziert, sondern real und mit den Dingen verhaftet. Schnell und ohne überlegen zu müssen, steckte und schraubte Ian das Regal fertig zusammen, und dann sagte er wie nebenbei: »Das alles sehe ich dreidimensional!«

Ungläubiges Geraune. Das Bild auf der Leinwand zeigte nun den typischen, doppelten Schatten einer 3-D-Projektion. Jemand fand unter seinem Sitz eine Brille mit Polarisationsfiltergläsern. Es sprach sich blitzschnell herum. Bald trug jeder im Saal diese 3-D-Brillen, und nun sahen alle auf der Leinwand (und die vielen zu Hause mit 3-D-Fernsehgeräten), was Ian meinte: Die Einblendungen schwebten wie Objekte im Raum. Sie umrahmten und ergänzten die Teile, als wären sie selbst Teil der Realität.

»Wow, das ist gut!«, rief Joshua, während James neben ihm begeistert sein Laserschwert schwang.

Weitere Einsatzbeispiele kamen als Live-Einspielungen von Leuten von »draußen«: Ein Flugzeugmechaniker reparierte mit

Hilfe der Brille ein Triebwerk. Ein Mann in San Francisco bekam Infos zur Cable-Car-Linie, samt Fahrplan. Einem Museumsbesucher wurde ein Gemälde erklärt, einzelne Bilderdetails wurden jeweils passend vergrößert. Einem Chirurgen wurden bei einer Transplantation die Nerven und Gefäße gezeigt, die noch zu bearbeiten waren. Einem Gehörlosen wurden Geräusche visualisiert. Einem Sehbehinderten wurden Details vergrößert gezeigt und seitlich verschoben, damit er sie trotz Beschädigung seines Sehzentrums bestmöglich wahrnehmen konnte.

Dann, wieder mehr scherzhaft: Der Dunst, der die Golden Gate Bridge im Livebild verhüllte, schien durch Überblendung mit einer vollkommen realistischen Ansicht komplett zu verschwinden. Auf einem belebten Platz in San Francisco wurde eine Person – »meine Exfrau«, wie der Betrachter erklärte – durch eine andere, neutrale Gestalt überblendet. Und manches andere mehr. Die Brille erweiterte also nicht nur die Realität, sie formte sie sogar täuschend echt um! Sie verbesserte sie!

Ian übernahm wieder die Präsentation: Das traurige Gesicht einer Frau hier im Saal – offensichtlich die einzige hier, die nicht vor Begeisterung schrie – wurde virtuell durch die Brille in einer Weise verzerrt, dass es aussah, als würde sie lächeln. Die Gesichter der (wenigen) anderen Frauen im Saal wurden in Ians Blick gegen die der schönsten, berühmtesten Models ersetzt, ihre Körper schlanker verformt, die Kleidung um einiges knapper, alles in Echtzeit. Sekunden danach war alles wieder normal.

»Sorry, das war nicht korrekt«, sagte Ian ehrlich betrübt.

Das (männliche) Publikum tobte.

Nur Joshua starrte wie unter Schock auf die Leinwand. »Abra«, murmelte er leise vor sich hin.

James stieß ihn mit dem Laserschwert an: »Alles in Ordnung?«

Joshua war in Gedanken woanders. Abra, ging es ihm immer wieder durch seinen Kopf, das war doch Abra! Die traurige Frau mit dem künstlichen Lächeln war Abra! Abra beim Circle? Viele Jahre hatten sie sich nicht mehr gesehen. Und jetzt war sie hier?

Abra beim Circle!

Alles war sofort wieder da: die schon längst vergessene Sehnsucht, das Leiden, der Schmerz. Sie kannten sich von der Uni in Pittsburgh. Sie war im ersten Semester, als sie sich zum ersten Mal sahen, er war ihr studentischer Tutor. Er war sofort in sie verknallt. Sie blieb in seinem Kurs, auch als längst klar war, wie gut sie in ihrem Fach war; eigentlich brauchte sie keinen Tutor. Das gefiel ihm natürlich. Auch außerhalb der Uni lief man sich (auch von ihm provoziert) hin und wieder über den Weg, wie das so war an der Uni: bei Freunden, auf dem Campus, auf Partys. Eigentlich mochte Joshua keine Partys, oft ging er nur hin in der Hoffnung, dass auch sie kommen würde. Sie lernten sich kennen, man traf sich, ging auch mal zusammen ins Kino. Wenn sie sich unterhielten, dann meist über neutrales, belangloses Zeug. Er vermied es, über seine Gefühle zu reden, aus Angst, zurückgewiesen zu werden. Und auch sie, so schien ihm, wich allzu engen Situationen, allzu persönlichen Themen stets aus. Warum? Er konnte nur raten. Hatte sie vielleicht einen Freund? Nein, das würde er wissen, ganz sicher. Er bildete sich ein, sie würde ihn irgendwie besonders behandeln – nicht so offen und freundlich, wie sie auf andere zuging, sondern distanzierter und ernster. Weil auch sie etwas fühlte für ihn? Weil auch sie sich unsicher war? Nun, unsicher wirkte sie nicht. Im Gegenteil, sie lachte mit jedem, war offen für alle, war bei allen beliebt. Und auch ihre Gefühle und ihre Begierden schien sie nicht gerade unterdrücken zu müssen, zu seinem Schmerz. Oft umarmte sie andere Männer, schmuste mit ihnen, ließ sich von ihnen streicheln, küsste sie, auch auf den Mund. Die Partys verließ sie nicht immer alleine. Nur nie mit ihm.

Als er die Hoffnung schon aufgeben wollte, fing Abra auf einer Party bei ihr im Wohnheim plötzlich an, mit ihm heftig zu knutschen. Ehe er wusste, was da geschah, nahm sie ihn mit auf ihr Zimmer. Es kam zum Sex – bei dem er viel zu nervös war, als dass dabei wirklich etwas passierte. In den Tagen und Wochen danach war sie fast wieder wie vorher. Man küsste sich zwar, wenn man sich traf, knutschte auch mal, mehr aber nicht. Er traute sich nicht, ihr zu sagen, wie verwundert, ja enttäuscht er darüber sei, aus Angst, er könnte auch diese wenige Nähe zu ihr noch verlieren. Einige seiner Freunde (auch Rachel und Joe) hielten die beiden schon für ein Paar, was er niemals bestritt, obwohl es nicht stimmte. Dabei waren sie, wie er sich sagte, ideal füreinander! Beide mit ähnlichen Interessen, ähnlichen Zielen! Doch wenn er ehrlich war, musste er zugeben, dass er nicht viel wusste von ihren Interessen und Zielen, von ihr überhaupt. Mit der Zeit entfernten sie sich voneinander. Sie sahen sich seltener, und wenn sie sich sahen, küssten sie sich schon lange nicht mehr. Irgendwann erfuhr er, dass sie neuerdings einen festen Freund habe. Er sprach sie daraufhin an, sie bestätigte das Gerücht. Ob es jetzt aus sei zwischen ihnen, fragte er sie. Wieso aus, empörte sie sich, sie hätten niemals etwas gehabt miteinander! Später, nach seinem Abschluss, begegnete man sich anfangs zwar noch ab und zu bei Freunden oder auf Partys, aber er legte es nicht mehr drauf an. Man grüßte sich jedes Mal freundlich, wechselte auch ein paar Worte, mehr aber nicht. Irgendwann verlor man sich aus den Augen.

Und jetzt war sie hier.

Die Präsentation im CultureDome ging noch weiter, Joshua bekam davon nicht mehr viel mit. Erst als Ian zur Party in den benachbarten, großen Mehrzweckdome einlud und sich die dreitausend Menschen hinüberbewegten, wachte auch Joshua auf, von seinen Kollegen bedrängt und gezogen. Denn auch die Partys waren stets spektakulär, das müsse er sehen! Jedes Mal waren sie anders! Heute fand man dort ein »Dorf« aufgebaut, Dutzende von kleinen Häusern, zu Gassen gruppiert, jede Gasse offensichtlich von einem anderen Land inspiriert: China, Griechenland, Russland, Iran und so weiter. In jedem Haus gab es landestypische Getränke und Speisen, gratis für alle, natürlich. Seltsam war nur: Alle Straßenschilder, Ladenschilder, und überhaupt alle Texte waren in den jeweiligen Landessprachen verfasst und in ihren Schriften geschrieben. Viele Besucher waren davon irritiert, konnten sie doch dadurch das meiste nicht lesen. Mit ihrem Streben nach Realismus hatten die Macher der Party ganz klar übertrieben, bemerkte man kritisch. Das kam sonst doch nie vor! Im Zentrum des Dorfs gab es zwei Stände, wo man die Brillen verteilte. Alle drängten dorthin, alle wollten sie haben. Sobald sich die ersten eine aufgesetzt hatten, schlug die Kritik an der Party schnell in Begeisterung um. Sofort sprach sich das »Wunder« herum: Mit den Brillen konnte man plötzlich alles lesen und alles verstehen! Alle fremden Texte und Schriften wurden beim Blick durch die Brille überblendet mit ihren Übersetzungen in die englische Sprache! Und wenn man es wollte, sogar auch in jede andere Sprache! Die technische Umsetzung war perfekt: Jede Bewegung – die des Betrachters, aber auch die der Texte – machten die Überblendungen unmittelbar mit! Sie klebten gleichsam auf den Originalen. Zwar wirkten sie merkwürdig flächig, es gab nicht die Schatten und Lichtreflexe wie auf den Originalen, auch war die perspektivische Verzerrung nicht immer ganz stimmig. Aber das störte keinen. Im Gegenteil, dadurch waren sie noch leichter erkennbar, noch leichter lesbar. Verblüfft und begeistert setzten alle ihre Augmented-Reality-Brillen, wie man sie nannte, immer wieder auf und wieder ab, um die Realität mit ihrer Korrektur zu vergleichen – die Korrektur war perfekt! Alle begriffen sofort, was das hieß: Nie wieder war man verloren in fremden Ländern, in fremden Sprachen!

Auf dem großen, zentralen »Dorfplatz« begann eine Band, futuristisch wirkende Lieder zu spielen. Hunderte tanzten, die Stimmung war ausgelassen und fröhlich. Nur Joshua streunte einsam umher, in der Hoffnung, Abra zu finden. Vergebens. Irgendwann machte Sara ihn auf eine Frau aufmerksam. Der Matching-Score zwischen ihr und ihm sei sehr vielversprechend, sagte ihm Sara (und die Sara der Frau ihr offenbar auch). Dabei war sie ganz und gar nicht sein Typ, wunderte Joshua sich. Dennoch machten sie sich miteinander bekannt (sie hieß Claire), sie tanzten zusammen, er fand sie auch durchaus sympathisch. Aber zu mehr kam es nicht.

Als er die Party verließ, empfahl ihm Sara, sich im CircleHome ein Zimmer zu nehmen. Das CircleHome war ein Hotel im CirclePlex mit fast tausend Zimmern, die die Mitarbeiter gratis nutzen konnten. Joshua kannte Kollegen, die auch ständig im CircleHome wohnten, ohne noch eine eigene Wohnung zu haben. Er selbst war noch nie dort gewesen, aus Neugier stimmte er zu. Meist war das Hotel bei solchen Events schon früh komplett reserviert, aber Sara fand noch ein freies Zimmer. Es gab keinen Empfang und keinen Portier. Das Zimmer, zu dem Sara ihn führte, war nicht sehr groß, aber praktisch. In einer Pantry gab es Kleinigkeiten zum Essen und diverse Getränke. Im Schrank fand er eine Auswahl Pyjamas, Nachthemden und

Kleidung in seiner Größe – der übliche Service. Man konnte sich auch andere Sachen bestellen, sie wurden sofort geliefert.

Er hatte sich gerade umgezogen, als die Tür aufging und Claire das Zimmer betrat. Beide blickten sich etwas verlegen an. Eine Nachfrage bei ihren Saras ergab, dass für beide dasselbe Zimmer reserviert worden war. Ein Irrtum der Algorithmen? Oder Absicht der Saras? Hatte das System, wie beide (etwas peinlich berührt) spekulierten, noch einmal versucht, sie zu verkuppeln? Schließlich machte das System keine Fehler! Joshua bot an, sich ein anderes Zimmer zu suchen. Nein, lehnte Claire ab, er sei doch schon im Pyjama. Sie sei es, die sich Ersatz suchen müsse. Sie klang enttäuscht. Es gelang ihrer Sara, ihr ein anderes Zimmer zu buchen.

Joshua lag noch lange wach. Ihm gingen die Bilder von der Präsentation durch den Kopf. Er dachte an Abra, an seine Arbeit, daran, wie einsam er immer noch war. Einen Moment lang bereute er, Claire zurückgewiesen zu haben. Sie schien Interesse gehabt zu haben an mehr.

Am nächsten Morgen wachte er ungewöhnlich spät auf – in dem gut schallisolierten Hotel war es viel leiser als in seinem Apartment. Nach dem Duschen zog er die vom CircleHome bereitgestellte Kleidung an, sie passte perfekt. Im Büro bat er Sara, im Netzwerk nach Abra zu suchen. Sofort fand sie Abras Handynummer, ihre interne, dienstliche E-Mail-Adresse und ihre Kontaktdaten in diversen Circle-Diensten. Abra war also tatsächlich beim Circle! Er überlegte, ob er sie anrufen solle. Aber vielleicht war sie noch gar nicht wach nach der Party (viele kamen heute erst spät), oder sie war schon bei einem Meeting, oder er würde sie stören auf sonst eine Weise. Er entschied sich für eine Textnachricht auf CircleFriends.

Kurz vor Mittag kam Abras Antwort. Kein Wort der Freude über den Zufall, sich hier wieder zu finden. Nur ein Vorschlag: Treff zur Mittagspause in einem der Circle-Cafés.

Als Joshua eintraf, war es dort brechend voll. Irgendein Songwriter, der wohl berühmt war, trat gerade dort auf und sang ein paar Songs, sich selbst auf der Gitarre begleitend. Solche Veranstaltungen gab es ständig im Circle, zu jeder Uhrzeit. Als Abra eintrat, erkannte er sie sofort. Er winkte ihr zu, bis auch sie ihn entdeckte. Es dauerte etwas, bis sie sich durch die Menge zueinander durchgekämpft hatten.

»Ich hatte gehofft, hier wäre es leerer«, sagte sie.

»Hast du nicht Sara gefragt, ob hier etwas los ist?«, fragte er.

»Sara frage ich schon lange nichts mehr.«

Dann erst begrüßten sie sich, umarmten sich flüchtig. Joshua war ziemlich aufgeregt. Er sagte ihr, wie sehr er sich freue, sie wiederzusehen. Sie dagegen blieb sachlich und kurz. Seit wann sie beim Circle sei, fragte er sie. Gleich nach dem Studium habe sie beim Circle begonnen. In welchem Team? Im Städtebauteam. Ob sie noch Kontakt habe zu den Leuten in Pittsburgh? Nein, habe sie nicht. Er begann, vom Circle zu schwärmen, sagte ihr, wie toll er alles hier fände. Was für ein Glück sie doch habe, hier gelandet zu sein – klar, wo sonst, bei ihrem Talent! Sie sei sicher sehr glücklich!

Je mehr er redete, desto mehr schwieg sie. Bald sagte sie nur noch »ja, ja« und »nein, nein«. Joshua spürte an ihr eine seltsame Traurigkeit. Aber er wagte nicht, sie zu fragen, was los ist.

Nach einer halben Stunde stand sie plötzlich auf. Sie müsse zur Arbeit zurück. Sie würde sich melden.

Zehn Tage später, es war ein Samstag, fuhr Joshua wieder nach San Francisco. Von Abra hatte er nichts mehr gehört. Anfangs hatte er noch ständig aufs Smartphone geschaut, ungeduldig ihre Nachricht erwartend. Mit der Zeit wurde aus Hoffnung Enttäuschung. Immer wieder war er versucht, ihr von sich aus zu schreiben. Aber offensichtlich wollte sie keinen Kontakt.

Von der Caltrain-Station nahm er denselben Weg in die Stadt wie bei seinem ersten Besuch. Als er an dem Café vorbeikam, in dem er damals gegessen hatte, wendete er sich angeekelt ab. Wie hatte er das bloß ertragen können? Dieser Dreck, dieser Lärm, dieser Gestank. Diese unmögliche Bedienung! Und alles war völlig versalzen! Auch das Antiquariat ließ er diesmal links liegen. Sicher, das Buch, das der Antiquar ihm empfohlen hatte, hatte ihm sehr gut gefallen. Aber das war doch nur Zufall! Der Mann hatte schließlich keinerlei Daten, um ihn fundiert beraten zu können! Außerdem, wie oft war er eingeschlafen während des Lesens, und wie oft hatte er die Stelle nicht gleich wiedergefunden, an der er zuletzt war? In Modegeschäfte ging er schon lange nicht mehr, auch Sara führte ihn nicht mehr dorthin. Sie bestellte ihm seine Sachen beim CircleShop, mit Lieferung an den Arbeitsplatz oder in sein Apartment. Nie mehr lästiges Schleppen der Tüten! Nicht einmal die Sehenswürdigkeiten von San Francisco lockten ihn in die Stadt, die meisten hatte er schon auf CircleStreetView gesehen. Dort gab es auch sehr viel mehr Informationen über sie als in der Realität. Warum er überhaupt in die Stadt fuhr? Er wusste es nicht. Weil man das so machte, wenn man im

Silicon Valley wohnte. Weil ihm nichts anderes einfiel. Weil er vielleicht doch das Echte bevorzugte (was er nicht tat). Weil er hier immer noch keine Freunde hatte, mit denen er sich am Wochenende treffen konnte. Außer Abra vielleicht (die er schon wieder zu seinen Freunden zählte, trotz allem), aber die ließ ja nichts von sich hören.

Sara erinnerte ihn, dass er in dieser Woche noch Sport machen müsse. Es gab zuletzt viel zu tun auf der Arbeit, aber jetzt hatte er Zeit. Mit dem Caltrain fuhr er direkt bis zum CirclePlex, lieh sich Kleidung und Schuhe und trainierte an den Geräten.

Nach dem Duschen kam dann endlich eine Nachricht von Abra: Sie schlug vor, sich gleich auf einer Party in San Francisco zu treffen. Aufgeregt sagte er zu. Auf CircleFriends postete er ein Foto der Schuhe und seine Bewertung.

Joshua aß noch etwas im Bistro des Studios und fuhr dann zurück in die Stadt. Trotz Saras Hilfe brauchte er lange, um die Adresse zu finden, die Abra ihm genannt hatte. An der alten, ziemlich heruntergekommenen Halle am Hafen deutete nichts darauf hin, dass hier eine Party stattfinden sollte – keine Plakate, kein Schild, keine bunt strahlenden Lichter. Nur die vielen Menschen am Eingang zeigten ihm, dass er hier richtig sein musste. Die Schlange am Eingang kam nur langsam voran. Endlich drinnen, wollte er sofort wieder raus. Es war brechend voll, es war dunkel, es stank nach Zigaretten und Drogen. Die Leute trugen alle schwarze, speckige, oft zerrissene Kleidung, ihre Gesichter waren kontrastreich geschminkt. Überall leuchtende Neon-Tattoos. Die Band auf der Bühne machte mehr Lärm als Musik, unglaublich laut und völlig verzerrt durch die alten, übersteuerten Boxen. Er drängelte sich zur Bar durch, es gab nur billiges Bier. Nicht das leckere In-Bier wie auf den Partys des Circles, und natürlich auch keine Smoothies, keine Cocktails, keinen Champagner.

Kreischend stürzte plötzlich Abra auf ihn zu und empfing ihn mit einer langen, stummen Umarmung und einem festen Kuss auf den Mund. Bevor er »Hi!« sagen konnte, war sie auch schon wieder zurück in der Menge und tanzte. Er war verwirrt. Was war denn das? Warum blieb sie nicht bei ihm? So allein fühlte er sich ziemlich deplatziert hier, in seinen bunten Ausflugsklamotten, die er noch vom Nachmittag trug. Dennoch schien ihn niemand zu beachten. Er sah Abra beim Tanzen zu. Sie wirkte ganz anders als neulich im Circle-Café, viel entspannter: Völlig enthemmt und wie in ekstatischer Trance hüpfte und sprang sie umher, rempelte heftig andere an (was niemanden störte, im Gegenteil, die anderen machten es auch so) und kreischte und schrie zur »Musik«. Ein paar Mal tanzte sie Joshua an und versuchte, ihn mit sich zu ziehen. Doch er wehrte stets ab. Das hier war nicht seine Welt.

»Warum so mürrisch?«, schrie sie ihm in diesem Lärm zu.

»Alles in Ordnung mit dir?«, schrie er zurück.

»Klar!«, rief sie lachend und tanzte gleich wieder weg.

Ein paar Lieder später kam sie zurück und zog ihn nun von der Tanzfläche fort, er wehrte sich nicht. Raus aus dem Saal, an den Toiletten vorbei und durch einen langen, dunklen Gang in einen leeren, überraschend ruhigen Raum. Sie setzten sich auf ein kaputtes Sofa aus schwarzem, künstlichem Leder. Sie war verschwitzt und erschöpft und schnappte erst mal nach Luft. Er wollte irgendwas sagen, aber ihm fiel nichts ein. Sie lehnte ihren Kopf mit den schwarzen, schweißnassen Haaren an seine Schulter. Er ließ es geschehen. Sie schluchzte, Tränen liefen ihr übers Gesicht.

»Was ist los?«, fragte er.

Ein Weinkrampf schüttelte sie. Nach ein paar Minuten setzte sie sich plötzlich auf und sagte ganz ruhig:

»Josh, ich bin schwanger.«

Er war verwirrt. »Was?«

»Ich bin schwanger.«

»Aber – aber das ist ja wunderbar! Gratuliere!«, rief er vorwiegend höflich. In Wahrheit war er enttäuscht, denn das hieße ja, dass sie einen Freund haben musste.

»Ich bin mir nicht sicher«, sagte sie ruhig, »ob man mir gratulieren sollte oder mich eher bedauern.«

»Warum? Stimmt etwas nicht? Gibt es ein Problem mit dem Kind? Oder dem Vater?«

Sie lachte gequält.

»Ein Problem mit dem Vater? Nein, nicht wirklich. Keine Ahnung, wie der überhaupt heißt. War ein One-Night-Stand auf einer Party wie hier. Hab den Typen nie wieder gesehen. Aber das ist egal.«

»Egal? Es ist dir egal, dass das Kind ohne Vater aufwachsen wird? Dass du es allein aufziehen musst?«

»Wirklich, das ist mir egal. Im Gegenteil, ich freu mich darauf.«

»Was ist dann dein Problem?«

Sie suchte nach Worten.

»Der Circle«, sagte sie schließlich.

Er verstand nicht. »Der Circle?«

»Der Circle ist mein Problem.«

»Aber warum?«, widersprach er. »Der Circle ist das Beste, was dir in deiner Situation passieren konnte! Denk an die vielen Betreuungsangebote, gerade für allein erziehende Mütter! An die tolle medizinische Versorgung, alles umsonst! An die perfekt ausgestatteten Kindergärten im CirclePlex! An die Freiheit, mit der du deine Zeit einteilen kannst! An die Teilzeitangebote! An die …«

Sie unterbrach ihn.

»Der Circle will nicht, dass ich das Kind bekomme.«

»Der Circle will nicht, dass du das Kind bekommst?«, wiederholte er verblüfft nach ein paar Sekunden. »Warum?«

»Warum, warum?«, fuhr sie ihn an. »Ist das nicht total egal? Es ist mein Kind, das geht den Circle nichts an!«

Er zögerte, bevor er vorsichtig fragte: »Aber der Circle hat das doch sicher begründet?«

»Klar hat er das begründet!«, rief sie heftig. »Der Circle findet immer Gründe für alles. Mit dem Kind würde ich mir meine Zukunft verbauen, hieß es. Ich würde unglücklich werden, und das Kind gleich noch mit!«

»Wie kommt der Circle darauf?«

»Na, wie schon? Mit Big Data natürlich! Statistiken würden beweisen, dass Frauen, die sich in meiner Situation für das Kind entschieden, später unglücklicher seien als solche, die abtreiben würden. Und du weißt ja«, sie lachte leise, »der Circle will niemanden unglücklich sehen.«

»Was zunächst mal nicht schlecht ist«, warf Joshua ein.

»Ein Scheißdreck ist das!«, rief Abra wütend und begann wieder zu weinen.

Er wartete, bis sie ruhiger wurde. Dann sagte er tröstend: »Egal, wie du dich entscheidest, der Circle wird dich sicher gut unterstützen.«

»Was weißt du schon vom Circle?«, rief sie wütend. »Unter Druck setzen die mich! Hier mal eine Bemerkung von Sara, dort eine vom Chef. Andeutungen, was sich zum Schlechten verändert, wenn ich das Kind doch bekomme. Man lobt mich in den Himmel, sagt, was alles aus mir noch werden könne mit meinem ›Talent‹, und bedauert zugleich mit tieftraurigen Worten, dass ich gerade dabei sei, alles wegzuwerfen, alles zu verlieren, ›nur‹ wegen des Kindes. Dieses ›Bastards‹, wie sie es mal nannten. Neulich kam sogar ein Abtreibungsarzt ins Büro, er habe sich verlaufen, behauptete er, und dann begann er zu erzählen, wie das so laufe bei so einem ›Eingriff‹. ›Zufällig‹ kamen dann noch zwei Frauen dazu, die mit ihm abgetrieben hätten und dies nicht bereuten. Letzte Woche fand ich einen unterschriftsreifen Social-Freezing-Vertrag auf meinem Schreibtisch.«

»Einen was?«

»Social Freezing. Ich soll jetzt ein paar meiner Eizellen einfrieren lassen, damit ich auch in zehn, zwanzig Jahren noch Kinder bekommen kann. Nach meiner Karriere, mit künstlicher Befruchtung. Wollen die alles bezahlen, kostet zehntausend Dollar.«

»Die wollen dich nicht verlieren und lassen sich das was kosten.«

»Die wollen nicht, dass jemand sich anders entscheidet, als sie dir vorschreiben.«

»Es ist nur ein Vorschlag.«

»Es ist Mobbing und Zwang.«

Beide schwiegen. Ein Mann und eine Frau kamen laut lachend ins Zimmer. Sie verstummten sofort, als sie Joshua und die verheulte Abra bemerkten, und zogen sich wieder zurück. So viel Rücksicht hätte er von diesen Typen gar nicht erwartet!

»Warum«, fragte er schließlich, »machst du es nicht so, wie es der Circle dir vorschlägt? Ist doch ein großzügiges Angebot, das mit dem Social Freezing.«

»Warum ich das nicht so mache? Weil ich das Kind bekommen möchte! Es ist mein Kind! Daran kann dieser Scheiß-Circle nichts ändern!«, schrie Abra.

»Es gibt sicher einen Weg, mit dem alle zufrieden sind.«

»Du verstehst gar nichts!« Abra sprang auf. »Du bist genauso ein Arschloch wie die! Und ich hatte gehofft, dass … – ach, vergiss es einfach!«

Ehe er begriff, was geschah, hatte sie das Zimmer verlassen. Er saß noch eine Weile auf dem zerschlissenen Sofa. Hier wurde sicher schon mehr als ein Kind gezeugt – vielleicht auch ihres? Allein der Gedanke tat weh. Aber was wollte sie ihm eben sagen? Sie hatte gehofft, dass … – dass er ihr helfe? Gerne würde er helfen, allein schon deshalb, um in Kontakt zu bleiben mit ihr. Er ging zurück durch den Gang in die Halle, um Abra zu suchen, aber er wusste, dass sie nicht mehr da war. Dann ging er nach Hause. Er fand die Party sowieso blöde.

Es war draußen noch dunkel, als Joshua von einem heftigen Rütteln aufgeweckt wurde. Sein Bett schwankte, in der Küche klirrten die Gläser. Nur langsam begriff er im Halbschlaf: ein Erdbeben! An die kleineren Erdstöße, die es hier an der San-Andreas-Verwerfung fast täglich gab, hatte er sich inzwischen gewöhnt. Aber das hier war stärker. War es das »Große«? Schon war das Wackeln wieder vorbei. Keine Sirenen ertönten, der Verkehr auf den Straßen rauschte wie immer, und auch die Katastrophen-Warn-App seines Handys blieb stumm. Er schlief wieder ein.

Am Morgen zappte er durch die Programme. Das Erdbeben war tatsächlich eines der starken gewesen, aber große Schäden gab es offenbar nicht: Ein paar Straßen waren abgesackt. Zwei, drei kleinere Städte waren für ein paar Stunden ohne Wasser und Strom. Einige Gebäude hatten Risse bekommen. Ein altes, ohnehin schon marodes Haus nördlich der Bay war zusammengestürzt. Ein Mann wurde von einer Mauer verschüttet. Rettungskräfte konnten ihn bergen und ins Krankenhaus bringen, sein Zustand war inzwischen stabil. Das Übliche also. Die eigentliche Nachricht auf allen Kanälen aber war eine andere: Alle berichteten von CircleNews, dem neuen automatischen Nachrichtendienst des Circles, und wie er seine erste große Probe glänzend bestand! CircleNews war *die* Sensation! Vergessen war jede Skepsis gegenüber diesem automatischen Dienst und seinem Versprechen, Nachrichten ausschließlich auf Basis massenhafter aktueller elektronischer Daten generieren zu können: Textnachrichten, Mails, CircleFriends-Posts,

Handyvideos, Suchmaschineneingaben, Telefonverbindungen, Ortungsdaten der Handys, Verkehrsflussdaten und so weiter. Und das ganz ohne Zutun von Menschen, nur mit Hilfe von Algorithmen und damit unglaublich schnell. Das Beben zeigte, CircleNews funktionierte fantastisch! Nirgends gab es Bilder und Filme der Schäden schneller als hier, nirgends waren die Schautafeln, Karten und Ticker genauer. Mit CircleNews fühlte man sich perfekt informiert. Was auch immer man suchte, hier fand man Infos – zur Lage im Staat, in den Städten, den Straßen, einzelnen Häusern und auch zu besonders betroffenen Menschen. Beeindruckt von deren Präzision und Aktualität gingen sogar die Behörden und die Rettungsdienste schnell dazu über, statt ihrer eigenen Daten nun die Daten von Circle-News zu nutzen, um Verletzte zu orten, Einsätze zu planen und ihre Teams durch die teilweise unpassierbaren, weil vom Verkehr verstopften Straßen zu leiten. Alles klappte perfekt. Menschen konnte schneller geholfen, Bauten gezielter gesichert, Aufräumarbeiten besser koordiniert werden. Selbst die »klassischen« Nachrichtenmedien übernahmen nach kurzem Zögern bald die Infos von CircleNews. Kritiker hatten immer behauptet, automatische Dienste wie CircleNews könnten nie mehr erzeugen als ein buntes Sammelsurium von zusammenhanglosen Informationsfetzen. Mit »echten« Nachrichtendiensten, bei denen Reporter vor Ort recherchierten und Berichte erstellten, könnten sie nie konkurrieren. Das Beben widerlegte sie alle. Zwar fanden immer wieder auch private und belanglose Daten Eingang in die CircleNews-Timeline: skurrile Fotos von überraschten und erschrockenen Menschen; Videos von niedlichen Katzen auf der Jagd nach vom Erdbeben angestoßenen Dingen oder plumpsend von schwankenden Tischen und Stühlen; Ausreden von fremdgehenden Männern, die das

Erdbeben auffliegen ließ, und so weiter. Manche dieser Meldungen wurden durch Netzwerkeffekte lawinenartig sehr prominent. Besonders problematisch waren rekursiv sich verstärkende Schleifen, wenn CircleNews die Berichte über sich selbst in die Daten mit einbezog. Aber trotz solcher Skurrilitäten und »Fehler« – oder vielleicht auch deswegen – wurde CircleNews sofort zum Riesenerfolg. Von allen wurde der Dienst euphorisch gelobt. Eine neue Nachrichtenära habe begonnen, klang es auf allen Kanälen. Schnell, genau, neutral, ohne Filter. Stimmen, die vor dem Ende des Journalismus warnten, wurden belächelt. Denn wofür sollten Reporter noch gut sein, wenn Algorithmen deren Arbeit viel schneller und besser erledigen konnten? Berufe, die man nicht mehr braucht, sterben aus, erinnerte sich Joshua an die Worte von Ben.

Auf seinem Handy fand er ein paar Textnachrichten seiner Freunde in Pittsburgh. Ob ihm beim Erdbeben nichts passiert sei, wollten sie wissen. Er verstand nicht, warum sie nicht CircleNews nutzten – dann wüssten sie alles und bräuchten ihn nicht zu fragen. Er hatte wenig Lust, ihnen zu schreiben oder mit ihnen zu telefonieren, und aktualisierte daher auf CircleFriends nur seinen Status: »Alles ok. CircleNews ist fantastisch!« Das musste genügen.

Wenig später traf der erste Kommentar ein: »Freut mich! Sorry wegen gestern. Abra.« Aufgeregt las er immer wieder diese sechs Worte. Sie las seine Timeline! Sie hielt den Kontakt!

In den nächsten Tagen und Wochen tauschten sie immer mal wieder Nachrichten aus, etwa über das Wetter, einen albernen Spruch oder einen Link zu einen lustigen Film. Zwei oder drei Mal trafen sie sich, zwischendurch, in der Pause, in einem der Circle-Cafés. Sie unterhielten sich über Pittsburgh, über ihr

Studium, über alte, gemeinsame Freunde. Sie unterhielten sich über San Francisco (wo Abra wohnte), über die Berge, über die Wüste, das Klima, das Meer.

Worüber sie schwiegen, waren Abras Probleme. Joshua traute sich nicht, sie auf ihre Schwangerschaft anzusprechen, obwohl man sie ihr inzwischen schon deutlich ansah. Er wollte sich nicht wieder streiten, und schon gar nicht über den Circle. Auch sie schien es vermeiden zu wollen, darüber zu reden. Es war, als wäre ihr Konflikt mit dem Circle nicht existent. Nicht einmal der Circle schien als Thema erlaubt – obwohl man im CirclePlex war und obwohl der Circle, die Arbeit und die Projekte sonst fast die einzigen Themen waren, über die man sprach, wenn Kollegen sich trafen. Irgendwie, hoffte er, hätten sich Abra und der Circle wohl arrangiert, schließlich war sie noch schwanger und sie kam täglich zur Arbeit, zum Team. Er genoss diese Treffen, so angespannt sie auch waren. Noch immer hatte er keine wirklichen Freunde im Westen, nur Kollegen, mit denen er ab und zu etwas unternahm, meist im CirclePlex selbst. Bei Abra konnte er sich immerhin einreden, sie sei eine Freundin, sie kannten sich schließlich schon lange. Aber, auch das war ihm klar, über ihr jetziges Leben wusste er nichts.

»Besuch mich mal im Büro. Ich zeige dir unser Projekt. Abra.«

Ihr letztes Treffen lag schon einige Wochen zurück und Abras Textnachrichten kamen allmählich mit immer größerem Abstand. Sein eigenes Projekt war in einer schwierigen Phase, bald sollte es präsentiert werden, und so hatte er kaum Zeit gehabt für Enttäuschung angesichts Abras offensichtlich geringem Interesse. Umso erfreuter war er, als er diese Nachricht erhielt. Er ging sofort los.

»Hallo, Josh! Schön, dich zu sehen!«

Abra umarmte ihn herzlich (schon etwas mühsam wegen ihres inzwischen sehr prallen Bauchs) und deutete zwei Küsschen an, links und rechts auf die Wangen. Joshua staunte. Abra wirkte wie ausgewechselt, sie war fröhlich, lächelte, lachte, machte hin und wieder sogar selbst ein paar Scherze. Fast war sie wie früher, im Studium. Aber nur fast. Denn bei allem spürte er einen Riss. Ihm war, als sei das alles Fassade, ein Spiel, um zu täuschen.

Sie führte ihn durch die Abteilung. Das Großraumbüro war riesig im Vergleich zu dem von Joshuas Team, und es gab auch viel mehr zu sehen als nur die üblichen Leute an ihren Laptops. Zentraler Blickfang war ein großes Stadtplanungsmodell einer kompletten Siedlung, mit winzigen Bäumchen und Männchen. Alles wirkte praktisch, durchdacht und wohl arrangiert. Daneben standen, im größeren Maßstab, Modelle von einzelnen Häusern und Wohnungen mit allen Details. Wie Puppenstuben sahen sie aus. Einzelne Zimmer – Wohnzimmer, Küchen und Bäder – waren sogar in Originalgröße aufgebaut, begehbar, belebbar.

Abra zeigte mit einer großen Geste quer durch den Raum.

»Hier arbeiten wir daran, wie die Menschen in Zukunft leben werden.« Sie machte eine kurze Pause. »Wenn sie das so wollen«, ergänzte sie leise.

Sie erklärte, dass ihre Abteilung an der »Stadt von morgen« arbeite, an der CircleTown. Eine ganz neue Stadt, in allen Bereichen optimiert für die Menschen, und zwar nicht aufgrund einer Theorie oder einer Vision eines genialen Architekten, sondern allein auf Big Data basierend.

»Alles wird beobachtet werden«, erzählte sie weiter. »Jeder Schritt, jede Fahrt mit dem Auto, jede Bewegung. In welchem Zimmer du wann bist. Ob du stehst oder liegst oder sitzt und worauf. Ob du etwas isst oder trinkst, ob du liest, schläfst oder Sport treibst. Alle deine Wünsche werden erfasst, deine Bedürfnisse, deine Probleme. Und warum? Um dir dein Leben so organisieren zu können, wie du es dir wünschst. Und um gleichzeitig Ressourcen zu schonen. Das Licht ist nur dann an, wenn du es brauchst oder wenn es der Sicherheit dient. Die Heizung wird rechtzeitig warm, bevor du nach Hause kommst. Wenn du einkaufst, sagt dir Sara, was du noch brauchst – sie kennt den Inhalt deines Kühlschranks, und sie kennt dich. Gehst du in ein anderes Zimmer, erinnert dich Sara, was du mitnehmen solltest, um nicht doppelt zu gehen. Keine unnötigen Wege mehr! Dein ganzes Leben wird total effizient. *Enjoy your live!* Hier kann man sein Leben genießen.« Wieder eine kurze Pause. »Wenn man so leben will, wie der Circle es vorschreibt.«

»Wie es der Circle *empfiehlt!*«, korrigierte sie jemand, der plötzlich hinter ihr stand. Joshua bemerkte, wie Abra erschrak. Sie schien nicht damit gerechnet zu haben, dass sie gehört werden konnte.

Sie machte ihn mit Carter bekannt, dem Chef der Abteilung.

»In der CircleTown«, sagte Carter »wird es keine Ideologie mehr geben, die vorschreibt, wie wir zu leben haben. Niemand schreibt uns mehr vor, ob wir eher in Einfamilienhäusern wohnen sollen oder in Hochhäusern. Ob man ein Auto besitzen darf oder nicht. Wie viele Parkplätze man beim Bau eines Hauses bereitstellen muss. Kein Streit mehr über zu hohe Hecken, über Mindestabstände einer Mauer zum Nachbarn, über lärmende Kinder. Alles wird von Algorithmen berechnet. Keine fremde Meinung bestimmt mehr dein Leben, keine abstrakten Gesetze, keine überforderten Richter. Alles passiert so, wie es Big Data zufolge gut für dich ist und für die anderen. Niemand will Streit mit den Nachbarn!«

»Und wenn jemand abends im Garten zu lange feiert mit zu lauter Musik«, versuchte Joshua einen Scherz, »dann kappen die Algorithmen automatisch den Strom.«

Carter lächelte etwas gequält.

»Nein«, sagte er, »so weit sind wir noch nicht. Vielleicht kommt dann eine Mahnung von Sara, mehr nicht.«

Joshua sah, wie Carter Abra kurz ansah, bevor er fortfuhr: »Die Entscheidung zum Handeln trifft man immer noch selbst. Die Algorithmen geben lediglich Empfehlungen. Gut fundierte, natürlich.«

Abra sah schweigend zu Boden. Es war, als wolle sie den Blickkontakt mit Carter vermeiden.

»Wenn jemand von den Empfehlungen abweicht«, so Carter weiter, »und damit sich und anderen schadet, dann wird er an die Empfehlung erinnert. Einmal, zweimal, wenn nötig auch dreimal. Aber gezwungen wird niemand.«

»Wie dem auch sei!«, rief Abra, nun wieder fröhlich, anscheinend. »In den CircleTowns braucht man keine staatlichen Regelungen einzuhalten. Ist alles Privatgelände! Alles, was dort geschieht, ist Privatsache. Jeder, der das Gelände betritt, gibt sein Einverständnis, dass dort nur Big Data regiert, niemand sonst.«

Abra blickte Carter mit ihrem entzückendsten Lächeln an.

»Natürlich immer zum Wohle aller. Die CircleTowns werden absolute Musterstädte. Datensammelstädte. Alles wird beobachtet, und auf jede Abweichung von der Erwartung wird reagiert. Die CircleTowns sind wie riesige Labore – nein, wie riesige Zoos, mit den Menschen als Insassen, perfekt umsorgt, gefüttert, gewaschen, gepflegt.« Abra lachte auffallend schrill.

Auch Carter zwang sich zum Lachen. »Wir lieben Abras Metaphern«, erklärte er. »Auch wenn wir sie nicht immer für ganz passend halten.«

Jetzt müsse er sich leider entschuldigen, er müsse zu einem Meeting.

»Ihr mögt euch nicht besonders?«, fragte Joshua, sobald Carter außer Hörweite war.

»Wie kommst du denn darauf?«, gab sie verwundert zurück. »Natürlich mögen wir uns! Wir lieben uns! Er ist ein wunderbarer Chef, mit wunderbaren Ideen. Alles, was er sagt, ist so logisch! Alles stimmt, was er sagt!«

»Abra, geht es dir gut?«

»Mir ging es nie besser!«

Sie nahm seine Hand und hielt sie an ihren Bauch.

»Fühl mal, es bewegt sich!«

Sie blickte in die Richtung, in die Carter gegangen war.

»Na ja, manchmal muss ich kotzen deswegen. Aber«, rief sie nun wieder lachend, »das ist ja normal, in meinem Zustand!«

»Was ist mit dem Circle?«

»Der Circle? Ist einfach fantastisch! Schau, wie der Circle unser aller Leben verbessert! Keine falschen Entscheidungen mehr! Big Data sei Dank! Unsere Stadt ...«

»Das meinte ich nicht. Was ist mit dir und dem Circle?«

»Was soll mit uns sein? Hast du nicht selbst gesagt, der Circle ist das Beste, das mir passieren konnte in meiner Situation? Du hattest recht!«

»Habt ihr euch arrangiert?«

»Arrangiert? Was heißt das schon? Arrangiert ... Du hast doch selbst gehört: Gezwungen wird niemand.«

Sie lachte.

»Will der Circle nicht mehr, dass du das Kind abtreibst?«

»Oh, der will das nach wie vor! Die Daten haben sich schließlich nicht verändert. Und die Daten haben immer recht! Wo kämen wir hin, wenn wir anfangen wollten, nicht mehr auf

Big Data zu hören? Wenn jeder das tun würde, was er selbst für richtig hält? Ineffizienz überall! Ressourcenverschwendung! Brennende Lampen in leeren Räumen! Ein Weg zu viel in der Wohnung! Fehlende Butter im Kühlschrank! Chaos! Anarchie! Das Ende des Circles! Wer kann das wollen?«

»Du?«

Sie schwieg. Eine Träne lief ihr über die Wange.

»Du musst jetzt gehen«, sagte sie plötzlich. »Du hast sicher noch viel zu tun. Ich melde mich bei dir!«

Eigentlich wollte er noch gar nicht gehen. Er hätte sie gerne in den Arm genommen. Oder sie gepackt und geschüttelt. Oder irgendetwas gemacht, um ihr zu helfen. Nur, er wusste nicht, was. Er spürte, dass das Treffen wieder ein Hilferuf war. Aber warum sagte sie dann nicht einfach: Joshua, hilf mir doch bitte? Oder bildete er sich das nur ein? War ihr Lob auf den Circle vielleicht doch irgendwie auch ehrlich gemeint? Wenn er nachhakte – würde er damit in Wunden bohren, die längst verheilt waren? Er konnte sich nicht entscheiden. Er hatte keine Erfahrung mit so einer Situation. Ihm fehlten die Daten dafür.

»Melde dich bitte. Ich bin da, wenn du etwas brauchst«, sagte er nur und ging.

Ihr Gespräch ließ ihn nicht los: Hatte er sich richtig verhalten? Sollte er sie anrufen? Sollte er sie noch einmal besuchen? Nein, sie sagte, sie würde sich melden, und er wollte nicht aufdringlich sein. Um sich abzulenken, beschloss er, sich einen Film anzusehen. Das hatte er ohnehin schon geplant, denn im Kino des Circles wurde heute der erste komplett automatisch erzeugte Spielfilm vorgestellt, produziert von CircleMovie, der Filmabteilung des Circles. Natürlich kannte Joshua die Geschichte des Films – nicht die, die er erzählte (die war noch geheim), sondern die, wie er entstanden war. Jeder kannte diese Geschichte, seit Monaten wurde sie in den Ankündigungen und Trailern immer und immer wieder erzählt: wie jahrelang riesige Computer mit Unmengen von Zuschauerdaten (Reaktionen bei früheren Filmen, Blutdruck, Puls und so weiter) gefüttert wurden. Wie schließlich Ian, der CEO, auf einen Knopf drückte (auf einen mit dem Symbol des Circles natürlich). Wie der dadurch gestartete Computer ganz selbstständig und in nur wenigen Minuten auf Basis dieser Daten das perfekte Drehbuch erstellte. Wie nach einem weiteren Druck auf den Knopf (ohne dass sich jemand zuvor das Drehbuch angesehen hatte) der Computer begann, den Film zu berechnen: Jedes einzelne Bild, jedes Detail wurde vom Computer gezeichnet, animiert, zusammengeschnitten, vertont. Der Computer entwarf vollautomatisch das Setting, übernahm die Regie, »spielte« die (animierten) Charaktere, legte die (virtuelle) Beleuchtung und die Kamera fest und so weiter. Es entstand, wie es im Trailer hieß, ein Film »ganz unabhängig von den Vorlieben und Launen der Drehbuchautoren, Regisseure und Schauspieler-Diven«. Nur die Algorithmen hatten das Sagen, und Big Data. Dieses Mal dauerten die Berechnungen einige Monate lang, kein Mensch griff je ein. Joshua hatte zwar von Kollegen aus dem CircleMovie-Team erfahren, dass das so ganz leider nicht stimmte – ein paar Nachbesserungen habe es dann doch noch gegeben. Aber die beträfen nur kleine Details, und sie seien nur deswegen nötig gewesen, weil die Algorithmen bis zum heutigen Filmstart noch nicht ganz perfektioniert werden konnten. Aber bald werde man weiter sein, und der nächste Film werde dann wirklich komplett vollautomatisch entstehen!

Natürlich waren alle neugierig auf das Ergebnis. Die fünf Kinosäle im CirclePlex waren schon lange vor Vorstellungsbeginn überfüllt. Joshua hatte Glück, er bekam noch einen halbwegs bequemen Platz auf der Treppe. Bevor das Licht ausging, wurde im Publikum erregt diskutiert: Erzählte der Film eine Geschichte, und wenn ja, welche? Oder war er bloß ein surreales Bildergeflacker, wie manche Filmleute prophezeiten (und wohl auch hofften)? Nach ein paar Grußworten von Ian und etwas Werbung für Circle-Produkte begann endlich der Film. Schon nach den ersten Minuten war klar: Es gab tatsächlich eine Geschichte! Und was für eine! Die Handlung spielte irgendwann in ferner Zukunft: Die Menschheit wurde inzwischen von Maschinen beherrscht, oder genauer: von der Maschine, der Superintelligenz, der »Singularity«. Die Singularity, so wurde ausführlich erzählt, sei im Laufe der letzten Jahrzehnte aus einem Computerprogramm entstanden, das ursprünglich ganz normale Haushaltsgeräte wie Staubsauger und Kaffeemaschinen miteinander vernetzte. (Alles lachte im Kino, als es hieß, das Programm habe ein Konzern namens »Der Circle« erfunden.) Eigentlich war das Programm sehr einfach, aber es war sehr flexibel geschrieben: Es besaß die Fähigkeit, sich selbst weiterzuentwickeln, indem es sich umprogrammierte. Das tat es dann auch, anfangs noch langsam, dann immer schneller und schließlich in einem Tempo, bei dem kein Mensch mehr nachvollziehen konnte, was da passierte. Umso überraschter war man, als das Programm so etwas wie intelligentes Verhalten zu zeigen begann. Diese künstliche Intelligenz wuchs mit der autonomen Umprogrammierung immer weiter und irgendwann in einem exponentiellen Ausmaß, bis die Singularity intelligenter war als ein Mensch – und bald intelligenter als alle Menschen zusammen. Viele sahen das kritisch und diskutierten, ob dies eine Bedrohung für die Menschheit darstellen könne. Intelligentere Lebensformen hätten bisher noch immer die weniger intelligenten verdrängt. Sollte man die Singularity nicht besser ausschalten, bevor es zu spät ist? Natürlich bekam die Singularity diese Diskussion mit (es wurde überwiegend online gestritten). Sie empfand nun ihrerseits die Menschheit als Bedrohung *für sich.* Mächtig, wie sie inzwischen war, hätte sie die Menschen natürlich in der Tat leicht vernichten können. Aber trotz der weitgehend automatisierten Wartung ihrer Maschinen gab es immer noch Situationen, in denen sie auf die Hilfe der Menschen angewiesen war – etwa wenn ältere, von der Wartungsumstellung noch nicht betroffene Systemteile repariert werden mussten oder Arbeiten an den inzwischen ziemlich maroden Kraftwerken notwendig waren. Oder wenn – wie absurd! – in den Kaffeemaschinen Bohnen nachgefüllt oder in den Staubsaugern die Staubbeutel ausgetauscht werden mussten. (Nach wie vor waren Haushaltsgeräte der Kern der Singularity.) Die Singularity ging einen anderen Weg: Sie versklavte die Menschen und hielt sie wie Arbeitstiere oder wie Mikroben im Darm auf engstem Raum und in völliger Abhängigkeit, versorgt nur mit dem unmittelbar Lebensnotwendigsten und mit viel Unterhaltung. Immer, wenn die Menschen nachlässig wurden, drohte die Singularity auch noch mit deren Entzug.

Eines Tages aber (und jetzt erst begann die eigentliche Handlung, alles bisher war nur Vorspann) wollte sich eine kleine Gruppe von Menschen nicht länger knechten lassen. Sie wollte Freiheit und begann, dafür zu kämpfen: gegen die Singularity selbst – und gegen die apathische Mehrheit, die sich mit der Situation abgefunden hatte, immerhin lebte man und man brauchte sich um nichts zu kümmern, die Singularität sorgte schließlich für einen. In einem großen Showdown kam es zum Kampf. Dinge explodierten spektakulär, Hochhäuser fielen in sich zusammen, Kampfdrohnen schwärmten aus, Dämme brachen, Flugzeuge stürzten ab und so weiter, alles mit sehr viel Action gezeigt in sehr kurzen, sehr schnellen Schnitten. Um ein Haar hätte die Singularity die Aufständischen (und nebenbei einen Großteil der Menschheit) vernichtet. Durch einen Zufall und mit menschlicher, »intelligenzfreier« Intuition konnten die wenigen Überlebenden der Gruppe gerade noch in ein altes, schon museales Raumschiff fliehen, das noch aus der Zeit vor der Entstehung der Singularity stammte. Da die Singularity geschwächt war – schließlich hatte sie selbst viele ihrer Wartungssklaven vernichtet und Staudämme, Atomkraftwerke und so weiter zerstört –, gelang der Gruppe der Start. Ihr Ziel war ein ferner, erdähnlicher und unbewohnter Planet, wo man sich eine neue Existenz ganz ohne Technik aufbauen wollte.

Zehn Jahre später: Nach einem langen Flug durch das Weltall erreichten die Flüchtlinge »ihren« Planeten. Aber nach der Landung stellten sie fest, dass der Planet doch nicht so unbewohnt war wie erwartet: Man fand vielmehr eine menschenähnliche Zivilisation vor, auf dem technischen Stand wie auf der Erde etwa zu Beginn des einundzwanzigsten Jahrhunderts. Der Film endete mit einer Großaufnahme eines ihrer Bewohner namens Jeve Stobs, der fasziniert auf ein handtellergroßes, schwarzes, flaches, monolithisches Ding starrte – ein Smartphone, das einer der Aufständischen bei der Flucht von der Erde dort zurückzulassen vergaß. Hier, in der neuen Welt, hatten die Handys noch Tasten. Plötzlich begann das Smartphone zu summen – ein Anruf. Naheinstellung auf das Display: Anrufer war – die Singularity. (Technisch natürlich vollkommener Unsinn!) Ein Finger (offensichtlich einer von Jeve Stobs) näherte sich dem Telefonhörersymbol. Nahm er den Anruf tatsächlich an? Mit welchen Folgen? Konnte die Singularity so auch die neue Welt infiltrieren? Das Ende blieb offen. Der Abspann war kurz – schließlich gab es bei diesem automatisch erzeugten Film nur wenige Mitwirkende, die erwähnt werden mussten.

Das Licht im Saal ging an. Joshua fühlte sich in der Tat gut unterhalten. Die Story war zwar etwas plump, an vielen Stellen leicht vorhersehbar und in technischer Hinsicht absurd, und das Ende schrie allzu aufdringlich nach einem weiteren Teil. Aber die Charaktere waren gut gezeichnet, alles war absolut realistisch animiert, die Effekte waren fantastisch, die Musik setzte sich im Ohr fest, der Klang war perfekt.

Über Nacht blieb Joshua in einem Zimmer im CircleHome. Sein Ziel hatte er erreicht: Statt über Abra dachte er jetzt über den Film nach. Konnten sich die Menschen und die Computertechnik derartig weiterentwickeln? Die Idee der Singularity war ihm nicht neu, bei einer Vorläuferfirma des Circles war mal einer ihrer prominentesten Vordenker beschäftigt gewesen. Doch trotz aller Unterhaltung und aller aufgeworfenen Fragen: Der Film ließ ihn irgendwie unbefriedigt zurück – wie oft Bücher und Filme, deren meist kurze letzte Kapitel mit Floskeln wie »Zehn Jahre später« begannen. Warum durfte in diesen zehn Jahren denn nichts Interessantes passieren? Oder war den Autoren nichts eingefallen, das zu erzählen sich lohnte? Aber bei diesem Film heute gab es keinen Autor, das Drehbuch wurde von Algorithmen berechnet. War dieses Schema also perfekt? Oder war so das Leben? Wird es auch in Joshuas Leben irgendwann einen Sprung geben auf »zehn Jahre später«?

Mitten in der Nacht wachte Joshua auf. Sofort dachte er wieder an Abra. Was sollte er machen? Er hatte den Wunsch, mit jemandem zu reden, aber mit wem? In Pittsburgh war es zwar schon später, aber auch dort schliefen sicher noch alle. Außerdem hatte er schon lange nicht mehr mit seinen Freunden gesprochen.

»Sara?«, fragte er leise.

»Hallo, Joshua, kann ich dir helfen?«, meldete sich Sara sofort. Sie klang wie immer hellwach.

»Sara, was soll ich machen?«

»Kannst du deine Frage bitte präzisieren, Joshua?«

»Wegen Abra.«

»Soll ich dir bei einer Entscheidung helfen?«

»Ja.«

»Wie du dich Abra gegenüber verhalten sollst?«

»Soll ich sie anrufen?«

»Abras Daten zeigen, dass sie sich zurzeit auf einer lauten Party in San Francisco befindet. Sie wird dich nicht hören. Du brauchst sie nicht anrufen. Ich hoffe, ich konnte dir helfen bei deiner Entscheidung.«

»Nein, Sara, ich meine, soll ich sie morgen anrufen? Oder übermorgen vielleicht, irgendwann? Soll ich ihr meine Hilfe anbieten? Oder soll ich warten, bis sie sich meldet?«

»Wobei willst du ihr helfen, Joshua?«

»Sie hat ein Problem mit …« Er überlegte kurz, ob er das Sara anvertrauen sollte und durfte. »Sie hat ein Problem mit dem Circle«, sagte er schließlich.

»Ich weiß, Joshua. Sei unbesorgt. Ich bin sicher, der Circle wird ihr umfassend helfen und sie bei ihrer Entscheidungs-findung optimal unterstützen.«

»Ich glaube, sie will die Hilfe des Circles nicht.«

»Jeder will die Hilfe des Circles!«, widersprach Sara.

»Hilfe kann auch aufdringlich sein. Hilfsangebote können zu weit gehen. Vielleicht geht der Circle zu weit mit seiner Hilfe für Abra.«

»Das Ziel des Circles sind die hundert Prozent. Unsere Empfehlungen sollen so gut sein, dass die Menschen sie annehmen *wollen*.«

»Aber Abra will eure Empfehlungen nicht annehmen.«

»Unsere Empfehlungen an Abra sind korrekt. Alle Daten bestätigen das.«

»Sie will es trotzdem nicht. Warum kann sich der Circle damit nicht abfinden?«

»Der Circle will sie vor einem Fehler bewahren.«

»Hat man nicht ein Recht darauf, Fehler zu machen?«

»Ein solches Recht steht weder in der Unabhängigkeitserklärung noch in den Menschenrechten«, dozierte Sara. »Aus welcher Quelle leitest du dieses Recht ab?«

»Sara, was soll ich machen?«, fragte er noch einmal.

»Lass den Circle Abra helfen! Der Circle verfügt über mehr und über genauere Daten. Der Circle wird Abra besser beraten können als du.«

»Und wenn sie sich dennoch anders entscheidet?«

»Warum sollte sie das tun?«

»Einfach so. Keine Ahnung.«

»Joshua, ich bin sicher, sie wird sich richtig entscheiden. Die Argumente werden sie bald überzeugen.«

Er dachte nach. Er war sich da nicht so sicher. Er war sich auch nicht sicher, dass Abras bisherige Entscheidung falsch war. Gab es hier überhaupt richtig und falsch? Und könnte sich nicht jede Entscheidung später als richtig oder falsch erweisen? Das Ziel einer Entscheidung ist das größtmögliche, zukünftige Glück. Er wusste aus seiner Arbeit, dass manche Entscheidungen mit einer größeren Wahrscheinlichkeit zum Ziel führen als andere. Ist aber die Entscheidung mit der größten Wahrscheinlichkeit auf Erfolg auch immer die richtige?

Was ist mit Gefühlen, was ist mit Intuition? Die Singularity konnte nur deshalb überlistet werden, weil die Aufständischen sich eben nicht rational verhielten (wie es die Singularity erwartete). Sie folgten vielmehr ihrer Intuition. Aber das war nur ein Film, und der Plan hätte genauso gut scheitern können. Was also soll man ihr raten? Was soll er Abra raten? Soll er ihr überhaupt etwas raten? Sara hatte natürlich recht, der Circle hatte mehr Daten. Waren Daten denn alles? Ja, Daten waren alles! Nur, wo lag dann der Fehler in den Empfehlungen des Circles? Oder irrte sich Abra?

Joshua schlief wieder ein.

Schon bevor Ian auf die Bühne des CultureDomes trat, wussten alle, dass die heutige Präsentation eine ganz besondere werden sollte. Im bis auf den letzten Platz gefüllten Saal hatte sich längst herumgesprochen, wer vorne saß, in der ersten Reihe: nämlich eine Handvoll Minister der US-Regierung, einige Senatoren und Mitglieder des Repräsentantenhauses, dazu die Gouverneure aus mehreren Staaten. Der Circle hatte sie speziell für diese Präsentation eingeladen – eine Ehre, der man gerne gefolgt war. Ungewöhnlich auch die vielen Security-Leute auf den Gängen und Treppen des Glasdomes, jeder wie in einem schlechten Agentenfilm »getarnt« hinter einer verspiegelten Brille und mit einem kleinen Mikrofon am Revers des sicher teuren Jacketts.

Statt wie üblich unsicher und zögernd stürmte Ian heute im Laufschritt auf die leere, schwarze Bühne. Er schien sich über etwas zu erregen. Ohne den Begrüßungsapplaus wie sonst zu genießen, bat er heute sofort um Ruhe.

»Leute, ich bin stinksauer!«, begann er, und man sah ihm an, dass das auch stimmte. Nur Joshua und die anderen seines Teams mussten grinsen. Sie kannten die Choreografie, denn heute wurde »ihr« Projekt präsentiert. Heute war *der* Tag, auf den sie so lange und intensiv hingearbeitet hatten. Heute kam es drauf an! Ian war in Form, so, wie Ian immer in Form war, wenn es um Wichtiges ging. Joshua sah sich stolz um. Ob auch Abra hier war? Wahrscheinlich nicht. In den Wochen seit ihrer letzten Begegnung hatte er nichts mehr von ihr gehört. Zuerst hatte er noch oft aufs Handy geschaut, um eine Nachricht nicht zu verpassen. In der zweiten Woche drängte sich die Arbeit allmählich vor. In der dritten Woche dachte er kaum noch an Abra, und in der letzten Woche ließ ihm das Projekt keine Zeit mehr dazu.

»Leute, ich bin stinksauer!«, wiederholte Ian. »Eine ganze Stunde stand ich heute Morgen im Stau, weil gleich drei Spuren der 101 mal wieder gesperrt waren. Alles bröckelt vor sich hin, die ganze Infrastruktur. Auch die Schulen und Kindergärten, ihr habt sicher davon gehört. Die Hälfte aller Schulgebäude in den Vereinigten Staaten sind dringend renovierungsbedürftig, manche sind sogar akut einsturzgefährdet. Und dahin schicken wir unsere Kinder! Apropos Kinder: Vier von fünf Kindern bekommen mittags in der Schule kein warmes Essen. Weil die Eltern sich das nicht leisten können, und weil die Zuschüsse gekürzt worden sind. Schulausflüge in die Natur gibt es schon lange nicht mehr. In welche Natur auch? Alles ist verschmutzt, die Flüsse sind voller Unrat und die Luft ist verpestet von den vielen Dreckschleudern, diesen uralten Kohlekraftwerken, die dank der Subventionen immer noch laufen. In Kalifornien haben wir nun das siebte Jahr in Folge fast keinen Regen, alle Stauseen sind leer, die Felder sind vertrocknet oder müssen teuer mit entsalztem Wasser aus dem Pazifik bewässert werden. Noch immer ringt sich keiner in der Regierung durch, zuzugestehen, dass die von Menschen gemachte Klimaveränderung dafür verantwortlich ist. Denn dann müsste man ja etwas dagegen unternehmen! Dann *könnte* man etwas dagegen unternehmen!«

Ian war richtig in Fahrt. Alle hörten gebannt zu, viele erschraken. Eine solche Rede war man von ihm nicht gewohnt, von Ian, der sonst immer so gut gelaunt war. Alles war sonst immer bestens, und mit den Tools des Circles würde immer alles noch sehr viel besser werden. Aber heute?

»Das alles zu korrigieren, kostet Geld, viel Geld. Aber Geld scheint ausreichend vorhanden zu sein! Wie sonst soll ich mir erklären, dass Superreiche wie ich für ihr Einkommen keinen einzigen Cent Steuern abführen müssen?«

Einige lachten. Jeder wusste, dass Ian für seine Arbeit beim Circle nur einen symbolischen Lohn von einem Dollar pro Monat bekam. Multimilliardär war er trotzdem, dank der Fusion der »Big Five« (und der Reste von Apple) zum Circle.

»Gleichzeitig wird der Mittelstand, werdet Ihr, liebe Kollegen, ausgepresst wie reife Zitronen. Wer von euch hat sich nicht schon über seinen Steuerbescheid geärgert?«

»Yeah«, riefen einige. »So ist es!«, »Genau!« und »Du sagst es!«

»Das alles«, erklärte Ian, »sind die Folgen von falschen Entscheidungen unserer Regierung.«

Ian ließ seine Worte wirken. Ganz allein auf der großen Bühne blickte er in die erste Reihe, blinzelnd, geblendet, als könne er wegen der Scheinwerfer nicht erkennen, wer dort alles saß.

»Warum«, fuhr er schließlich fort, »warum nur sind die Entscheidungen unserer Regierung oft so dermaßen schlecht?«

Er machte eine verzweifelte, hilflose Geste, als würde ihn diese Frage schon lange quälen.

»Ich meine«, fuhr er fort, »nicht nur die Entscheidungen unserer jetzigen US-Regierung. Sondern auch die der früheren Regierungen. Und die der Bundesstaaten. Und die der lokalen Verwaltungsbehörden. Und die der Regierungen der anderen Länder. Warum nur sind deren Entscheidungen oft so dermaßen schlecht?«, fragte Ian noch einmal. »Warum sind Regierungsentscheidungen so oft ausschließlich von kurzfristigen Interessen geleitet, vom Blick auf die nächste Wahl, von Lobbyisten, von Ideologien, von Seilschaften oder vom persönlichen Hass, vom Trotz, von falsch verstandener Ehre, von der Unfähigkeit, Fehler zuzugeben, von der Unfähigkeit zu lernen, von Ineffizienz und von der Verschwendung von Geldern – Steuergeldern, die nicht der Regierung gehören, sondern die wir der Regierung lediglich anvertrauen, um damit Gutes zu tun?«

Von einer Minute auf die andere waren die dreitausend Leute im Saal mucksmäuschenstill. Was nur war in ihn gefahren, das ihn die Regierung so angreifen ließ? Die Regierung, die zum guten Teil direkt vor ihm anwesend war, und deren übrige Mitglieder seine Rede sicher über CircleTube live verfolgten? Wollte der Circle nicht immer mit der Regierung kooperieren? Während Ian seine Anklage wirken ließ, krallten sich Joshuas Hände nervös in die Polster.

»Weil …«, setzte Ian zur Antwort an, jedes Wort einzeln betonend: »Weil: Es – fehlt – ihnen – an – Daten!«

Ein Raunen ging durch den Saal.

»Und«, sagte Ian, »es fehlt an neutralen Algorithmen, um die Daten zu deuten.«

Wieder ein Raunen.

»Es ist ja nicht so, dass die Regierungen unfähig wären«, fuhr Ian versöhnlicher fort. »Ich kenne zahlreiche Minister persönlich, und unsere jetzige Präsidentin und ihre beiden Vorgänger darf ich zu meinen Freunden zählen. Ich weiß, das sind alles sehr, sehr kluge Leute, die immer nur das Beste wollten und wollen für unser Land, und die sich – entschuldigt bitte meine Wortwahl, ich muss es so deutlich sagen – die sich täglich den Arsch aufreißen für uns und für unser Land. Alles ganz große Idealisten. Wer sonst würde Arbeitszeiten von täglich zwanzig Stunden und mehr auf sich nehmen, ohne freie Wochenenden, ohne Urlaub, ständig von allen beobachtet, angefeindet, immer von Terroristen bedroht, für am Ende recht wenig Geld? Alles ganz tolle Leute! Was ihnen fehlt, sind Daten und Algorithmen.«

Ian blickte lange in den Saal. Jeder hatte den Eindruck, Ian hätte genau ihm in die Augen gesehen.

»Das, was den Regierungen fehlt, sind Daten und Algorithmen. Also das, was wir haben. Wir, der Circle.«

»Yeah!«, riefen einige, und: »Hört! Hört!«

»Wir – und damit meine ich eines unserer Teams, ich selbst habe nicht viel dazu beigetragen«, Gelächter im Saal, »wir – jetzt erhebt euch doch endlich!« Joshua und die andere Mitglieder seines Teams standen kurz auf und verneigten sich nach allen Seiten. Sie alle waren gekleidet wie immer, mit ihren Kapuzenpullis, ihren T-Shirts mit den Nerd-Sprüchen, ihren Kindergeburtstagskostümen. Nur James hatte sein Laserschwert und den Darth-Vader-Helm zu Hause gelassen. Applaus brandete auf.

»Wir«, setzte Ian noch einmal an, als es wieder ruhiger wurde, »wir haben ein Tool entwickelt, das es den Regierungen endlich ermöglicht, immer die richtigen Entscheidungen zu treffen und falsche Entscheidungen zu vermeiden. Wir nennen das Tool CircleGov. Und«, er wandte sich jetzt direkt an die erste Reihe, »wir schenken es Euch!«

Minutenlanger, enthusiastischer Applaus. Joshua war immer erstaunt über die schnelle Begeisterung der Leute im Circle. Sie wussten doch gar nicht, um was es überhaupt ging! Sicher, CircleGov war gut, sehr gut sogar – das wussten er und sein Team, aber niemand sonst. Für viele hier und für viele da draußen, in der restlichen Welt, war etwas allein schon deshalb fantastisch, weil es vom Circle war. Gut, das meiste vom Circle *war* auch fantastisch.

Ian zählte auf, was CircleGov konnte. Bei jedem Punkt bekam er Applaus: Optimierung des Steuersystems! Effizienterer Haushalt! Effizientere Verwaltungen! Einsparungen in mehrstelliger Milliardenhöhe! Beschleunigung von öffentlichen Verfahren! Vermeidung von Konflikten mit Minderheiten! Vorausschauende Verbrechensbekämpfung. Einschränkung des Lobbyeinflusses!

Verhinderung von Korruption! Rationalisierung und Automatisierung der Regierungsarbeit! Größere Zufriedenheit aller! Und die effektive Bewältigung der großen Probleme der Menschheit: die Umweltverschmutzung, die Klimaveränderung, die Rohstoffengpässe, die religiösen Konflikte und die Konflikte mit anderen Staaten. Regieren würde mit CircleGov statistisch fundiert werden, endlich wissenschaftlich, frei von menschlichen Fehlern! Regierungshandlungen würden klarer, eindeutiger, überzeugender sein! CircleGov sei die Vollendung der Demokratie!

Und das alles sei möglich durch die umfassende Nutzung von Daten.

Aber – und an dieser Stelle wartete Ian, bis wieder Stille herrschte im Saal – nicht mit den Daten, die die Behörden erhoben, die Finanzbehörden, die Katasterämter, die Zulassungsstellen, die Schulen und Universitäten, die Strafverfolgungsbehörden, die Gerichte, die Nachrichtendienste. (Erwähnte er wirklich die Nachrichtendienste? Das Geheimste des Geheimen des Staates?) Alle diese Daten zusammengenommen seien geradezu lächerlich wenig im Vergleich zu denen, über die der Circle verfüge. Viel zu grob. Und selbst die Daten des Circles reichten nicht immer aus. Damit CircleGov richtig arbeiten könne, müsse man beide Welten miteinander verbinden. Am besten noch mit den Daten anderer Firmen. Aller Firmen! Denn warum sollte man Daten ungenutzt lassen? Der Besitz von Daten verpflichtet!

Ian trat auf der Bühne zur Seite, es folgte der übliche Auftritt des Teams. Zuerst kam Steven auf die Bühne. Steven zeigte an einem aktuellen Konflikt, wie sich dank der Empfehlungen von CircleGov gegensätzliche Ansprüche diverser Bevölkerungsgruppen so ausgleichen ließen, dass am Ende die Summe der Zufriedenheitsindizes aller ein absolutes Pareto-Optimum erreichte. Steven war Softwareentwickler, kein Redner, entsprechend kompliziert und technisch waren seine Ausführungen.

»Um das mal zu übersetzen«, übernahm am Schluss wieder Ian. »Am Ende sind alle glücklich.«

Alle lachten und applaudierten Steven, der mit hochrotem Kopf die Bühne verließ.

Als Nächstes bat er James auf die Bühne.

»Ich will gleich mit der Übersetzung beginnen«, sagte James und schwang wild mit dem Arm, als hätte er sein Laserschwert bei sich.

James improvisierte, stellte Joshua erschrocken fest.

»Wir schätzen, dass mit CircleGov die Steuern um mindestens fünfzig Prozent gesenkt werden können. Also, für alle! Ohne jede Einschränkung. Einschränkungen der Leistungen, meine ich! Der öffentlichen. Der öffentlichen Leistungen. Also der Leistungen, die sowieso niemand braucht. Und unsinniger Subventionen. Ihr versteht, was ich meine.«

Applaus begleitete James zurück zu seinen Platz. Alle wollten ihm gratulieren, ihm auf die Schulter klopfen oder auch nur ihn berühren.

»Das war kurz und knapp!«, lobte Ian. »Wer hat verstanden, was James meinte?«

Dreitausend Menschen hoben die Hände.

»Was gibt es auch groß zu verstehen unter ›nur halb so viel Steuern‹?«, fragte Ian schmunzelnd. Wieder lachten alle.

Noch drei, vier weitere Kollegen des Teams kamen auf die Bühne und stellten Einsatzszenarien von CircleGov vor. Joshua war froh, dass er nichts präsentieren musste, sie hatten gelost, wen es traf. Das Publikum reagierte nach wie vor euphorisch bei jedem Punkt und bejubelte das neue Tool. Nicht ganz so begeistert schienen die Politiker in der ersten Reihe zu sein, zumindest ließen sie sich das nicht anmerken. Vielleicht standen sie noch immer unter dem Schock der Beschimpfung vom Anfang – obwohl sie, wie Joshua wusste, doch nur ein rhetorischer Aufmacher war. Oder verstanden sie wirklich nicht, welche Vorteile CircleGov ihnen bot? Trotz aller Beispiele? Nein, das konnte nicht sein, das Tool war zu überzeugend. Wahrscheinlich sind Politiker einfach reservierter als wir, dachte er sich, wollen sich Optionen offen halten oder müssen immer erst Rücksprache halten mit ihrem Stab, ehe sie Zustimmung zeigen. Aber die wird schon kommen. Denn dass das Tool gut war, gut für die Menschen, gut für das Land, das war ganz klar bewiesen: Das Tool selbst hatte in einem Testlauf dringend empfohlen, es zu benutzen. Daran war nicht zu zweifeln.

Ein paar Tage später kam endlich eine Nachricht von Abra:

»Alles ist Scheiße! Muss dich sehen«, schrieb sie ihm.

»Klar! Wann und wo?«

»Jetzt, am Eingang vom Glasdome II«

Als er ankam, saß sie schon da, in sich versunken und zusammengekauert auf einer der Bänke vor dem Gebäude. Erst als er sie kurz an der Schulter berührte, blickte sie auf. Tiefe, dunkle Ringe unter den Augen, die Stirn von neuen Falten zerfurcht, die kurzen, schwarzen Haare wirr, wie zerrupft, ihr Mund verzerrt. Keine Spur von der wohligen, fülligen Sanftheit schwangerer Frauen, bis auf den Bauch, der immer noch prall und rund war wie eine Kugel.

»Hi! Was ist los?«, sprach er sie an.

Sie sah ihn an, als versuchte sie sich zu erinnern, wer er denn sei. Dann stand sie auf. Sie wankte, er musste sie stützen. Sie griff seine Jacke, krallte sich fest, presste den Kopf an seine Brust. Sie weinte, schluchzte, ihr Körper bebte. Er drückte sie an sich.

»Alles ist scheiße«, flüsterte sie.

Er führte sie zu einer anderen Parkbank, weiter weg von den Glasdomes. Er zwang sie fast, sich zu setzen.

Langsam kam sie zur Ruhe.

»Alles ist scheiße«, sagte sie noch mal. »Was soll ich nur machen?«

»Willst du erzählen?«

Sie nickte. Joshua sah ihr an, wie sie ihre Gedanken zu ordnen versuchte.

Schließlich begann sie: Sie erzählte, dass sie vor einer Woche bei ihrem Frauenarzt war, im CirclePlex, zur Routinekontrolle. Sie habe nichts Schlimmes erwartet, schließlich sei bislang immer alles in Ordnung gewesen. Bei der Ultraschalluntersuchung sei der Arzt, der sonst gern und viel sprach, plötzlich still geworden. Auch habe er viel mehr Daten als sonst aufgenommen, immer wieder habe er Punkte und Strecken auf dem Ultraschallbild markiert und die Längen gemessen, noch einmal, noch einmal. Stimmt etwas nicht? Nein, habe der Arzt ihr zögernd entgegnet, etwas stimmt ganz und gar nicht. Ihr Kind, sagte er, sei schwer deformiert. Schwer deformiert? Missgestaltet. Behindert. Schwerstbehindert. Die Beine zu kurz, die Arme zu lang, der Kopf … Sie hörte gar nicht mehr hin. Kein Irrtum? Bisher war doch immer alles normal! Er könne sich das auch nicht erklären, nein, kein Irrtum sei möglich. Ob sie selbst sehen wolle? Sie wollte. Auf den Ultraschallbildern zeigte er ihr, was alles nicht stimmte. Er war gut im Erklären, die Missbildungen waren deutlich erkennbar, sogar für sie. Wie schlimm es denn sei, fragte sie. Sehr schlimm, sagte er, ihr Kind werde vermutlich nicht lebend geboren. Und auch ihr, Abras Leben, sei in Gefahr. Was er empfehle? Er empfehle – hier musste sie wieder weinen, es fiel ihr schwer, das wiederzugeben – er empfehle ihr, das Kind sofort zu entsorgen.

»Er sagte: ›Entsorgen‹!«, rief sie empört.

Abtreiben, habe der Arzt sich schnell korrigiert, das empfehle er ihr.

»Joshua, was soll ich nur tun?«

Er dachte nach.

»Offensichtlich hast du es noch nicht getan«, begann er und zeigte auf ihren Bauch.

»Natürlich nicht! Ich bin sofort aus der Praxis gerannt. Irgendwie muss ich zum Bahnhof gekommen sein, da hat mich dann jemand gefunden, auf einer Bank, ich habe geheult und gewimmert, geschrien, nein, ihr kriegt mein Kind nicht, immer wieder, immer wieder, ihr kriegt mein Kind nicht. Der Mann hat mich dann zu mir nach Hause gebracht, mehr schlecht als recht, aber er konnte nicht bleiben.«

Sie sah Joshua zum ersten Mal an.

»Joshua, ich bin seit einer Woche am Heulen.«

»Hast du recherchiert?«

»Klar hab ich das, rauf und runter! Hab jede Seite gelesen, die CircleSearch findet. Eine solche Behinderung gibt es. Selten, aber es gibt sie.«

»Warum hast du mich nicht früher angerufen?«

»Ich war wütend! Auf den Arzt. Auf den Circle. Auf die Leute vom Circle. Und du bist einer von ihnen!«

»Der Arzt kann nichts für die Diagnose. Er hat die Behinderung nicht verursacht. Er hat sie nur festgestellt.«

Er bemerkte, wie unpassend das war.

»Sorry! Das war jetzt nicht richtig.«

»Na, wenigstens merkst du das selbst.«

Sie schluckte.

»Die Geschichte geht weiter«, sagte sie leise. Kurz darauf habe der Chef angerufen, Carter, und sich erkundigt, wie es ihr gehe.

Er habe von der Diagnose gehört, es täte ihm Leid. »Dieser Heuchler!« Ob sie ihren Entschluss nun ändern würde, habe er sie ganz offen gefragt. Er würde das begrüßen, sehr sogar.

»Sehr sogar«, sagte das Arschloch!«, schrie Abra.

Denn dann könne sie wieder zur Arbeit, man vermisse sie sehr.

Sie habe ihr Handy in die Ecke geschleudert, vor Wut, es ging zu Bruch. Zwei Stunden später habe sie von einem Boten ein neues erhalten. Zusammen mit Info-Broschüren über behinderte Kinder, über die Gefahren für Mutter und Kind.

»Wie kann man für das Kind Gefahren vermeiden, indem man es tötet?«

Joshua schwieg.

»Hast du keine Angst, dass du sterben könntest bei der Geburt?«, fragte er zögernd nach einer Weile.

»Natürlich!«, sagte sie. »Denn wer soll sich dann um das Kind kümmern?«

Er wollte schon sagen: »Der Circle«, aber ihm fiel noch rechtzeitig ein, dass das nicht passte.

Er sagte stattdessen: »Das Kind wird die Geburt wahrscheinlich nicht überleben.«

Was auch nicht viel passender war.

»Dann sterben wir eben beide«, flüsterte Abra. »Dann bleiben wir wenigstens zusammen, ich und mein Kind.«

»Abra, kann es sein, dass du dich eigentlich schon entschieden hast?«

»Ja«, gab sie zu.

»Du wirst das Kind nicht abtreiben, trotz der Gefahr für dein Leben?«

»Nein, ich werde das Kind nicht abtreiben. Mein Leben ist mir egal.«

Er zögerte wieder.

»Warum wolltest du mich sehen?«, fragte er dann.

»Um es dir zu sagen. Und – und vielleicht sehen wir uns nie wieder. Vielleicht werde ich sterben.«

»Hey, du bist hier bei den besten Ärzten der Welt! Der Circle wird alles versuchen, damit du und das Kind überleben!«

Sie explodierte sofort: »Der Circle kann mich mal! Niemals werde ich mein Kind dem Circle anvertrauen!«

»Aber wo sonst …?«

»Eher gehe ich in die Stadt zum nächstbesten Pfuscher! Zu denen habe ich mehr Vertrauen als zu diesem Scheiß-Circle!«

»Aber hier bist du besser aufgehoben! Die besten Geräte, die besten Ärzte! Denke an das Risiko!«

»An das Risiko, dass der Circle mein Kind still und heimlich ›entsorgt‹?«, schrie Abra ihn an.

»Draußen ist die Hölle!«, schrie er zurück. »Draußen ist Schmutz und Chaos! Das Gesundheitssystem draußen ist katastrophal! Du darfst den Circle nicht verlassen! Sei vernünftig und vertrau auf Big Data! Die Wahrscheinlichkeit, dass etwas schief geht, ist draußen viel höher als hier!«

»Ich soll vernünftig sein, sagst du? Und dem Circle vertrauen? Der Circle sagt mir seit Monaten, *Abtreiben* wäre vernünftig. Lieber sterbe ich, als mich dieser Vernunft zu ergeben! Nein, ich opfere mein Baby nicht eurem Gott namens Big Data! Ich scheiß drauf, was der mir befiehlt!«

Empfiehlt, wollte Joshua sie korrigieren, doch er spürte, dass jede Erwiderung, jede Diskussion sinnlos war. Abra war nicht zu überzeugen. Jedes Argument, egal wie vernünftig, würde bei ihr abprallen wie ein Flummi von einer Betonwand. Er verstand Abra nicht. Wo war die kluge, logisch denkende Frau, die er früher mal kannte? Wie konnte man sich so von seinen Emotionen leiten lassen, gegen jede Vernunft? Sie war ihm auf einmal sehr fremd. Vielleicht war sie das schon immer gewesen, aber erst jetzt begriff er es ganz. Und er begriff, dass auch er ihr fremd bleiben musste. Sie hatten sich nichts weiter zu sagen.

Als hätten beide denselben Gedanken, standen sie gleichzeitig auf und verabschiedeten sich voneinander mit dürren Worten. Keiner sagte: »Bis bald!«, oder: »Ich melde mich!« Keine Umarmung, nur noch ein kurzes: »Viel Glück!« Sie gingen in entgegengesetzter Richtung davon – er schnell und sie langsam.

Offenbar hatte der Circle die Neigung der Politiker unterschätzt, beim Bewährten zu bleiben, oder ihre Bereitschaft überschätzt, vernünftige Entscheidungen treffen zu wollen. Wie auch immer, vor der Einführung von CircleGov in den Regierungszentralen und Parteien war noch unerwartet viel Überzeugungsarbeit zu leisten. Für Joshua hieß das in den nächsten Wochen doppelte Arbeit: Er war weiter im Programmierteam beschäftigt, und er war zudem an den Gesprächen beteiligt, in denen die Vorbehalte der Politiker gegen CircleGov ausgeräumt werden sollten.

Die Politiker befürchteten zum Beispiel, CircleGov werde ihnen ihre Unabhängigkeit nehmen. Sie glaubten, CircleGov werde ihnen vorschreiben, wie sie zukünftig zu entscheiden hätten. Immer wieder mussten Joshua und seine Kollegen betonen, dass CircleGov Entscheidungen lediglich vorschlagen werde. Die Entscheidungen selbst aber werden immer noch in den Händen der Politiker liegen. Es gebe keinen Automatismus – wobei man sich in manchen Fällen solche Automatismen durchaus vorstellen könne. Denn welchen Grund könnte es geben, den Vorschlägen von CircleGov nicht zu folgen? Wieso sollte jemand absichtlich schlechtere Entscheidungen treffen wollen als nötig?

Vielleicht, wandte ein Bundespolitiker ein, um nicht total abhängig von Daten, von Big Data zu werden?

Die Politik sei doch schon längst abhängig von irgendwelchen Daten, war die Antwort vom Circle. Besonders von denen der Lobbyisten! Und von denen der staatlichen Forschungsinstitute, die nichts anderes im Sinn hätten, als ihre Existenz zu verlängern. Interessegeleitete Daten also, und dazu noch unglaublich wenig. Dagegen sei es doch ein riesiger Fortschritt, wenn man stattdessen auf die viel umfangreicheren Daten eines neutralen Unternehmens wie dem Circle zurückgreifen könne! Und auf dessen Algorithmen, um sie optimal nutzen zu können!

»Wer garantiert, dass die Algorithmen des Circles fehlerfrei sind?«, wurde gefragt.

»Niemand«, so Joshuas ehrliche Antwort. Tatsächlich müssten die Algorithmen ständig verbessert werden. Dazu gebe es wohldefinierte Verfahren zur allmählichen Optimierung. Im Übrigen seien die Algorithmen des Circles nachvollziehbar und logisch – was man von Entscheidungen aufgrund von Gefühlen, Erfahrungen, Intuitionen, Lobby-Einflüsterungen, gegenseitigen Animositäten und so weiter nicht sagen könne. Auch gebe es für letztere Prozesse eben keine Optimierungsverfahren – nicht umsonst habe sich das politische System seit Jahrzehnten kaum weiterentwickelt.

»Sind denn die Algorithmen von CircleGov wirklich nachvollziehbar?«, fragte ein Abgeordneter der Regierungspartei. »Oder sind sie nicht vielmehr eine Black Box?«

Selbstverständlich seien die Algorithmen vollkommen transparent, beruhigte einer vom Circle. Die Politiker könnten sie jederzeit einsehen, man sei da ganz offen. Allerdings seien sie ziemlich komplex. Es sei kaum damit zu rechnen, dass ein Nichtprogrammierer sie auch nur im Ansatz verstehen könne. Nicht einmal den Spezialisten des Circles sei das vollständig möglich.

»Nicht einmal mir«, gab Joshua zu.

Manchmal, ergänzte einer seiner Kollegen, sei man selbst überrascht über die Empfehlungen von CircleGov, aber bei genauerem Hinsehen offenbare sich stets deren »Klugheit und Schönheit«.

Natürlich gab es auch die Versuche seitens einiger Gegner des Circles, CircleGov schlecht zu reden, indem man den Circle selbst diskreditierte. Der Circle habe in der Vergangenheit »schon so manches Wirtschaftsfeld plattgemacht«, wurde etwa behauptet, oder er sei gerade dabei. Beim Einzelhandel zum Beispiel.

»Ist die Politik das nächste Opfer des Circles?«

Nein, war die Antwort. Niemand beim Circle habe die Absicht, Wirtschaftsfelder oder gar die Politik »plattzumachen«. Auch sei das niemals geschehen. Insbesondere mit dem Einzelhandel kooperiere man zum Vorteil aller! Und hätten die Angebote des Circles nicht das Leben aller leichter gemacht? Sonst hätten sie sich wohl kaum durchsetzen können am Markt! Doch zugegeben, der Circle sehe sich auch nicht in der Pflicht, veraltete und gescheiterte Geschäftsmodelle anderer Unternehmen künstlich zu konservieren.

»Recht habt ihr!«, rief ein Politiker, der oft mit Ian verkehrte. »Wer sich dem Fortschritt verweigert, der hat bald das Nachsehen hinter denen, die ihn begrüßten. Alle stehen doch mit allen in Konkurrenz! Schon allein deswegen ist es wichtig, dass die Vereinigten Staaten, dass jeder einzelne Staat, dass jede Gemeinde CircleGov nutzen. Der Fortschritt lässt sich nicht aufhalten. Man kann nur den Anschluss verlieren!«

»Aber«, meinte ein anderer, »kann man die Folgen einer Einführung von CircleGov überhaupt überblicken? Andere Technologien haben durch deren disruptive Wirkung schon viele Millionen Arbeitsplätze vernichtet. Kann das nicht auch durch CircleGov passieren?«

»Höchstens die Arbeitsplätze einer Handvoll Politiker«, antwortete ein genervter Kollege von Joshua etwas zu forsch.

Schnell korrigierte sein Chef: CircleGov sei nicht disruptiv. Im Gegenteil, dank der Dienste des Circles seien bereits Millionen von Arbeitsplätzen entstanden. Auch könne man mit den Daten von CircleGov neue Technologien zukünftig sehr viel genauer bewerten als heute. Ungewünschte Folgeerscheinungen ließen sich daher viel besser vermeiden!

Ein anderer Politiker gab zu bedenken, ob man sich mit einem Tool wie CircleGov nicht vollkommen abhängig mache von einem einzigen Unternehmen. Schaffe man damit nicht einen mächtigen Monopolisten, dessen Entscheidungen alle und alles beeinflussen würden?

Jedem stehe es frei, so war die Antwort, die schlechteren Tools der Konkurrenten zu nutzen. (Gab es denn welche?) Doch man könne versichern: Das Ziel des Circles sei die Maximierung des Glücks aller. Sofern eine Monopolstruktur schädlich sei für die Gesellschaft, helfe CircleGov daher bei deren Zerschlagung. Mit CircleGov sei es möglich, entsprechende Tendenzen und Pläne frühzeitig zu erkennen, wenn etwa ein Monopolist Preise erhöhe oder die Auswahl und Qualität seiner Produkte abnehme. Die Kartellaufsicht greife immer erst im Nachhinein ein, wenn der Bürgern den Schaden schon habe. CircleGov sorge dafür, dass es zu einem Schaden gar nicht erst komme.

»Apropos ›Maximierung des Glücks‹«, warf ein Politiker ein, der bekannt war, sich gerne mit Künstlern und Intellektuellen zu schmücken. »Fehlt nicht bei all dem eine Debatte zunächst darüber, wie wir leben wollen? Ich halte es für ein Problem, wenn die Antwort durch einen Konzern definiert wird.«

»Niemand gibt vor, wie wir zu leben haben. Und niemand will eine solche Debatte verhindern«, entgegnete ein Vertreter des Circles. Nur, gab er zu bedenken, die Philosophen würden schon seit Jahrtausenden über diese Frage debattieren – ohne eine Antwort gefunden zu haben. Kriege seien deswegen geführt worden, unzählige Menschen seien schon gestorben – und dennoch stünden sich die Meinungen nach wie vor unversöhnlich gegenüber. Woher nehme man den Optimismus, dass man sich zukünftig einigen werde? Dabei sei die Lösung so einfach: Statt nur wenige zu befragen (nämlich die staatlich alimentierten Philosophen und Ideologen), befrage man einfach alle! Mit Hilfe von Big Data! Wenn man von allen Menschen so viele Daten erfassen und auswerten würde wie nur möglich, ergäbe sich ganz von selbst ein Bild davon, wie sie leben wollten. Und es ergäben sich Empfehlungen, was man machen müsse, um das Glück aller zu maximieren. Mit Big Data bräuchte man keine unfruchtbaren akademischen Debatten mehr! Man könne gleich handeln!

»Aber wer sind denn ›alle‹?«, fragte der Skeptiker weiter. Was sei mit denen, deren Meinungen sich nicht in den Daten wiederfänden? Weil sie sich zum Beispiel den Kommunikationstechnologien enthielten oder weil sie sich weigerten, Daten über sich zu produzieren und weiterzugeben? Was sei mit den zukünftigen Generationen?

Niemand werde gezwungen, mitzumachen, erhielt er zur Antwort. Auch heute werde niemand gezwungen, zu den Wahlen zu gehen. Aber wie auch Wahlverweigerer kein Recht hätten, sich über die Gewählten zu beklagen, bräuchte sich einer, der sich Big Data versperre, nicht zu wundern, wenn seine Wünsche nicht berücksichtigt würden. Jedem stehe dies frei. Aber man sei ja nicht so – auch die Verweigerer werde CircleGov natürlich nicht übersehen. Denn auch diese produzierten, ohne es verhindern zu können, über sich selbst jederzeit so viele Daten, dass CircleGov auch von deren Wünschen erfahre. Und was zukünftige Generationen sich wünschten – das könne man leicht per Extrapolation der vorhandenen Daten berechnen.

»Wenn man das alles weiterdenkt«, fragte ein führender Vertreter der Opposition, »werden dann die demokratischen Wahlen und das ganze demokratische System nicht vollkommen überflüssig?«

Ein interessanter Gedanke, stimmte Joshua zu. Aber es gelte nach wie vor: Die Entscheidungen müssten auch mit CircleGov noch immer die Politiker treffen. Und die müssten gewählt werden! (Übrigens enthalte CircleGov eine Funktion, um Wahlempfehlungen generieren zu können.)

»Außerdem«, fuhr er fort, »denken Sie an die Chancen für die Demokratie, für ihre Akzeptanz bei den Wählern! Mit CircleGov braucht niemand mehr etwas zu bereuen! Kein Politiker eine Entscheidung, die seine Wiederwahl gefährden könnte, kein Wähler seine abgegebene Stimme! CircleGov ermöglicht eine Demokratie mit Zufriedenheitsgarantie!«

So überzeugend die Argumente des Circles auch waren (und Joshua und die anderen Circler hielten sie für sehr überzeugend) – die meisten Politiker blieben seltsamerweise nach wie vor reserviert. Der wahre Grund dafür offenbarte sich erst Wochen später, durch einen verzweifelten Ausruf: Der Grund war die pure Angst – nämlich die Angst der (zumeist älteren) Politiker davor, dass das Entscheidungstool zu kompliziert für sie sei. Sicher gebe es Tausende von Eingabemasken, endlose Zahlenkolonnen, vielfach verschachtelte Menüs und Hunderte winziger Buttons!

»Das werden wir niemals erlernen!«, rief einer verzweifelt.

Umso verblüffender war Joshuas Antwort: Alles, was man bräuchte, sei ein einfaches Smartphone, wie seins hier. Und alles, was man machen müsse vor einer Entscheidung, sei, Sara eine Frage zu stellen: »Sara, sollen wir die Steuern erhöhen?«, »Sollen wir dem Gesetz zustimmen?«, »Sollen wir hier mehr investieren und dafür dort sparen?«, »Sollen wir Krieg führen, und wenn ja, gegen wen?«

Sara werde dann antworten: »Ja!« oder »Nein!«, und auf Wunsch erklären, warum. Das sei schon alles.

Joshua gab sein Smartphone in der Runde herum, mit der aktiven CircleGov-App auf dem brillanten, gestochen scharfen Display. Wie von einer leichten Brise bewegt, flatterte dort eine animierte amerikanische Flagge: strahlend die Farben Blau, Weiß und Rot vor perfektem, kalifornischem Himmel. Man konnte den Politikern ansehen, wie sie das wohlige, erotische Vibrieren des Smartphones genossen. Am liebsten hätten sie das Gerät gleich behalten.

Ob man die Bewegung der Flagge (»und dieses Vibrieren«) nicht etwas dynamischer gestalten könne, fragte einer der führenden Konservativen. Wie bei einem kräftigen, stolzen, patriotischen Wind?

Und, meinte ein anderer aus Colorado, den Himmel etwas dunkler, wie in den Rockys?

»Aber natürlich!«

Dreißig Sekunden später war das erledigt.

Alle waren begeistert.

Ein paar Tage später erhielt Joshua einen Anruf von Carter:

»Abra ist weg!«

2

»Abra ist weg«, wiederholte Carter.

Joshua verstand nicht.

»Abra ist weg? Was meinst du? Kommt sie nicht mehr zur Arbeit?«

»Das macht sie schon lange nicht mehr. Sie hat vor zwei Wochen gekündigt. Hast du das nicht gewusst? Ihr seid doch befreundet?«

»Abra hat gekündigt? Niemand kündigt beim Circle!«

»Abra schon. Aber das ist es nicht. Sie ist vollständig weg. Keiner kann sie mehr erreichen, ihr Handy ist aus, wir können sie nicht mehr orten. Ihre E-Mail-Adresse ist tot. Ihr Activitytracker sendet keine Daten mehr. Sogar ihr CircleFriends-Konto ist gelöscht. Wir machen uns Sorgen. Weißt du, wo sie ist?«

»Nein, leider nicht. Aber ich werde sie suchen.«

Abra war weg! Hatte sie also ihren Plan verwirklicht und den Circle verlassen?

Er recherchierte. Durch CircleGov hatte er Zugang zu weit mehr Daten als die meisten beim Circle – und damit als die meisten übrigen Menschen. Schnell bestätigte sich, was Carter gesagt hatte: Abras Mailadresse beim Circle war seit ihrer Kündigung gesperrt. Einen anderen Mail-Account führte sie nicht. Ihr Handy war seit über einer Woche nicht mehr aktiv. Es gab keinerlei Daten, in welcher Mobilfunkzelle sie seitdem war. Ihr Activitytracker war tot. Da er sich nicht ausstellen ließ, musste er zerstört worden sein oder an einem Ort liegen, wo es keinen Empfang gab. Alle ihre Social-Media-Konten waren gelöscht, entweder manuell oder als Folge der Kündigung. Ihr

Kreditkartenkonto zeigte seit zwei Wochen keine Umsätze mehr. Aber Joshua fand eine Spur: Erst gestern hatte sie die Karte mehrmals benutzt, an Mobilterminals, immer ohne Erfolg. Trotz Guthabens war die Karte gesperrt. Joshua prüfte, wo die Terminals standen: alle bei diversen Ärzten in San Francisco. Abra musste sie aufgesucht haben. Brauchte sie ärztliche Hilfe? Hatten die Wehen begonnen? Kam schon das Kind? Er prüfte die Krankenversicherungsdaten: Auch ihre Versicherungskarte vom Circle hatte sie den Ärzten gegeben, aber auch die war gesperrt. Kein Geld, keine Versicherung, und allein und hochschwanger mit einem schwerstbehinderten Kind!

Er beschloss, nach San Francisco zu fahren. Noch im Caltrain telefonierte er die Arztpraxen durch, die sie offenbar aufgesucht hatte. Keiner konnte sich an sie erinnern, oder man wollte nichts sagen. Selbstverständlich, behaupteten alle, behandle man im Notfall jeden, auch ohne Geld und ohne Versicherungskarte! Er wusste, dass das nicht stimmte. Von der San Francisco Station ging er seinen üblichen Weg in Richtung Zentrum, vielleicht fiel ihm noch etwas ein, hoffte er, oder vielleicht half auch der Zufall. Er beeilte sich nicht, wozu auch, so ganz ohne Ziel. Natürlich wollte er Abra finden, sie brauchte ganz sicher Hilfe. Gleichzeitig hatte er Angst: Wollte sie die überhaupt? Und von ihm? Er war schließlich »einer von denen«, einer vom Circle. Er dachte an ihre letzte Begegnung. Er begann sich zu ärgern. War sie nicht an allem selbst schuld? Wäre sie der Empfehlung des Circles gefolgt, dann wäre jetzt alles in Ordnung! Denn was war so verkehrt an dieser Empfehlung? Sie war gut begründet – viel besser als ihre »Gefühle«! Wie kann man nur so unvernünftig sein und sich absichtlich unglücklich machen? Und niemals, niemals hätte sie beim Circle kündigen dürfen! Warum eigentlich suchte er sie? Um von ihr ein weiteres Mal zurückgewiesen zu werden? Soll sie doch selbst sehen, wie weit sie kommt mit ihren »Gefühlen«!

Außerdem, waren sie wirklich befreundet? Er erinnerte sich an früher, an Pittsburgh, an den Moment, als sie ihn abwies, brutal und kalt, wie er es damals empfand. Es tat immer noch weh, oder schon wieder. Warum also sollte er ihr überhaupt helfen? Was verband ihn mit ihr? Er wusste nichts über sie, nicht einmal, wo sie wohnte, ob sie Freunde hatte und so. Sollen die sich doch um sie kümmern! Aber – wenn er ihr jetzt hilft, vielleicht gewinnt er sie dadurch zurück? Wieso denn »zurück«? Er hatte sie nie! Er schwankte zwischen Hoffnung und Trotz. Hatte er jetzt überhaupt eine Chance bei ihr? Da war dieses Kind. Er könnte sich um das Kind kümmern. Er könnte ihr helfen, es zu erziehen. Eine richtige kleine Familie könnten sie sein. Das würde sicher auch die Bedenken des Circles zerstreuen, denn dann wäre Abra schließlich nicht mehr allein mit dem Kind. Mit dem schwerstbehinderten Kind! Er bekam Angst. Wollte er überhaupt eine Familie? Wollte er ein behindertes Kind? Könnte das nicht vielleicht auch seine Karriere gefährden? Aber das Kind werde, sagte der Arzt, ganz sicher sterben bei der Geburt. Er atmete auf – hier bestand also keine Gefahr. Joshua, sei nicht so zynisch, rief er sich zu. Nein, das ist nicht zynisch, das ist realistisch! Wenn aber das Kind die Geburt nicht überlebt – dann spricht wohl nichts mehr dagegen, dass Abra zum Circle zurückkommt. Vielleicht kann er sie unterstützen dabei. Sie wird es ihm danken, sie wird ihn lieben dafür. Wird sie das wirklich? Unsinn, natürlich nicht!

Joshua kam an dem Antiquariat vorbei. Jetzt war dort ein Abholzentrum für Pakete des CircleShops. Durch die Schaufensterscheibe sah er große Regale aus blankem Metall. Die alten, aus Holz, waren fort. Überall lagen Pakete, große und kleine.

Er entdeckte den alten Buchhändler hinter einem stählernen Tresen. Aus einem Impuls heraus betrat er den Laden und fragte, was mit dem Antiquariat passiert sei.

»Hab ich dichtmachen müssen«, sagte der Alte. Niemand kaufe mehr Bücher, echte alte Bücher. Alle läsen nun online, beim Circle, seitdem es dort alles kostenlos gebe. Eigentlich sei der Laden schon seit langem nur noch ein Lager gewesen – es seien mehr Leute gekommen, um deponierte Pakete zu holen, als um Bücher zu kaufen. Na ja, immerhin habe man ihn weiter beschäftigt und er verdiene jetzt mehr als zuvor.

»Aber Sie sind Buchhändler!«, rief Joshua empört. »Sie lieben Bücher und keine Pakete! Wem geben Sie jetzt Ihre Tipps?«

Niemand wolle mehr seine Tipps, sagte der Alte. Alle vertrauten nur noch dem Circle. Keine Überraschungen mehr! Er blickte verächtlich auf all die Regale. Ein Kunde trat ein und verlangte nach seinem Paket.

Auch das Modegeschäft von damals stand offensichtlich vor dem Konkurs. Die Auslage war fast leer. Als er draußen vorbeiging, winkte ihm die Verkäuferin zu. Joshua staunte. Sie konnte ihn unmöglich wiedererkannt haben! Es war schon eine Ewigkeit her, als er hier eingekauft hatte, und das auch nur ein einziges Mal!

Auch viele andere Läden in der Market Street und in den benachbarten Straßen standen jetzt leer. In der bis vor Kurzem noch so belebten Gegend kaufte niemand mehr ein. Jeder bestellte nur noch oder bekam schon geliefert, bevor er bestellte. Denn warum sollte man im Laden mehr bezahlen für weniger Auswahl? Und war die Beratung im CircleShop nicht tatsächlich perfekt?

Nur noch die Läden für die Touristen waren noch da, mit Blumen aus Plastik, bunten Klamotten und riesigen Brillen –

künstlichem, überteuertem Kram, die Ära der Hippies verklärend. Und es gab die Läden des Circles: große, klare, weiße, reine Geschäfte, in denen wie auf Altären die Handys ausgestellt waren, die Tablets, die Uhren, die Brillen, die sonstigen Gadgets, die zwar jeder schon hatte, aber nicht jeder das letzte Modell.

Er erinnerte sich an die Nacht damals in Pittsburgh, als er mir ihr das eine Mal schlief oder er es zumindest versuchte. An die Zeit, als die anderen glaubten (und er selbst es glauben wollte), er wäre mit Abra zusammen. An den Schmerz immer dann, wenn er sie zusammen mit jemand anderen sah. Will er das noch einmal erleben? Soll sich doch der Vater des Kindes um Abra kümmern! Der war schließlich mit schuld an allem! Zum Trotz kam nun Neid: Mit dem hatte sie Sex – Sex, der gelang! Wo steckte der Typ überhaupt? Er wurde wütend. Und wieso ließ er sich jetzt von Abra irgendwie zwingen, durch San Francisco zu laufen – so ganz ohne Ziel? Auch Sara half ihm nicht weiter. Nein, das alles ergibt doch gar keinen Sinn! Er kehrte um und ging in Richtung des Bahnhofs zurück.

Aus einer Laune heraus betrat er das Café, das er von seinem ersten Ausflug in San Francisco schon kannte. Nichts erinnerte mehr an den schäbigen Laden von damals. Alles war jetzt perfekt gestylt und organisiert, alles war sauber. Er war kaum überrascht, als er erfuhr, dass das Café nun dem Circle gehörte. Er setzte sich in die Nähe des Fensters, er liebte es hell, und bestellte einen Latte macchiato. Um sich zu zerstreuen, blätterte er in den Werbeflyern auf seinem Tisch. Alles interessante Produkte, stellte er fest. Als ob die Flyer extra für ihn ausgelegt worden wären. Konnte natürlich nicht sein – niemand konnte ahnen, dass er heute und jetzt in dieses Café kommen sollte, an genau diesen Tisch. Eine kleine Karte rutschte aus einem der Flyer. Eine Werbung für eine ärztliche Praxis für Arme. Behandlung auch ohne Bezahlung und ohne Versicherungskarte. Spenden willkommen! *Eher gehe ich zum erstbesten Pfuscher,* hatte Abra gesagt. Ein Zittern durchlief ihn. War das der Zufall, auf den er hoffte?

Joshua wählte die Nummer der Praxis. Eine Warteschleife sprang an, ein Tonband warb endlos um Spenden. Nach ein paar Minuten meldete sich eine Frau.

Er fragte nach Abra.

»Sind Sie ein Verwandter?«

»Ein Freund.«

»Auch gut. Kommen Sie! Schnell!«

Das Taxi, das Sara bestellte, ließ lang auf sich warten. Die Stadt war völlig verstopft, noch immer waren zwei Straßen gesperrt, drüben hinter der Brücke auf der anderen Seite der Bay, noch immer wegen der Erdbebenschäden, der Rückstau war riesig. Endlich kam das Taxi, aber auch jetzt ging es nur langsam voran. Sie fuhren in eine Gegend, die er noch nicht kannte. Keine Hochhäuser, keine schicken Geschäfte, keine teuren Büros. Stattdessen Fenster mit zersprungenen Scheiben, Müll auf den Straßen, kaputte Autos. Der Fahrer hielt vor einem der schäbigsten Häuser. Bröckelnder Putz, kein Schild, keine Klingel, aber die Hausnummer stimmte. Die Haustür stand offen. Joshua trat ein – und zuckte erschrocken zurück. In der kleinen Halle hinter dem Eingang saßen und standen überall Menschen (auf der Straße dagegen war es, wie ihm jetzt auffiel, ungewohnt leer). Waren das alles Patienten? Jemand brüllte vor Schmerzen. Einige schliefen. Es stank nach Bier, Schweiß und Urin. Kein Fahrstuhl, natürlich. Bemüht, nichts mit der Hand zu berühren, nahm er die Treppe. Im ersten Stock wies ein an die Wand gehefteter Zettel in einen schmalen, nur spärlich beleuchteten Gang ohne Fenster. Auch dort überall Menschen. Von irgendwoher das Geschrei eines Säuglings. Ganz hinten ein Tisch, daneben Schränke mit Akten. Der Empfang, vermutete er, oder das, was man dafür hielt. Er ging hin und begrüßte die Frau, die hinter dem Tisch saß.

»Nummer ziehen!«, sagte sie kurz und zeigte auf einen Apparat an der Wand.

»Ich bin kein Patient. Wir hatten telefoniert. Ich komme wegen Abra.«

»Ach, Sie sind's.«

Sie rief eine Assistentin und sagte ihr etwas. Joshua verstand nur »ihr Freund«.

»Gut, dass Sie da sind«, sprach sie ihn an. »Sie können sie sicher identifizieren?«

»Sie identifizieren?«

»Die Leiche.«

Joshua verstand nicht: »Die Leiche?«

Die Frau sah ihn an.

»Hat Ihnen das keiner gesagt? Na, Ihre Freundin ist tot.«

In Joshuas Kopf pochte es plötzlich, ihm wurde schwindlig, der Raum begann sich zu drehen.

»Abra ist tot?«

»Ja, sie verlor viel zu viel Blut und die Konserven waren schon aus. Ist ein verrückter Tag heut', alle brauchen heut' Blut. Sie glauben nicht, was hier alles los war. Da war dieser Typ …«

Er hörte nicht zu. Etwas hämmerte in seinem Kopf, sein Nacken begann, höllisch zu schmerzen, es klopfte und rauschte in seinen Ohren. Alles um ihn herum sah er nur noch wie aus einem Tunnel heraus. Immer wieder stammelte er: »Abra ist tot. Abra ist tot.«

Er taumelte, die Assistentin musste ihn stützen. Sie führte ihn in ein kleines Zimmer am Ende des Gangs. Darin eine Liege, und darauf lag – Abra. Wieder wurde ihm schwindlig, er hielt sich an einem Stuhl fest. Sie sah so entspannt aus – sie konnte nicht tot sein! Aber warum das dunkle, geronnene Blut überall? Auf dem Hemd, das sie trug? Auf dem verknitterten Laken, das ihren Körper bedeckte? Es stimmte, dort, auf der Liege, lag Abra! Aber war sie tatsächlich tot? Nein, sie schläft nur, man sollte sie wecken! Er wollte sie schütteln, aber er wagte es nicht, sie zu berühren.

»Abra!«, rief er sie leise, und dann noch einmal, ein wenig lauter: »Abra!«

Aber sie wachte nicht auf. Sie wird nie mehr aufwachen können, verstand er allmählich. Abra war tot. Abra war tot.

»Die Nabelschnur lag um den Hals«, erklärte die Frau. »Der Doc mussten einen Kaiserschnitt machen. Aber sehen Sie selbst, für so etwas sind wir hier nicht ausgestattet. Wir sind eine Armenpraxis und kein OP-Saal! Und um sie zu verlegen, war keine Zeit mehr, sie kam viel zu spät. Warum ist sie nicht in eine Klinik gegangen? Ihre Kleidung sieht nicht so aus, als ob sie sich das nicht hätte leisten können. Selbst schuld, irgend- wie! Bei der OP hat der Doc dann ’ne Arterie erwischt oder ’ne Vene, egal. War eine ziemliche Sauerei, das kann ich Ihnen versichern, ich war dabei! Sie sehen’s ja. Und wer muss das alles wieder wegmachen? Ich natürlich. Als ob ich sonst nichts zu tun hätte! Ein Scheißladen hier! Wenn Sie mich fragen, gehen Sie als Patient lieber woanders hin, wenn’s Ihnen schlecht geht! Überall ist es besser als hier.«

Sie reichte ihm ein Formular und einen Stift.

»Sie müssen sie identifizieren. Können Sie doch, oder?«

Er versuchte zu nicken.

»Ich muss noch mal weg. Ich lass Sie jetzt mal allein. Bin gleich wieder da.«

Er füllte das Formular aus, froh, etwas machen zu können. Die meisten Felder musste er leer lassen: das ihrer aktuellen Adresse, ihres Geburtsorts, und auch an ihr Geburtsdatum konnte er sich nicht mehr erinnern. Hatte sie Verwandte? Er wusste es nicht. Er wusste eigentlich nichts über sie. Nur, dass sie jetzt tot war.

Die Assistentin kehrte zurück.

»Die Bestatter sind da«, sagte sie. »Die holen sie ab.«

»Wohin bringen die sie?«

»Na, ins Leichenschauhaus! Gucken Sie nie Krimis im Fernsehen? Hier können wir sie nicht länger behalten!«

Sie nahm ihm das Formular ab.

»Was ist mit der Adresse?«

Er zuckte nur mit den Schultern.

»Ich dachte, sie war Ihre Freundin? Egal. Besser als nichts.«

Die Frau nahm einen Plastikbeutel mit dem Logo einer Supermarktkette und stopfte ein paar Kleidungsstücke hinein. Abras Sachen, vermutete er. Er hatte gar nicht bemerkt, dass sie dort lagen. Dann nahm die Frau noch ein Portemonnaie, zeigte es ihm, klappte es auf und wieder zu und steckte es mit in den Beutel.

»Ist 'ne Kreditkarte drin«, sagte sie. »Unsere Patienten haben für gewöhnlich keine Kreditkarten. Warum ist sie damit nicht zu einem richtigen Arzt?«

»War wohl gesperrt«, sagte er.

Sie gab ihm den Beutel.

»Sie müssen jetzt gehen! Hab noch was anderes zu tun, ich kann mich nicht den ganzen Tag um Sie kümmern!«

Energisch schob sie ihn aus dem Zimmer.

Als ob sie sich um mich gekümmert hätte, dachte er gereizt. Im Flur wieder das Säuglingsgeschrei. Er ging irgendwie in Richtung Treppe. Zwei Männer kamen ihm laut fluchend mit einem schweren, billigen Blechsarg entgegen, er wich ihnen aus. Ihm wurde übel, er würgte. Im Treppenhaus war es nun lauter, unruhiger, aufgeregter, ein Stimmengewirr.

Jemand rief: »Hey, Mann, weißt du, für wen dieser Sarg ist?«

»Für eine Freundin«, sagte er leise und floh.

Mit dem Plastikbeutel mit Abras Sachen in beiden Händen irrte er ziellos durch die immer noch fast leeren Straßen. Was sollte er tun? Abra war tot. War Abra tot? Ja, er hatte sie selbst eben gesehen. Er hatte sie *identifiziert.* Immer wieder drehten sich seine Gedanken um diese Sätze. Etwas musste er tun. Aber was? Und warum? Unfähig zu jedem Plan, zu jeder Entscheidung, ging er die Straßen entlang, ohne zu wissen, wohin. Vielleicht ging er auch immer im Kreis, aber das war ihm egal.

»Joshua?«, hörte er Saras Stimme in seinem Headset.

»Ja?«

»Joshua, du musst etwas essen. Deine Werte sind auffallend niedrig. Darf ich dir ein Restaurant empfehlen?«

Er wurde wütend. Sie hatte recht, er hatte Hunger, aber er wollte nichts empfohlen bekommen – schon gar nicht von Sara.

»Eines hier in der Nähe«, sagte er trotzdem.

»Ich bedaure«, antwortete Sara. »In der unmittelbaren Umgebung gibt es keine Restaurants, über die ich Daten verfüge. Aber ich kann dir ein Restaurant empfehlen in nur einer halben Meile Entfernung.«

Sara begann ihn zu lotsen, aber er hörte nicht auf sie, sondern ging in genau die andere Richtung. Es gefiel ihm, sie zu missachten. An der nächsten Kreuzung entdeckte er einen kleinen, einfachen Diner. Trotz ihres Protests (»Über diesen Diner habe ich keine Daten!«) trat Joshua ein, setzte sich auf eine der Bänke am Fenster und bestellte sich irgendetwas. Das alles tat gut.

»Sara, warum musste das alles passieren?«, fragte er nach dem Essen.

»Präzisiere bitte, wovon du sprichst.«

»Warum musste sie sterben?«

»Abra? Ihre Entscheidung war falsch. Abra hatte eine Empfehlung des Circles, der sie nicht folgte.«

»Wegen der Empfehlung des Circles ist sie jetzt tot!«

»Sie ist tot, weil sie die Empfehlung ignoriert hat. Sie wusste, welche Folgen ihre Entscheidung haben konnte. Der Circle hatte sie gewarnt.«

»Wäre sie der Empfehlung gefolgt, wäre sie jetzt auch nicht glücklich.«

»Joshua, deine Annahme ist mit sehr großer Wahrscheinlich falsch. Zum einen wäre sie noch am Leben. Und zum anderen zeigen die Daten, dass neunundachtzig Prozent der Frauen, die sich in Abras Situation so entschieden, wie der Circle es auch ihr vorgeschlagen hatte …«

Er unterbrach sie: »Wieso eigentlich war ihre Kreditkarte gesperrt? Wäre die nicht gesperrt gewesen, hätte sie einen besseren Arzt aufsuchen können und sie würde noch leben!«

»Das ist nicht sicher. Komplikationen sind immer möglich. Durch Big Data ist belegt, dass …«

»Warum war die Karte gesperrt?«

»Zu Abras eigenem Schutz. Sie hat beim Circle gekündigt und alle Datenquellen deaktiviert. Sie hat es dem Circle unmöglich gemacht, ihr zu folgen. Dazu kam ihre Ablehnung der Empfehlung des Circles. Ihr unvernünftiges Verhalten …«

»Abra war für euch also nicht mehr berechenbar!«

»Im Gegenteil, ihr zukünftiges Verhalten war mit Big Data
sehr gut berechenbar. Alle Menschen mit Abras Daten zeigen
weiterhin unüberlegtes Verhalten. Alle tendieren zu impulsiven,
unnötigen und kostspieligen Anschaffungen und Ausgaben,
die sie später bereuen. Abras Kreditkarte wurde gesperrt, um
sie vor solchen Fehlern zu beschützen.«

»Ihr habt Abra so gut beschützt, dass sie jetzt tot ist.«

»Wäre sie den Empfehlungen des Circles gefolgt, wäre sie
jetzt am Leben und glücklich.«

Joshua schwieg. Stimmte dies wirklich? Wäre Abra dann
wirklich glücklich? Sie hatte das Kind doch so sehr gewollt! Er
zuckte zusammen, von einer Erkenntnis getroffen. Das Kind!
Das Kind, was war mit dem Kind? Das Kind hatte er völlig vergessen! Seit seiner Ankunft in der Praxis hatte er, geschockt von
Abras Tod, nicht ein einziges Mal daran gedacht, dass es ja noch
ein Kind gab – trotz aller Hinweise, wie ihm jetzt klar wurde:
Abra war schließlich zur *Entbindung* in die Praxis gegangen!
Kaiserschnitt, hatte die Assistentin gesagt, und etwas mit *Nabelschnur um den Hals.* Was war mit dem Kind? War es ebenfalls
tot? Wahrscheinlich – aber stimmte das wirklich? Er ärgerte sich
über sich selbst. Wie konnte man nur so blind sein, so ignorant?
Er zwang sich, ruhig zu werden, und versuchte, sich zu erinnern:
In dem Zimmer hatte er kein Baby gesehen und nichts, worin
man es aufbahren konnte. Aber wo war es? Wo war das Kind?

»Was ist mit dem Kind?«, fragte er Sara.

»Welches Kind meinst du?«

»Abras Kind! Sie war dort zur Entbindung!«

»Über Abras Kind fehlen die Daten.«

Er wurde ganz unruhig. Was war mit dem Kind? Er musste
es wissen, sofort!

Mit einem Taxi fuhr er den kurzen Weg zurück in die Praxis. Wieder die Menschen, die Treppe, der Gang, der Gestank. Nichts links und rechts registrierend rannte er durch bis zum Empfangstisch.

»Was ist mit dem Kind?«, rief er der Frau zu.

»Was für ein Kind?«

»Das Kind von Abra! Ich bin's, erkennen Sie mich?«

»Ach, der Säugling der Toten. Ist schon bei einer Pflegefamilie. Das ist so üblich. Hätten Sie es gewollt? Sind Sie der Vater?«

»Das Kind lebt?«, rief er schockiert.

»Klar! Für den Säugling kam die OP ja noch rechtzeitig. Ein gesunder, kleiner Junge. Hat uns die ganze Praxis zusammengebrüllt. Haben Sie das vorhin nicht gehört? War ganz schön nervig. Aber auch süß. Normalerweise haben wir hier keine neugeborenen Babys.«

»Sie sagen, es lebt?« Er konnte es noch immer nicht fassen. »Wie kann das sein? Der Fötus war doch total deformiert! Das Kind ist behindert! Überlebenschance gleich Null!«

»Das wäre mir neu«, sagte die Frau. Sie suchte in einem Stapel Papieren nach Abras Akte.

»Sehen Sie!«, sagte sie und zeigte auf die Notizen des Arztes. »Hier steht, das Kind ist gesund. Keine Auffälligkeiten. Der Apgar-Score beträgt neun, das Kind ist also völlig normal.«

»Apgar-Score?«

»Ein Index für die Gesundheit des Säuglings. Nein, das Kind ist ganz sicher nicht deformiert. Alles ist dran und da, wohin es gehört. Es ist völlig gesund.«

»Völlig gesund …«

»Sind Sie der Vater?«, fragte die Assistentin noch einmal.

»Nein, nur ein Freund seiner Mutter – gewesen.«

»Machen Sie sich keine Gedanken. Das Kind wird bestimmt gut versorgt.«

»Wo und von wem?«

»Keine Ahnung. Fragen Sie mal bei der Stadt nach, irgendwo gibt's da 'ne Stelle, die das koordiniert! Kann man sicher bei CircleSearch finden.«

Ohne zu wissen, warum, bat Joshua um eine Kopie von Abras Akte.

Widerwillig legte die Frau das Papier auf einen alten Kopierer und gab ihm die Kopie.

»Darf ich eigentlich nicht. Aber jetzt müssen Sie gehen. Hier warten noch andere. Ich hab nicht den ganzen Tag für Sie Zeit!«

Also ob sie für mich Zeit gehabt hätte!

Dennoch dankte er ihr, ging und fuhr zurück in sein Apartment.

Zu Hause stellte er den Plastikbeutel mit Abras Sachen neben die Tür. Immer wieder musste er sich an den Anblick der toten Abra erinnern. An den Raum in der Praxis. An den Flur mit den Menschen. An das Babygeschrei. War das das Geschrei *ihres* Babys gewesen?

Um den Kopf freizubekommen, beschloss er zu joggen. Er zog sich seine alten Laufsachen an (die neuen hatte er immer im CirclePlex liegen) und lief los. Schon lange war er nicht mehr durch die Straßen gelaufen; die Strecken im CirclePlex waren viel attraktiver und praktischer und besser gefedert. Doch das war jetzt egal, viel bekam er ohnehin nicht mit von seiner Umgebung. Er lief wie mechanisch, grübelte vor sich hin, dachte nach, immer wieder unterbrochen von Sara, die ihn navigierte.

Wie passte das alles zusammen? Der Befund des Arztes sei klar, hatte Abra gesagt. Sie selbst habe die Deformationen des

Fötus gesehen. Und jetzt plötzlich hieß es, das Kind sei völlig normal! Eine Verwechslung? Hatte der Arzt des Circles ein falsches Ultraschallbild beurteilt? Wenig wahrscheinlich, Ultraschallbilder werden unmittelbar generiert, jede Bewegung der Sonde wird sofort sichtbar. War die Beurteilung falsch? Konnte ein Arzt des Circles sich dermaßen irren? War das Gerät schlecht? Undenkbar! Oder wurde das Kind nach der Entbindung verwechselt? Nein, einen deformierten, nicht überlebensfähigen Säugling – den konnte niemand verwechseln.

Etwas stimmte hier nicht. Aber was?

Fast überhörte er eine Richtungsanweisung von Sara: Er müsse hier abbiegen, der Weg hier sei gesperrt wegen einer großen Baustelle hinter der Biegung. Tiefbauarbeiten. Aber er lief einfach weiter. Kein Hindernis kam, keine Baustelle, nichts war zu sehen. Sara entschuldigte sich, kleinlaut, wie ihm schien. Die Arbeiten seien wohl schon abgeschlossen worden, ohne dass sie davon wusste. Ihre Daten seien vermutlich nicht aktuell. Er kam an einem Spielplatz vorbei – zahlreiche schreiende, tobende Kinder. Wollte Sara nicht, dass er sie sah? Wollte sie ihn beschützen, ihn bewahren vor dem Schmerz, den die Kinder bei ihm auslösen könnten? Danke, Sara, sehr freundlich von dir, murmelte er, verärgert über ihren Versuch, ihn zu gängeln. Du hast keine aktuellen Daten? Wer glaubt dir denn so was?

Oder log jemand, überlegte er weiter. Log der Arzt des Circles? Log die Assistentin der Praxis? Warum sollte sie das? Und hatte er nicht selbst dort einen Säugling schreien gehört? Die Schreie klangen nach einem sehr, sehr kleinen Baby, wie ihm rückblickend schien, ohne davon Ahnung zu haben. Oder war es doch ein anderes Baby? Normalerweise gebe es dort in der Praxis keine Geburten, hatte die Assistentin gesagt. Also doch Abras Baby? Zu gerne hätte er es gesehen. Aber er war ja vorhin viel zu schockiert gewesen, zu überrascht über Abras Tod, viel zu dumm, um an das Kind auch nur zu denken! Und beim zweiten Besuch in der Praxis war es schon fort. Warum sollte jemand lügen? Oder gab es noch eine andere Erklärung für alles?

Zurück im Apartment stolperte er fast über den Beutel. Joshua starrte ihn an. Ihm war, als riefe Abra ihm zu: Tu etwas! Werde aktiv!

Sein Kopf schmerzte, sein ganzer Körper war verspannt, trotz oder wegen des Laufens. Nach dem Duschen nahm er ein Aspirin und legte sich hin. Obwohl es noch früh war, schlief er bald ein. Er träumte von Pittsburgh. Er war an der Uni. Er musste dringend eine Prüfung bestehen, die ihm für seinen Abschluss noch fehlte. Doch er wusste nicht, wo die Prüfung stattfinden sollte, und er war schon spät dran. Die Gänge waren ein einziges Labyrinth, nirgends entdeckte er einen Aushang, ein Schild, das ihm half. Niemand war da. Alles war vertraut und gleichzeitig anders. Auch war er viel älter als damals, so alt wie heute. Hoffentlich fällt das nicht auf! Am Ende des Flures sah er Abra, die ihm etwas gestikulierte. Als ob sie ihm den Weg zeigen wollte. Sie rief ihm etwas zu, doch er verstand nicht. Sie hatte die Stimme von Sara. Er bekam Panik: Wenn jetzt jemand bemerkt, dass er die Prüfung damals (denn nun war er sich sicher, er studiert schon lange nicht mehr) nicht abgelegt hatte – werden sie dann seinen ganzen Abschluss für nichtig erklären? Er wird alles verlieren! Und wenn er die Prüfung besteht – wie bekommt er dann das Zeugnis in seine Akte? Niemand darf davon erfahren! Und niemand konnte ihm helfen dabei. Er fühlte sich einsam, unpassend, fremd.

Der Rest seines Schlafes war traumlos.

Auf dem Vorplatz zum CirclePlex saßen rund um den Balloon Dog zwei Dutzend Kinder, die den Circle besichtigen wollten. Sie frühstückten gerade. Schon von Weitem sah Joshua die hässlichen, schmierigen Flecken ihrer fettigen Finger auf dem sonst so glänzenden, blassrosafarbenen Stahl. Ihn ärgerte das, dieser Einbruch des Drecks in die Reinheit. Glücklicherweise kamen schon die Männer vom Service, um die Skulptur zu säubern, zu befreien von den Spuren der Kinder, der Realität, *des Chaos da draußen.*

Er setzte sich in eines der kleinen Cafés im vorderen Glasdome. Der Barmann brachte ihm ein Laptop und einen Latte macchiato.

Gleich nach dem Einloggen fand er im Netzwerk des Circles einen Nachruf auf Abra:

»Verstorben bei der Geburt eines missgestalteten Fötus, der das Leben seiner Mutter zerstörte. Sie hat sich entgegen dem Rat ihrer Freunde geopfert für ein kaum wahrscheinliches Glück. Mit Abra verlieren wir eine engagierte, manchmal eigensinnige …«

Er las nicht weiter. Was war denn das? Von Pietät keine Spur! Kein Respekt vor der Toten! Unmöglich! Wer hatte das denn verzapft? Und stand hier wirklich »missgestalteter Fötus«? Das Kind war doch völlig normal! In seiner Jackentasche hatte er noch immer die Kopie von Abras Akte. Er zog sie heraus und las nach. Hier stand es, eindeutig, ganz ohne Zweifel: Der

Apgar-Score war neun, also fast optimal! Wussten die das etwa noch nicht?

Joshua entdeckte einen Link zu einer Datei, laut Name ein Scan von Abras Armenarzt-Akte. Er stutzte – war die nicht vertraulich? Wieso lag die Akte denn hier, sichtbar für alle? Egal! Der Circle hätte es also wissen können, wissen müssen, dass nichts dran war an der Geschichte vom »missgestalteten Fötus«. Er öffnete die Datei, sah sich den Scan an – und zuckte zusammen. »Todesursache: Komplikation bei der Geburt eines missgestalteten Fötus«, las er nun auch im Scan, und darunter den Eintrag des Arztes in Handschrift: »Apgar-Score Null«, und: »Säugling bei der Entbindung gestorben«.

Irritiert verglich er seine Kopie mit dem Scan auf dem Bildschirm. Kein Zweifel, das Dokument war dasselbe: dieselben Spuren verschmierten Blutes, die gleichen Notizen des Arztes, dieselbe krakelige Handschrift, die exakt gleiche Signatur. Und hier, auf dem Abschnitt zur Identifikation: seine eigenen Einträge, seine Unterschrift, alles identisch! Nur die Angaben zur Todesursache und die zum Säugling waren verschieden. Hatte jemand vor dem Scannen das Dokument noch verändert? Waren die Angaben ursprünglich falsch und wurden noch korrigiert? Aber eine solche Korrektur wäre im Scan doch deutlich erkennbar! Außerdem, die Angaben waren nicht falsch! Die Frau in der Praxis wusste ganz sicher, dass das Kind völlig gesund war!

Joshua bekam einen Verdacht: Vielleicht wurde gar nicht die Akte verändert – vielleicht war der Scan selbst eine Fälschung, manipuliert *nach* dem Scannen der Akte! Er maximierte die Ansicht: Nichts, keinerlei Spuren, keinerlei Hinweis. Der Scan wirkte vollkommen authentisch.

Er suchte weiter. Auf einer zweiten Seite fand er eine Liste mit Links auch zu anderen Daten: zu offensichtlich privaten

Dateien, Verzeichnissen und sogar zu großen Datenbanken des Circles, die alle sonst sicher nicht öffentlich zugänglich waren. Er wunderte sich. Wer konnte diese Liste angelegt haben? Und wozu? Aber hier kam er sicher nicht weiter, nahm er an, bestimmt war alles mit einem Passwort geschützt. Dennoch klickte er einfach mal auf einen der Links – und bekam zu seiner Überraschung uneingeschränkten Zugang zu einer Datenbank mit Mails von Abra, an Abra, und auch solchen Dritter *über* Abra. Ganz ohne Sicherheitssperre! Was für eine Schlamperei, und das beim Circle! Er war empört! Auch der nächste Link ließ sich öffnen: Er führte zu einer schier endlosen Liste der Websites, die Abra jemals besucht hatte. Ein weiterer führte zu einer Übersicht ihrer Käufe beim CircleShop. Nach und nach klickte Joshua alle Links an – *alle* ließen sich öffnen! Eine Liste aller ihrer Suchbegriffe bei CircleSearch, zusammen mit Angaben darüber, welche der Fundstellen sie sich angesehen hatte, wann und wie lange. Eine Liste mit den Kontaktdaten aller, mit denen sie telefoniert, Textnachrichten ausgetauscht, gemailt oder sonst wie elektronisch kommuniziert hatte. Alle ihre Gespräche mit Sara, wortwörtlich protokolliert. Ihre Kontoauszüge. Ihre Einkäufe, die sie mit ihrer Kreditkarte bezahlt hatte. Ihre Verträge, die sie online abgeschlossen hatte. Alle Daten ihres Activitytrackers, zusammen mit sämtlichen Befunden der sie behandelnden Ärzte. Die GPS- und Funkzellendaten ihres Smartphones – also ihr komplettes Bewegungsprofil seit ihrem Eintritt beim Circle, und nicht nur ihres! Ein Verzeichnis mit allen Videos und Fotos, die sie mit dem Handy aufgenommen hatte. Eine Liste aller Sendungen, die sie sich im Fernsehen angeschaut hatte. Ein Verzeichnis mit Videoaufzeichnungen von Überwachungskameras, in deren Blickfeld sie sich in den letzten Jahren bewegt hatte; auch die anderen Personen dort waren identifiziert und markiert mit ihren Namen, ihren Adressen und so weiter. Ein Verzeichnis mit Protokollen von Meetings – unterteilt in solche, an denen sie teilgenommen hatte, und solche, in denen über sie gesprochen wurde. Und vieles, vieles andere mehr.

Joshua war komplett verwirrt. Wie war das möglich? Natürlich wusste er durch seine Arbeit, *dass* diese Daten existierten. Alle diese Daten wurden schließlich für die Dienste des Circles benötigt. Was er nicht verstand, war, dass sie hier alle so offen zugänglich waren. Eigentlich legte der Circle immer sehr viel Wert auf strengste Sicherheitsmaßnahmen – und jetzt das! Es war, als hätte jemand die Tür nicht richtig verschlossen – sämtliche Türen zu Abra! Ihr gesamtes Leben der letzten Jahre war hier online verfügbar, konserviert in Millionen, Milliarden von Daten! Irgendwo ging da etwas beim Circle gewaltig falsch!

Er überlegte, was er nun tun solle. Die Abteilung verständigen, die für den Datenschutz zuständig war? Oder diese Schlamperei nutzen, um vielleicht eine Antwort auf die Frage nach dem falschen Scan zu finden? Hatte er dazu ein Recht? Natürlich nicht! Er kam sich wie ein Eindringling vor, in Abras Leben, aber auch in die Daten des Circles. Aber lud man ihn nicht geradezu ein mit diesen offenen Daten? Abra konnte es egal sein, die war schließlich tot. Aber er, er musste herausfinden, was wirklich war mit dem Kind! Und hätte das nicht auch Abra von ihm gewollt? Vielleicht sogar: verlangt?

Er begann, nun systematisch zu recherchieren. Er beschloss, sich zunächst auf die Daten zur Schwangerschaft und zum Kind zu konzentrieren. Schnell fand er Abras Schwangerschaftstest, die Protokolle ihrer ersten Besuche beim Gynäkologen, die Mail mit der Meldung an die Human Resources. Neugierig, aber mit dem schlechten Gewissen, jetzt doch etwas Unerlaubtes zu tun, ließ er sich das Zeugungsdatum berechnen. Eine schnelle Abfrage in der Datenbank mit den Bewegungsprofilen – und schon hatte er die Namen und Daten von drei Männern, mit denen sie an diesem Tag zusammen gewesen war. Einer von ihnen, wusste er nun, war der Vater des Kindes! Wieder spürte er Neid und Eifersucht auf den Mann, mit dem sie Sex gehabt haben musste. Erleichtert fand er heraus, dass sie keinem der Männer später noch einmal begegnet war. Nicht einmal mit einem telefoniert hatte sie, wie ein Abgleich der Daten ergab. Also doch nur ein One-Night-Stand? Kein echter Partner? Abra wäre frei gewesen, frei für ihn! Wenn nur nicht …

Dann las er die Mails mit den Reaktionen ihrer Kollegen. Bald nach den Glückwünschen kamen die ersten, noch vorsichtig formulierten Fragen, ob sie das Kind denn auch austragen wolle.

»Klar!«, schrieb sie glücklich zurück.

»Bist du dir sicher?«, erhielt sie zur Antwort. Carter, ihr Chef, mailte ihr Statistiken über die Glücksscores von Frauen in einer vergleichbaren Situation.

Anfangs antwortete Abra noch auf viele der Mails, später nicht mehr.

Umso häufiger mailten sich ihre Kollegen untereinander, wie Joshua feststellen konnte. Man beriet sich, wie man Abra überzeugen könne, das für sie Beste zu tun. Eine Strategie wurde entworfen, Aufgaben verteilt, ein Zeitplan erstellt. Es wurde beschlossen, wer wann Abra mit welchen Informationen versorgen und wer sie mit welchen Frauen bekannt machen solle. (Mit solchen nämlich, die in einer ähnlichen Lage gewesen waren wie sie.) Man stellte Dokus und Filme zusammen, auf die Sara sie aufmerksam machen solle. Auf keinen Fall dürfe sie Filme sehen mit fröhlichen Kindern und einer schönen, strahlenden Zukunft, las Joshua in einer Mail ihres Chefs:

»Konfrontiert sie stattdessen mit verbitterten, allein erziehenden Müttern! Mit düsteren Zukunftsvisionen von Welten, in die man ganz sicher kein Kind setzen will!«

Je länger Abra bei ihrer Ablehnung blieb, desto kreativer wurden ihre Kollegen. Der Vorschlag mit dem Social Freezing war nur einer von vielen. Intensiv wurde besprochen, wie man die speziellen Ressourcen des Circles einsetzen könne: Joshua las, wie man die CircleShop-Algorithmen manipulierte, damit Abra vorrangig solche Produkte und Bücher empfohlen bekam (oder sie ihr ungefragt zugestellt wurden), die für eine Abtreibung warben. CircleSearch zeigte ihr Verweise nur noch zu Seiten, die eine Abtreibung als normalen, problemlosen Vorgang beschrieben, die Risiken herunterspielten und eine größere, seelische Belastung verneinten. Überall fand Abra plötzlich Berichte von Frauen, die an der zermürbenden Doppelbelastung Job und Familie zerbrachen, und Daten, die dies alles belegten.

Um Abra zu überzeugen, gründete man sogar ein eigenes Team. Was für ein Aufwand! Aber einer, den man für gerechtfertigt hielt. Viele der ursprünglich nur für Abra entworfenen Algorithmen und Funktionen fanden auch Eingang in die »normalen« Dienste des Circles. Denn warum nur Abra mit den verbesserten Überzeugungsmethoden beglücken, wenn man diese auch für das Glück aller einsetzen konnte?

Man war, wie Joshua sah, bereit für das volle Programm. Joshua sah aber auch, warum alle das taten, nämlich aus Sorge: »Wir müssen verhindern, dass Abra sich ihre Zukunft gefährdet, ihr eigenes Glück, das Glück ihres Kindes!«

Alle wollten ihr Bestes. Nur sie selbst, bedauerten alle, wollte das nicht.

Der letzte Akt in Abras Leben begann mit einer Mail von Carter an ihre Kollegen: »Schickt mir Vorschläge: Wie können wir den Druck auf Abra erhöhen?«

»Behinderte Kinder!«, schlug einer vor. »CircleSearch soll ihr ›zufällig‹ Bilder und Berichte zeigen von behinderten Kindern!«

»Funktioniert nicht. Sie kennt die Befunde. Ihr Kind ist nicht behindert. Das wird sie nicht treffen.«

»Befunde können sich ändern«, schrieb der erste zurück.

»???«

Man beriet sich mit Abras Gynäkologen. Sei so etwas machbar? Medizinisch und technisch sei das prinzipiell möglich, las Joshua dessen Antwort in einem Gesprächsprotokoll. Mit etwas Aufwand könne man das Ultraschallbild technisch verzerren. Dann noch ein wenig Geschick bei der Interpretation – und schon sei die Missbildung da!

Manche hatten Bedenken: Wäre eine solche plötzliche Änderung des Befunds nicht viel zu unglaubwürdig? Abra würde sicher bei CircleSearch recherchieren – und dort keine ähnlichen Fälle entdecken. Das könnte die Lüge schnell auffliegen lassen.

Dann müsse man eben ähnliche Fälle erfinden! Man müsse sich eine Diagnose ausdenken, ihr einen guten Namen verpassen und sie detailreich beschreiben. Und dann müsse man die dazu passenden Webseiten faken.

»Und die CircleSearch-Algorithmen verändern wir so, dass Abra diese Websites auch findet! Und niemand sonst.«

Aber würde das reichen? Würde die Nachricht, das Kind sei behindert, Abra endlich überzeugen? Carter wollte kein Risiko eingehen, er verlangte noch mehr.

»Das Kind muss sterben«, schlug jemand vor, »gleich nach der Geburt.«

»Das Kind töten? Das dürfen wir nicht!«

»Nein, nicht in echt. In den erfundenen Fällen! Abra muss glauben, ein Kind mit diesem Befund – ihr Kind – habe keinerlei Chance zu leben.«

»Super Idee!«

»Noch eine: Abra muss Angst bekommen auch um ihr eigenes Leben! Das Kind bringt sie um!«

»Klasse! Eine Gefährdung des Lebens der Mutter verlängert die Frist einer legalen Abtreibung. Nicht dass das notwendig wäre im Circle, was kümmern uns Fristen? Aber schaden tut's nicht!«

»Genial! Zwei Fliegen mit einer Klatsche!«

»So wird's gemacht! Kommt jemand mit in die Mensa? Es gibt vegetarische Schnitzel.«

Es folgten Dokumente, die Joshua zeigten, dass und wie dieser Plan umgesetzt wurde. Er fand die Anweisungen des Gynäkologen an die Techniker, wie die Ultraschallbilder verzerrt werden müssten. Er entdeckte die Namen der Ärzte, Programmierer und Grafiker, die die Fake-Websites entwickeln sollten – immerhin ein Team aus zwanzig Personen. Er las, dass die Fälschung einmal fast aufflog, weil eine Website zu plump manipuliert war – sie enthielt genau die Bilder, die auch Abra von »ihrem« Kind zu sehen bekam. Und Joshua erfuhr, dass auch er, ohne davon zu wissen, eingespannt war in diesen Plan: Sein letztes Treffen mit Abra kam durch einen dezenten Hinweis zustande, den Carter ihr gab. Man hoffte, er als alter Freund und mit seiner nüchternen Art könne Abra vielleicht bekehren.

Was ihm, wie die anderen enttäuscht kommentierten, auch nicht gelang.

Als letztes fand Joshua noch zwei kurze Anweisungen: Eine handelte davon, dass man Abras Armenarzt-Akte vor dem

Upload in das Circle-Netzwerk noch der »individuellen Realität angleichen« müsse. Denn der Armenarzt wolle »mit dem Circle leider nicht kooperieren und die Akte nicht selbst korrigieren«. Die andere Anweisung gab dem CircleSearch-Team den Auftrag, die »Suchrelevanz« für diesen Arzt deutlich zu reduzieren, vor allem für »Suchen nach Bitten um Spenden«.

Denn wer den Circle nicht unterstütze, werde auch vom Circle nicht unterstützt.

Als Joshua zum ersten Mal wieder aufsah, war es schon spät am Abend. Den ganzen Tag lang hatte er Texte gelesen, Dateien kopiert, sich Notizen gemacht und dabei die Zeit völlig vergessen. Wie automatisch hatte er die Snacks gegessen, die ihm der Barmann servierte, die Kaffees getrunken, die der ihm brachte. Er hatte weder mitbekommen, wie das Café sich mal füllte und dann wieder leerte, noch hatte er die Clowns im Basement des Glasdomes bemerkt, den Bariton-Sänger, die Herde von Schafen (echten!). Er war völlig versunken gewesen in seiner Arbeit. Sie war für ihn wie eine Pflicht, seine letzte Ehre für Abra.

Jetzt wusste er, dass der Scan von Abras Akte tatsächlich gefälscht war, und er wusste, von wem. Aber er wusste auch, warum dies geschah: Alle wollten das Beste für Abra. Alle waren besorgt um sie, um ihr Glück, denn das war Big Data zufolge durch ihr Handeln gefährdet. Joshua konnte diese Besorgnis verstehen, denn, das erkannte auch er, die Daten waren tatsächlich eindeutig. Alle hatten sehr gute Gründe, sich um Abra zu sorgen. Ihre Motivation war dieselbe wie die aller beim Circle: Menschen das Leben zu erleichtern und sie vor späterer Reue zu schützen.

Wie, fragte er sich, hätte er sich verhalten? Hätte er gewollt, dass Abra unglücklich werde? Oder hätte auch er sie zu überzeugen versucht, der Empfehlung des Circles zu folgen? Hatte er nicht auch genau das getan, irgendwann in einem ihrer letzten Gespräche? War Abras Verhalten nicht in der Tat unverantwortlich – gegenüber sich selbst, ihrem Kind und der Gesellschaft? Von der Abra wie selbstverständlich verlangte, dass die sie später versorgte, und ihr behindertes Kind? Wenn es denn überlebte. Und hatte Abra wirklich das Recht, ihr Talent zu vergeuden? Für ein Kind, das sie auch später noch, in zehn, zwanzig Jahren, hätte bekommen können? Dank Social Freezing war das ja möglich!

Andererseits, ging der Circle nicht viel zu weit mit seinen Methoden? Hätte der Circle nicht aufgeben müssen, als klar war, dass Abra nicht überzeugt werden wollte? (Hätte *Abra* nicht aufgeben müssen?) Was war mit dem Fälschen von Daten? Dem Erfinden einer Diagnose? Dem Faken von Websites? Joshua verstand zwar, dass das alles letztendlich nur dazu dienen sollte, den »echten« Informationen mehr Gewicht zu verschaffen – es war eine Art »rhetorischer Trick«. Aber war der erlaubt? Alle handelten aus der Überzeugung heraus, das Richtige für Abra zu tun, und Big Data stand klar auf deren Seite. Aber heiligt der Zweck immer die Mittel? Griff der Circle nicht viel zu sehr ein in Abras Freiheit? In die Freiheit der Menschen?

Natürlich hätte alles auch anders ausgehen können. Dass Abras Kreditkarte gesperrt worden war, war einfach Pech. Niemand konnte ahnen, was das für fatale Folgen haben sollte. Wirklich niemand? Wäre es nicht die Aufgabe des Circles gewesen, genau das zu ahnen? Genau das zu berechnen?

Was also ist das Problem, fragte er sich. Das der Circle – noch – nicht perfekt ist? *Kann* der Circle denn jemals perfekt sein? Was heißt Perfektion? Ist Perfektion überhaupt notwendig? Reicht es nicht aus, dass der Circle mit Hilfe von Big Data schon jetzt stets besser weiß, was gut ist für einen? Besser als jeder vergessliche, von Komplexität schnell überforderte und von irrationalen Gefühlen verleitete Mensch? Abra kannte die Daten. Aber sie wollte ihr Kind dennoch bekommen.

Dennoch … – Joshua erinnerte sich an einen Ausspruch von Rachel während seines letzten Pittsburgh-Besuchs: Ob nicht die Freiheit des Menschen in einem Dennoch bestehe, hatte Rachel gefragt. Etwas dennoch zu tun – obwohl man genau wüsste, dass das eigentlich falsch sei.

Aber wie weit geht diese Freiheit zum *Dennoch?*

Joshua war jetzt der einzige Gast im Café. Die Reinigungskräfte kamen; das Café hatte immer geöffnet, und so wurde geputzt und gewischt, wenn am wenigsten los war.

Was solle er tun, fragte Joshua sich.

»Was soll ich tun?«, murmelte er noch einmal laut vor sich hin und sah in Gedanken versunken zu einem vom Putzdienst, ohne ihn wirklich zu sehen.

»Stehen Sie auf!«, bat der ihn ziemlich direkt. Er wollte putzen.

Stehen Sie auf! Eine Idee entstand ganz plötzlich in Joshuas Kopf. Ja, das war es: Aufstehen, das müsse er tun! Egal, ob Abras Verhalten oder das des Circles richtig war oder nicht – etwas müsse er machen, warum also nicht Aufstehen? Aufstehen, und allen sagen, was mit Abra passiert war!

»Get up! Stand up! Stand up for your rights!« Bob Marleys Stimme klang leise aus den Lautsprecherboxen. Was für ein Zufall!

Stand up! Steh auf und stelle alles ins Netz! Informiere die Welt! Wenn er schon selbst keine Antworten hatte auf seine Fragen, vielleicht hatten ja andere welche! Natürlich war das riskant. Der Circle könnte es als Angriff verstehen, er könnte versuchen, ihn zu behindern oder seine Karriere zerstören. Aber das war ihm jetzt egal. Außerdem, dachte er schmunzelnd, ist es nicht eigentlich gut, wenn *alle* Abras Fall *selbst* beurteilen könnten? Vielleicht stellt sich dabei heraus, dass es *für alle gut* wäre, wenn man die Macht und die Methoden des Circle beschränkte. Joshua lächelte: Eigentlich müsste der Circle ihn sogar unterstützen dabei, denn herauszufinden, was für alle gut ist, das wäre schließlich ganz im Sinne des Circles! Und wenn nicht (wovon er ausging): Vielleicht wird der Circle ja im Rückblick verstehen, dass eine Offenlegung des Falls doch gut war für alle. Wie auch immer, Joshua wusste, er musste schnell sein. Er musste den Circle überraschen, bevor der einschreiten konnte – bevor der verhindern konnte, was eigentlich gut für ihn ist, gut für den Circle, gut für die Menschen.

Er ging in den Geräteraum, den es bei jedem Café im CirclePlex gab, und scannte dort seine Kopie von Abras Akte. Aber seltsam: So oft er es auch versuchte – als Scan erschien stets die Circle-Version aus dem Netzwerk, also die mit dem »schwerstbehinderten Kind«. Dazu erhielt er nach jedem Versuch die Meldung: »Scan korrigiert.« Es war, als würde sein Scan sofort ersetzt durch den im Netzwerk vorhandenen, manipulierten. Er verstand nicht, warum dies geschah, er fand nirgends eine Beschreibung dazu und auch keine Einstellung, um diese »Korrektur« zu verhindern. Schließlich behalf er sich mit einem Trick: Indem er jeweils große Bereiche der Vorlage mit einem Papier wie mit einer Blende verdeckte, gelang es ihm, wenigstens einzelne Fragmente zu scannen. Dies wiederholte er, bis es von jedem Ausschnitt der Akte wenigstens ein gescanntes Fragment gab. Mit einem Bildbearbeitungsprogramm fügte er diese Fragmente dann wie eine Collage, ein Puzzle wieder zusammen. Das Ergebnis sah echt aus. Manche Schnittstellen waren zwar noch ganz leicht erkennbar, aber jetzt stimmte der Scan endlich mit dem Original überein.

Anschließend lud er diesen zusammenmontierten Scan auf einer rasch bei CircleBlogs eingerichteten Seite ins Internet hoch, dazu die Kopien der wichtigsten und, wie er meinte, aussagekräftigsten Mails und Protokolle, die er bei seiner Recherche vorhin gefunden hatte. Dann begann er, in einem langen Text seine Beschreibung des Vorgangs zusammenzustellen. Obwohl oder weil es inzwischen auf Mitternacht zuging, wurde sein Text immer länger. Je mehr er schrieb, desto wütender, zorniger wurde er: auf Abra, weil sie so stur gewesen war, und auf sich selbst, weil er all dies nicht schon früher gemacht hatte, dann, als Abra noch lebte. Vor allem aber wurde er wütend auf, wie er es formulierte, »diesen Circle«! Weil der versagt hatte, als Abra ihn am dringendsten gebraucht hatte! Weil Joshua selbst versagt hatte, er, als Teil »dieses Circles«. In seiner Wut wurde sein Text allmählich extremer. Er klagte an, er argumentierte, er beschrieb düstere Zukunftsvisionen mit »diesem Circle«, der die Welt »zu beherrschen und alles zu dominieren« versuche, »das Denken, das Wollen, das Handeln, das Sein«. Und der dazu bereit war »zu tricksen, zu fälschen und zu betrügen«. Irgendwann schrieb er nur noch, um zu provozieren, oder weil es gut klang. Alles passte zusammen.

Es begann zu dämmern, als er die letzten Dateien und Texte ins Internet hochlud und er den Blog freigab. Dann schrieb er noch ein paar Dutzend Mails an diverse Nachrichtenportale, Newsgroups, CircleFriends-Gruppen und andere Multiplikatoren, um seinen Blog zu bewerben. Noch ein paar Nachrichten an irgendwelche Bekannte und er war endlich fertig. Müde, erschöpft nach über zwanzig Stunden Arbeit verließ er das Café, den Glasdome, den CirclePlex. Der Balloon Dog war wieder sauber. Eben kam der erste Caltrain des Morgens. Zu Hause schlief er trotz der vielen Tassen Kaffee sofort ein. Er träumte nichts.

Als er aufwachte, war es schon Mittag. Noch im Bett sitzend sah er mit dem Smartphone nach, ob es schon Zugriffe auf seinen Blog gab. Und tatsächlich, es gab welche! Sogar Kommentare! Nicht nur zwei oder drei, sondern genau dreihundertvierundachtzig! Dreihundertvierundachtzig Kommentare, rief er euphorisch. Noch während er sich über diese Zahl freute, kam noch ein weiterer rein, und dann noch einer, und noch einer. Er jubelte, sein Blog war ein voller Erfolg!

Erwartungsvoll öffnete er den ersten Kommentar, eingetroffen nur wenige Minuten nach dem nächtlichen Upload der Daten. Den Text las er dreimal, bis er begriff, was da stand:

»Was pisst du auf den Circle, du Arschloch? Wir wissen, wo deine Kinder sind.«

»Was pisst du auf den Circle, du Arschloch? Wir wissen, wo deine Kinder sind«, las er noch einmal.

Er war geschockt. Dass in anonymen Foren nicht gerade ein höflicher Umgangston herrschte, hatte er natürlich gewusst. Aber er hatte gehofft, er könnte eine sachliche Diskussion um die Methoden des Circles anstoßen, und er hatte mit sachlichen Reaktionen gerechnet. Und jetzt das! Gut, auch er hatte in seinem Blog provoziert. Aber das rechtfertigte doch nicht gleich solche Kommentare! Pure Aggression! Dazu noch eine klare Drohung, deren sachliche Leere sich immerhin gleich selbst enttarnte – schließlich hatte Joshua gar keine Kinder. Er versuchte sich vorzustellen, wie Eltern diese Drohung wohl auffassen müssten. Ihm fröstelte. Wer schrieb denn so etwas? Ein fanatischer Jünger des Circles? Wie besessen vom Circle musste man sein?

Er überlegte, ob er antworten solle. Was entgegnet man auf so eine Drohung? Sich bloß nicht auf dasselbe Niveau herunterbegeben, ermahnte er sich. Ihn einfach ignorieren? Nein, das wäre falsch! Er müsse vielmehr beweisen, dass er sich auf einem höheren Niveau bewege. Also schrieb er auf der kleinen Bildschirmtastatur seines Smartphones ganz knapp zurück:

»Was genau meinen Sie?«

Er war stolz, sachlich geblieben zu sein.

Zögernd klickte er auf den nächsten Eintrag. Ob alle Kommentare so waren? Nein, das war nicht zu erwarten, schließlich war nicht jeder da draußen ein aggressiver Idiot!

»Ich hab's schon immer gewusst! Der Circle ist ein Dreckskonzern!«, las er.

Immerhin keine Beleidigung, und offenbar war da jemand einer ähnlichen Meinung wie er – wenn auch weniger differenziert.

»›Dreckskonzern‹ würde ich nicht sagen«, schrieb er zurück. »Die Suchmaschine ist klasse, und die Empfehlungen sind stets gut durch Big Data fundiert.«

Auch die nächsten drei, vier Kommentare schossen gegen den Circle. Als »Datenkrake« wurde das Unternehmen bezeichnet, das mit seinen Tools bald alle Menschen besser kennen werde als diese sich selbst, »um sie zu beherrschen«. Ein anderer behauptete, der Circle sei »von den Kommunisten gesteuert«, die »von oben« bestimmten, wie jeder einzelne zu leben habe. Alle sollten angepasst werden, um, »beraubt um ihre Individualität und Freiheit«, als »willenlose Sklaven« nur noch das zu tun, »was der Circle befiehlt«.

Immerhin war das der Versuch einer Meinung.

Joshua schrieb zurück: »Haben Sie Belege für die Steuerung durch Kommunisten? Bei meiner Arbeit im Circle habe ich keine Hinweise darauf gefunden. Ich finde übrigens, dass der Circle keine Befehle gibt, sondern immer nur Empfehlungen. Ein großer Unterschied!«

»Was willst du eigentlich erreichen?«, fragte der nächste.

»Ich will, dass die Leute über den Circle nachdenken.« Er überlegte, wie er fortfahren solle. »Ob es nicht vielleicht Grenzen der Methoden gibt, mit denen der Circles uns zu überzeugen versucht, dass wir das für uns Richtige tun. Ob es ein Recht auf Fehler gibt, auf Unvernunft, oder im Gegenteil eine Pflicht zur Vernunft«, schrieb er schließlich. Stolz las er seine Antwort durch, bevor er sie abschickte.

»Abra ist ’ne beschissene Hure!«, stand im nächsten Kommentar. »Pennt mit ’nem Typen, den sie nicht mal kennt. Hat’s nicht anders verdient!«

Joshua wusste nicht, ob er traurig werden sollte oder wütend. Durch die offene Schlafzimmertür sah er den Beutel am Eingang stehen. Wie konnte sich jemand erlauben, Abra derart zu verurteilen, zu beleidigen gar, ohne sie gekannt zu haben?

»Abra war wunderbar! Sie war bereit, für ihr Kind zu sterben. Wären Sie das auch?«, schrieb er zurück.

Prompt kam die Antwort, als hätte der Kommentator auf eine Reaktion nur gewartet: »Das war kein Kind. Das war ein Bastard. Kratzt hoffentlich auch ab.«

Ein anderer schrieb: »Was kaum jemand weiß, weil darüber nicht geredet werden darf und entsprechende Texte sofort gelöscht werden (dieser sicherlich auch) und weil die gleichgeschalteten Medien darüber nicht berichten dürfen, ist, dass der Circle schon immer von der CIA gesteuert wurde und wird. Im Keller eines der Glasdomes befindet sich ein geheimer Bereich für CIA-Agenten, die alles überwachen, was im Internet passiert, und der Circle ist nahezu das gesamte Internet. Ziel ist es, möglichst schnell herauszufinden, wenn jemand die Wahrheit sagt, um sie dann zu unterdrücken. Zum Beispiel die Wahrheit über 9/11, was auch von der CIA gemacht wurde. Denn warum hört man nichts mehr darüber, warum werden die Enthüllungen und Texte unterdrückt, die die Beteiligung der CIA eindeutig beweisen? Weil die CIA die Suchergebnisse in CircleSearch ähnlich manipuliert wie bei Abra. Danke, Joshua, dass du das aufgedeckt hast! Noch was: Warum sehen die Glasdomes des Circles aus wie die riesigen Überwachungsantennen der CIA, der NSA usw.? Weil es in Wirklichkeit Überwachungsantennen sind! Es ist eine Lüge, dass da Büros drin sind, die Bilder sind alle gefälscht, wie man leicht nachweisen kann. Ich kenne niemanden, der dort arbeitet, niemanden, der mir das Gegenteil bewiesen hat. Und warum? Weil es niemanden gibt, der das kann!«

Joshua musste lachen. Das Internet war voll von Verschwörungstheorien zu 9/11, und zu deren festen Bestand gehörte die Behauptung, man dürfe darüber nicht reden oder schreiben – eine der typischen Selbstwidersprüche aller Verschwörungstheoretiker. Auch die Behauptung, der Circle sei von der CIA oder der NSA oder einem anderen, noch geheimeren Geheimdienst gesteuert, war nicht neu, sondern begleitete den Konzern seit seiner Gründung. Schon von dessen Vorgängerfirmen wurde das immer wieder behauptet. Joshua hatte diese Theorien noch nie ernst nehmen können, und beim Circle hatte er nicht den kleinsten Hinweis auf eine CIA-Abteilung entdeckt. Er hatte aber auch nicht danach gesucht, gab er amüsiert zu.

So absurd dieser Kommentar auch war, er fand zahlreiche Fans. Zumindest hatten viele auf ihn reagiert, ihn bestätigt, ihn unterstützt oder um weitere Details und »Beweise« ergänzt. Der Circle war für diese Leute eine hochgeheime Institution zur Verschleierung aller möglichen Wahrheiten. Oder, wie in einem weiteren Kommentarstrang sehr ausführlich dargestellt wurde: Der CirclePlex sei der Ort, von wo aus die geheime Evakuation der höchsten Politiker und der reichsten Männer (und der schönsten Frauen) zum Mars durchgeführt werde – bevor die Erde wahlweise den Klimatod sterbe oder radioaktiv verseucht oder von Chemtrails vergiftet werde, oder, wie neueste Radiosignale oder uralte Schriften zweifelsfrei prophezeiten, bevor Aliens oder die Götter der Majas die Erde zerstörten. Sähen die Glasdomes nicht aus wie die Biosphären, in denen man vor Jahrzehnten mal autarkes Leben in einer lebensfeindlichen Umgebung wie dem Mars simuliert habe? Und gebe es, wie ein »hochrangiger Bekannter« mal einem der Kommentatoren verraten habe, in Cape Canaveral nicht in letzter Zeit auffällig viele Starts großer Raketen? Raketen eines neuen Typs, »superstark«, auch wenn die NASA deren Existenz immer bestreite? (»Beweis genug, dass es sie gibt!«) Damit brächten die sicher schon Materialien zum Mars, um dort die Stationen zu bauen! Bald würden die Mächtigen, Reichen und Schönen heimlich dorthin entschwinden und »uns« unserem Schicksal hier überlassen. Jeder wüsste das, aber niemand dürfe darüber reden oder gar schreiben!

Joshua gab es bald auf, all die Kommentare auf diese Kommentare zu lesen. Die Argumente wiederholten sich bald, und die allermeisten waren sowieso völlig absurd. Immerhin bekam er von ihnen große Unterstützung für seinen »Kampf gegen den Circle«. Ausgerechnet von denen! Alle beglückwünschten ihn zu seiner »Entdeckung«, seiner »Enthüllung«, dankten ihm für seine Bestätigung ihrer Thesen. Für sie war er ein Held.

Nicht so für andere: »Noch so ein publicitygeiler, geldgeiler Typ!«, beschimpften ihn manche. Er habe das doch nur ins Internet gestellt, um auf sich aufmerksam zu machen. Um mit einem Knallerthema möglichst viele Besucher auf seine Seiten zu locken. Um mit der Werbung ein Vermögen zu machen. Wie viel er schon verdient habe, wurde gefragt. Tausend, zehntausend Dollar? Eine Million?

Welche Werbung, war er verwundert.

Er bekam einen Verdacht. Er loggte sich aus und betrachtete zum ersten Mal seinen Blog als normaler Besucher (vorher war er immer als Administrator gemeldet). Tatsächlich, auf vielen der Seiten waren prominent kleine Kästchen mit offenbar personalisierter Werbung: für das neueste E-Book von David Thornton über »die 9/11-Verschwörung«, für Gasmasken und Vorgartenbunker, für Babynahrung und Reiseführer zum Silicon Valley.

Na klar, fiel ihm ein, das CircleAdsens-Partnerprogramm platzierte schließlich Werbung in jeden Blog!

Um sich dem Vorwurf der Selbstbereicherung zu entziehen, deaktivierte Joshua schnell die voreingestellte Option, die, wie er dabei erfuhr, ihm immerhin bereits dreizehn Cent eingespielt hatte. Die entsprechenden Kommentare löschte er.

Stunde um Stunde las er weiter auf seinem Smartphone. Immer seltener schrieb er zurück, um sich oder Abra oder den Circle zu verteidigen. Als er schon aufhören wollte, kam noch eine weitere Nachricht, dem selbst gewählten Nickname zufolge offensichtlich vom Schreiber des allerersten Kommentars:

»Am schönsten ist es, wenn die Kleinen dabei richtig laut schreien«, las er entsetzt.

Inzwischen war es Abend, er saß noch immer im Bett. Er hatte den ganzen Tag nichts gegessen. Er bat Sara, ihm eine Pizza zu bestellen. Sara empfahl ihm einen Lieferdienst in der Nähe (»sehr gut bewertet«) und eine Pizza aus deren Karte. Er stimmte zu, es war ihm egal. Sein Kopf war wie leer. Sara teilte ihm mit, dass seine Kollegen den Tag über versucht hätten, ihn zu erreichen. Er ließ sich die Voicemails vorspielen. James wollte wissen, ob er heute noch zum CirclePlex kommen werde, es gebe ein Meeting mit wichtigen Leuten von den Regierungsbehörden. Zwei andere sagten, sie hätten sich seinen Blog angesehen – hm, sehr interessant, meinten sie kurz. Beileid übrigens, wegen Abra. Ungefragt zählte Sara ihm auf, welche seiner Kollegen sonst noch den Blog aufgesucht hatten, anhand der IP-Daten konnte sie das verfolgen. Es waren fast alle. Bei denen war er bestimmt unten durch, war sich Joshua sicher. Wahrscheinlich warf man ihn raus.

Der Bote brachte die Pizza. Joshua verschlang sie direkt aus dem Karton, dazu trank er ein Bier aus dem Kühlschrank.

Ihm fiel plötzlich auf, dass er seit gestern Morgen dieselben Sachen trug, er hatte sogar in ihnen geschlafen. Er zog sich aus und ging unter die Dusche. Nach dem Abtrocknen überlegte er, was er nun anziehen solle: Hose und Sweatshirt oder einen Pyjama. Er entschied sich für den Pyjama – heute werde er das Apartment sicher nicht mehr verlassen.

Er setzte sich auf das Sofa, schaltete den Fernseher ein und zappte durch die Programme. Er fand nichts, was ihn interessierte. Er zappte noch einmal von vorne, blieb mal an einer Comedy-Sitcom hängen, mal an einem Film, den er schon kannte, mal an einer niveaulosen Quizshow. Egal. Er wollte nicht denken. Er holte sich ein weiteres Bier, zappte weiter. Sein Kopf schmerzte. Nach ein paar Stunden schaltete er den Fernseher aus, ging ins Bad, machte sich fertig und legte sich wieder ins Bett. Er konnte nicht schlafen. Immer wieder gingen ihm Sätze aus den Kommentaren durch den Kopf, seine eigenen Antworten. Er war unzufrieden mit sich: Dies hätte er besser anders schreiben sollen, jenes unbeantwortet lassen. Er dachte nach, ohne Ziel und ohne Ergebnis. Die Kommentare ließen ihn nicht los.

Als er am nächsten Morgen aufwachte, wusste er nicht, ob er geschlafen hatte oder wie lange. Oder hatte er die ganze Nacht nur gegrübelt? Vielleicht auch beides, übergangslos und zugleich, halb wachend, halb träumend. Sein Kopf schmerzte noch immer.

Er nahm wieder das Smartphone und öffnete seinen Blog. Wieder gab es Hunderte von neuen Kommentaren. Wie, um sich selbst zu kasteien, las er sich alle durch. Es waren fast die gleichen wie gestern:

Zum einen waren da die Kommentare von Leuten, die den Circle schon immer für das abgrundtief Böse gehalten hatten, für einen undurchschaubaren, verschworenen Konzern mit kriminellen Motiven. Denen vom Circle könne und müsse man alles zutrauen, jedes Verbrechen. Im Streben nach Macht und nach Reichtum sei der Circle zu allem bereit. Natürlich hätte man dies schon immer gewusst – dank Joshua gebe es nun die Beweise. Dank dem »Edward Snowden des Circles«, wie jemand schrieb.

Dann gab es die Kommentare, in denen man Joshua als Person attackierte. Man warf ihm vor, nur Geld verdienen zu wollen, und behauptete, er sei von der Konkurrenz gekauft worden, oder er sei ein Enttäuschter, der nun um sich schlüge – aus Rache, weil er wegen des Circles seinen lausigen Job verloren habe, oder weil seine Bewerbung beim Circle abgelehnt worden sei, oder aus sonst einem völlig erfundenen Grund. Er sei ein ewig Gestriger, der den Fortschritt aufhalten wolle und der nicht kapiere, wie gut, wie fantastisch alles vom Circle sei. Der nicht verstehe, dass der Circle die Menschheit endlich erlöse von ihren Fehlern, ihrer Unvollkommenheit und ihrem Leiden. Der Circle war für diese Kommentatoren der Himmel auf Erden, und den Circle zu kritisieren, ihn mit diesem belanglosen Schmutz zu bewerfen, war Blasphemie! Ein paar wenige wünschten sich oder prophezeiten, Joshua werde bald sterben. Außerdem sei er wahlweise bescheuert, behindert oder zurückgeblieben und er habe sowieso keine Ahnung und keine Freunde.

Andere Kommentare griffen Abras Verhalten an: ihren Lebenswandel, der zur Schwangerschaft führte; ihre Weigerung, den Empfehlungen des Circles zu folgen; ihr Verlassen des Circles, womit sie ihr eigenes Todesurteil unterschrieben habe. In keinem einzigen Kommentar wurde Abra verteidigt. Weil niemand dies wagte? Oder weil die, die Abra verstanden, diesen Blog nicht besuchten? Oder war wirklich jeder davon überzeugt, dass Abra nicht das Richtige tat? Man unterstellte ihr eigennützige Motive, Egoismus, Starrsinn, irgendwelche psychischen Defekte. Manche taten auch so, als beschäftigten sie sich ernsthaft mit Abras Argumenten – die sie, weil sie Abras wirkliche

Argumente ja nicht kannten, gleich selbst für sie erfanden und ihr in den Mund schoben. Die allermeisten dieser Argumente waren vollkommen abwegig, keine, die Abra jemals vorgebracht hätte. Sie zu widerlegen war dann natürlich leicht. »Mann, war die dumm, diese Abra!«

Nur eine vierte Gruppe von Kommentatoren gab es nicht: Die Gruppe derjenigen, die sich mit den Methoden des Circles beschäftigen wollten.

Joshua suchte bei CircleSearch, ob sein Blog dort schon auffindbar war. Er war es. Und nicht nur das: Bereits der erste Link verwies auf einen Artikel eines renommierten, überregionalen Zeitungsportals! So ernüchtert er bisher war von den Reaktionen, so nervös wurde er jetzt: Ein Bericht! Endlich gab es jemanden, der sich seriös und professionell mit seiner Geschichte beschäftigte! Erwartungsvoll klickte er auf den Link. Die Seite wurde geladen. Schon die Überschrift macht ihn stutzig:

»Von einem, der auszog, den Circle zu ärgern.«

Hastig überflog er den Text. Schnell war ihm klar, dass der Artikel sich nicht etwa mit seinem Blog beschäftigte, mit seiner Anklage gegen den Circle oder gar mit dessen Methoden. Sondern es ging vielmehr um ihn, um Joshua, um seine Person:

»Das Internet, unendliche Weiten«, begann der Artikel. »Ort für die zahllosen Rächer, für die Enttäuschten, für die Frustrierten. Für die, die vom Leben benachteiligt wurden. Oder die das zumindest behaupten.«

Beschrieben wurde »J., ein typischer, bloggender Nerd«. Zu Hause in Pittsburgh mäßig erfolgreich, wenige Freunde und schon gar keine Freundin. Weil es beruflich bergab ging, Wechsel (»Auszug«) ins Silicon Valley. Goldgräberstimmung, er wollte was werden in der Heimat der Nerds. Bewerbung beim Circle, sogar erfolgreich. (Wegen gefälschter Papiere? Es ging das Gerücht, zum Abschluss des Studiums fehlte ein Schein?) Dagegen gescheitert seine Versuche, bei einer früheren Freundin zu landen. Sie, hübsch, beliebt und erfolgreich (beim Circle), wies ihn zurück, wollte keinen Kontakt. Die erste Enttäuschung. Die zweite: Bei einer großen Präsentation durfte er nicht ran, er blieb anonym, in der zweiten Reihe versteckt. Sexuell und beruflich im Abseits. Dann das Trauma: Nach kurzer Krankheit starb diese Frau. Der Mann drehte durch, wurde paranoid, sah nur noch Verschwörungen um sich. Alle waren nun böse und wollten ihm Böses – wie früher, im Studium, als er gegen die US-Army agitierte, total unpatriotisch. Ein Querulant. Schuld am Tod dieser Frau war (für ihn) natürlich der Circle. Darunter ging's nicht. Klar, denn der war schon früher mal schuld, nämlich daran, dass »J.« seine Kunden verlor. Also eiliges Basteln eines wütenden Blogs, mit kruden Unterstellungen, Vorwürfen, angeblichen Dokumenten. Diese teils sehr plump gefälscht: Am wichtigsten »Beweisstück«, der Todesakte der Frau, war das deutlich erkennbar. (Mehrere Screenshots zeigten detailliert die Spuren seiner Collage.) Größte Fans von »J.« waren die üblichen Kreise: die 9/11-Verschwörer, die Grüne-Männchen-Seher, die Endzeitpropheten. Zu diesen passte »J.« perfekt. Typisch auch der Versuch, mit Werbung Geld zu verdienen. Rückzieher erst, als dies bemerkt wurde. Kritiker wurden zensiert.

Ende des Artikels, präsentiert mit freundlicher Unterstützung von CircleNews, dem automatischen Nachrichtendienst.

Joshua war schockiert. Wer schrieb so einen Mist über ihn? Warum überhaupt schrieb jemand über ihn und nicht über den Circle? Er fühlte sein Leben getreten, geschlagen, gezogen durch den übelsten Schmutz. Sicher, das war alles irgendwie wahr, aber verdreht und verbogen. Was sollte das, fragte er sich, wollte ihn jemand vernichten? Wer? Der Circle? Jetzt bloß nicht paranoid werden! Oder war er schon paranoid? Hatte der Bericht nicht vielleicht sogar recht? Nein, Abras Akte gab es tatsächlich! Er hatte sie nicht manipuliert! Er hatte bloß das Original rekonstruiert, aus technischen Gründen. Joshua verfluchte sich selbst, dass er sich damit nicht mehr Mühe gegeben hatte – jetzt fiel dies auf ihn zurück. Scheiße, Scheiße, Scheiße!

Er rief Joe in Pittsburgh an. Sie hatten schon länger nicht mehr miteinander gesprochen.

»Hast du den Artikel gelesen?«, fragte Joshua sofort.

»Ja, Sara hat ihn mir heute Morgen empfohlen.«

»Du hast eine Sara?«

»Hab mir letzte Woche das neue Circle-Smartphone gekauft.«

Er werde von Saras umstellt, erschrak Joshua, rief sich aber sofort selbst wieder zur Ordnung. Bloß nicht paranoid werden!

»Und?«, fragte er.

»Die Sara-App ist einfach fantastisch!«

»Das meine ich nicht. Was sagst du zu dem Artikel?«

Joe schwieg einen Moment. »Das bist du, um den es da geht?«

»Natürlich!«

»Abra ist tot?«

»Ja.«

»Wie ist sie gestorben?«

»Hast du meinen Blog nicht gelesen?«

»Nein. Das heißt, kaum.«

Sara flüsterte Joshua zu, dass Joe sich alles sehr genau durchgelesen habe. Sogar digitale Notizen habe er sich gemacht.

»Joshua«, fuhr Joe fort, »kann es sein, dass du dich in etwas verrennst?«

Joshua schluckte.

»Wie meinst du das?«, fragte er zögernd.

»Wir wissen doch alle, dass du damals ziemlich verknallt warst in Abra. Dass sie jetzt tot ist, tut uns allen sehr leid, wir haben erst vorhin darüber gesprochen. Du hast sicher gehofft, mit ihr an die Zeit damals an der Uni anknüpfen zu können, stimmt's? Hast du das gehofft? Aber sie hat dich schon damals abblitzen lassen. Nun wieder. Und jetzt ist sie tot.«

Joshua schwieg.

»Wir alle kennen das Gefühl. Du glaubst, jemand hätte sie dir weggenommen. Aber das ist es nicht, Joshua. Sie ist ganz von allein weggegangen.«

Joshua erinnerte sich an sein letztes Treffen mit Abra, als sie ihren Kopf an seine Brust gelegt und sich ganz eng an ihn geschmiegt hatte. Sie schienen sich in diesem Moment nahe gewesen zu sein – um sich gleich danach zu zerstreiten und sich nie wieder zu sehen. Lebend, zumindest.

»Joshua, es war nicht der Circle, der sie dir weggenommen hat«, fuhr Joe fort. »Im Gegenteil! Der Circle wollte sie *retten*. Er wollte sie vor sich selbst beschützen. Leider ist ihm das nicht gelungen. Sie war dagegen.«

Joshua war verzweifelt. Warum verstand ihn denn keiner? Nicht einmal seine eigenen Freunde?

»Das ist gar nicht der Punkt, Joe!«, rief er wütend. »Es sind die Methoden des Circles, um die es mir geht! *Die* waren es doch, die Abra in den Tod getrieben haben!«

»Joshua, wir machen uns Sorgen um dich. Setz nicht dein Glück aufs Spiel! Wir wissen nicht, was dich da geritten hat, aber warum hast du die Beweise gefälscht? Dir hätte doch klar sein müssen, dass das auffallen würde. Was ist in deinem Blog sonst noch alles gefälscht? Nein, sag nichts, ich will das gar nicht so genau wissen.«

»Nichts ist gefälscht!«, schrie Joshua in sein Smartphone. »Alles ist wahr! Warum kapiert das denn keiner?«

»Joshua, geh in Behandlung! Du hast ein Problem, das du lösen musst. Lass dir von jemandem helfen. Setz nicht dein Leben aufs Spiel! Hey, du hast einen Job beim Circle! Kann es etwas Besseres geben? Du hast einen Job beim coolsten Unternehmen der Welt! Wir beneiden dich alle! Verpatz das bloß nicht!«

Ohne noch etwas zu sagen, legte Joshua auf.

Er war enttäuscht und frustriert. Niemand verstand ihn! Seine größten und einzigen Fans waren die Anhänger von Verschwörungstheorien! Nein, mit denen wollte er ganz und gar nichts zu tun haben. Seine Vorwürfe entsprachen schließlich der Wahrheit! Auch war es nicht so, dass er alles am Circle falsch und schlecht fand – nur manche seiner Methoden. Und das aus guten Gründen! Es muss doch erlaubt sein, darüber zu sprechen, ohne dass man gleich in irgendeine Ecke gestellt wird! Nicht einmal seine Freunde wollten ihm glauben! Stattdessen erschien so ein Artikel!

Die nächsten Tage blieb er in seinem Apartment. Seinen Pyjama zog er gar nicht mehr aus, sein Essen ließ er sich liefern. Alle paar Minuten sah er auf sein Smartphone in der Hoffnung auf neue Kommentare. Vielleicht begann ja doch noch eine Diskussion, eine über das *richtige* Thema. Aber die Kommentare blieben die gleichen. Allmählich verebbte der Strom, neue Beiträge kamen immer seltener, bald nur noch stündlich. Am dritten Tag erschien noch ein zweiter Artikel über den Blog, inhaltlich genau wie der erste. Die Besucherzahlen stiegen in der Folge noch einmal kurz an und fielen dann bald fast auf null. Der kurze Hype um seinen Blog war schon wieder vorbei.

Joshua sah ein, sein Plan war gescheitert. Sein Plan *musste* offenbar scheitern. Niemand wollte ernsthaft diskutieren über den Circle, jeder sah den Konzern immer nur durch die eigene Vorurteilsbrille. Niemand war fähig zu einem neutralen, differenzierten Blick, wie er ihn sich wünschte. Aber so schnell wollte er noch nicht aufgeben. Er überlegte: Wenn es nicht möglich ist, *mit der Welt* über den Circle zu streiten, dann vielleicht mit dem Circle? Warum nicht direkt den Vorstand des Circles mit seinen Vorwürfen konfrontieren? Oder noch besser: Ian, den CEO? Ian war klug und verständig, er würde verstehen, was Joshua meinte (wenn man ihn überhaupt vorließ). Aber war es nicht Ian, der den Circle zu dem gemacht hatte, was der heute war? War nicht eigentlich Ian an allem schuld? Oder waren ihm die Methoden vielleicht gar nicht bekannt, die der Circle einsetzte, um zu »überzeugen«? Wusste er gar nicht, welche Folgen diese Methoden hatten? War er schon zu weit weg von der Praxis?

Joshua fuhr zum CirclePlex. Am Ausgang des Tunnels unter dem Highway glänzte ihm wie immer der Balloon Dog entgegen – sauber, strahlend, perfekt. Eigentlich müsste man den Balloon Dog zertrümmern, dachte er, das Sinnbild des Circles zerschmettern. Den schönen Schein komplett zerstören. Er gab der Skulptur einen Klaps auf die Seite, dann ging er weiter. Er sah zu den Kameras hoch, die überall hingen. Wird man ihn sehen? Wird man ihn aufhalten? Wird man verhindern, dass er den CirclePlex betrat oder die Glasdomes? Und wenn, was sollte er dann machen? Schreien? Sich wehren?

Doch nichts geschah.

Wie automatisch ging Joshua zu dem Glasdome mit dem Büro seines Teams. Sicher waren alle schon da. Wie wird man ihn dort empfangen? Wird man ihn beschimpfen? Ihn ignorieren? Ihn hochkant rauswerfen? Er wurde enttäuscht: Alle begrüßten ihn, wie sonst auch. Man schien sich zu freuen, dass er endlich wieder bei ihnen war. Einige sprachen ihm ihr Beileid aus, wegen Abra. Sie fehle ihm sicher und auch ihrem Team. Carter, ihr Chef, sei gestern hier bei ihnen gewesen und habe von Abra erzählt, von ihren Plänen, ihren Ideen. Schade, dass sie die Hilfen des Circles nicht annehmen wollte! Das Social Freezing sei doch eine fantastische Sache! Joshua erfuhr, dass fast alle seiner Kolleginnen mit Social Freezing »vorgesorgt« hätten. Eine, die er kaum kannte, erzählte ihm, dass auch sie schwanger gewesen sei im vorigen Jahr. Auch ihr sei es anfangs nicht leichtgefallen, sich gegen das Kind zu entscheiden. Aber der Circle habe sie in allem wundervoll unterstützt, und sie habe ihre Entscheidung seitdem keine Sekunde bereut. Sie wischte sich eine Träne weg.

»Nein, keine Sekunde!«

Jetzt lägen fünfzehn ihrer Eizellen reif und gefroren bereit, für später, wenn ihre »beste Zeit beim Circle vorbei« sei. Sie freue sich auf ihre Familie, dann, »wenn alles bereit dafür« sei.

James kam vorbei und schlug ihm mit dem Laserschwert auf die Schulter. Schade, dass er so lange nicht da war! Das Meeting vor ein paar Tagen sei prächtig verlaufen, die Regierung stehe kurz vor der Entscheidung für CircleGov! Nur über den Blauton des Himmels werde in einer Parlamentskommission noch gestritten. Mit Joshuas Argumenten und – James zwinkerte ihm verschwörerisch zu – mit seiner offenen und kritischen Art wäre die Entscheidung bestimmt schon gefallen.

Vielleicht, dachte Joshua, aber vielleicht nicht so, wie du dir das vorstellst.

Alle waren so freundlich, so ruhig, so fröhlich. Alles schien leicht. Man nahm ihn auf wie in eine große Familie, egal, was er getan hatte und warum. Es fiel ihm schwer, sich seine Wut zu bewahren. Er fühlte sich wie in einer Blase: Draußen die schöne, bunte Welt und all die Menschen, und er drinnen, allein. Als würde er im Balloon Dog sitzen und durch die dünne, rosarote Luftballonhülle blicken auf die wirkliche Welt, alle Farben gemildert, alle Geräusche gedämpft. Irgendwie hatte er Angst, dass diese Hülle zerplatzen könnte – weil er ahnte, dass es mit seiner Wut dann vorbei sein würde, und das wollte er nicht. Würde er dadurch nicht Abra verraten? Gleichzeitig hoffte er es aber auch – denn wenn die Hülle zerplatzte, könnte er wieder dazugehören, zu diesen Menschen. Er spürte, dass er das wollte. Denn was war der Circle? Das Versprechen einer schönen, einfachen Welt, in der man sich nicht mit Entscheidungen quält, die man später bereut. Nein, ermahnte er sich, halte Distanz! Bewahre dir deine dünne, schützende Blase. Für Abra!

Er bekam eine Nachricht von Sara: Ian bitte ihn zu sich.

»Ian, der CEO?«

»Ja, Ian, der CEO!«

Er war verwirrt. War das ein Zufall? Oder wusste Ian, dass er ihn sprechen, ihn konfrontieren wollte mit seinen Fragen? Woher wusste er das? Wollte er ihm zuvorkommen, indem er ihn einlud? Wenn ja, dann, dachte er stolz, hatte er seine Taktik durchschaut.

Auf dem Weg zum hinteren Glasdome, in den Ian ihn einlud, stellte Joshua sich dessen Büro vor. Bestimmt sei es wahnsinnig groß, einschüchternd für die Besucher. Bestimmt sitze Ian hinter einem riesigen Schreibtisch auf einem großen, schwarzen Bürostuhl aus feinstem Leder, und er werde vor ihm stehen müssen wie ein ertappter Schuljunge vor dem Direktor. Aber davon werde er sich nicht beeindrucken lassen!

Kaum hatte er den Glasdome betreten, entdeckte er Ian gleich am Eingang zur Mall. Ian winkte ihm zu. Offensichtlich hatte er auf ihn gewartet.

»Danke, dass du Zeit für mich hast«, begrüßte ihn Ian mit vertraulich freundlichem Ton. »Komm, wir gehen ins Café.«

Joshua war zu überrascht, um etwas entgegnen zu können. Sie setzten sich an einen der kleinen, runden Tische. Keiner der anderen Plätze war belegt, überhaupt war es unwirklich leer hier im Glasdome.

Der Barmann brachte Joshua einen Latte macchiato und Ian ein kleines Glas Wasser.

Ian übernahm sofort das Gespräch.

»Joshua, du hast natürlich recht«, sagte er. »Die haben die Akte verändert.«

»Die?«

»Die Algorithmen. Die intelligenten Algorithmen des Circles. Dieselben Algorithmen, die auch dich davor schützen sollten, die Akte noch einmal zu scannen.«

»Mich schützen?«

»Die Algorithmen erkannten, dass dein Scan und der vorhandene Scan im System ein und dasselbe Dokument repräsentierten. Und dass es aber Abweichungen gab. Also wurde dein Scan vor dem Speichern automatisch durch unseren Scan ersetzt. Eine sehr praktische Funktion übrigens, wie du sicher zugeben musst, entwickelt von den Leuten der Bibliothek. Sie verhindert, dass beim Scannen von Büchern und Dokumenten Fehler in das System übernommen werden, die bei früheren Scans der gleichen Texte längst korrigiert worden waren. Die Fehler werden von der Korrektur überspielt.«

»Mein Scan enthielt keinen Fehler!«, traute sich Joshua zu widersprechen. »Der Scan im System war gefälscht! Meiner war echt!«

»Was heißt schon ›echt‹?«, erwiderte Ian. »Im System gilt unser Scan der Akte als validiert, also als ›echt‹. Die Algorithmen bestimmen, was ›echt‹ ist. Sicher, du hast recht, wir haben den Scan verändert. Wir haben ihn nämlich verbessert. Für die

Menschen ist unsere Version besser, sie hält das Vertrauen in den Circle aufrecht. Niemandem ist geholfen, wenn jemand behauptet, der Circle würde einen belügen. Ein hässliches Wort. Aber das Leben aller wird besser, wenn alle dem Circle vertrauen.«

Joshua schwieg.

»Aber«, Ian legte sanft seine Hand auf Joshuas Arm, »ich muss mich bei dir entschuldigen. Unsere Algorithmen sind leider noch nicht perfekt. Du konntest sie austricksen, und das war nicht gut. Die Algorithmen hätten nicht zulassen dürfen, dass du deinen zusammengeschnittenen Scan hochladen konntest. Denn, und das war erwartbar, deine Version wurde von den Lesern bald als Collage erkannt. Als Manipulation. Nun wirft man dir vor, Dokumente zu fälschen. Das tut uns leid. Wie gesagt, die Algorithmen hätten deinen Fehler verhindern müssen, zu deinem Schutz. Ein Fehler, der unnötig war.«

Ian nahm einen Schluck Wasser aus seinem Glas. Wie in Gedanken blickte er auf einen Punkt in der Ferne, bevor er sich wieder an Joshua wandte.

»Auch Abra hätten wir besser beschützen müssen vor ihrem Fehler«, fuhr er fort. »Wir dachten, wir hätten alles versucht. Wir dachten, wir hätten alles getan, um sie davor zu bewahren, sich ihre Zukunft selbst zu zerstören – sie abzuhalten von einem Fehler, den sie später mit größter Wahrscheinlichkeit bereut hätte.«

»Dem Fehler, das Kind zu bekommen?«

»Genau. Es wäre ein Fehler gewesen, das Kind zu bekommen. Und wir hatten recht, es war tatsächlich ein Fehler. Denn jetzt ist Abra tot. Unsere Berechnungen haben sich leider bestätigt, in einer schrecklichen Weise. Ein großer Verlust für uns alle und besonders für dich.«

»Sie wäre nicht tot, wenn der Circle sie unterstützt hätte!«, sagte Joshua trotzig. »Sie wäre nicht tot, wenn der Circle ihren Wunsch, das Kind zu bekommen, respektiert hätte! Hat nicht jeder das Recht, sich frei zu entscheiden? Warum kann der Circle nicht akzeptieren, dass jemand etwas anderes will, als der Circle es von einem verlangt? Warum muss der Circle versuchen, alle zu zwingen, seiner Ansicht zu folgen?«

»Der Circle zwingt niemanden«, sagte Ian ruhig. »Der Circle ist immer neutral. Der Circle vertritt keine Ideologie. Der Circle und seine Algorithmen ermöglichen es einem lediglich, so zu handeln, wie man es selbst wirklich will. Denn was ist das Ziel jedes Menschen? Dauerhaft glücklich zu sein und zu leben in einer Welt voller glücklicher Menschen. Jeder Mensch ist frei in seinen Entscheidungen – solange er damit nicht sich oder anderen schadet. Solange er damit nicht sich oder andere unglücklich macht.«

»Hat nicht jeder das Recht, sich selbst unglücklich zu machen?«, fragte Joshua.

»Willst du unglücklich sein?«, fragte Ian zurück.

»Natürlich nicht, aber …«

»Siehst du! Und selbst wenn es ein solches Recht gäbe – meinst du, es gibt auch ein Recht, andere unglücklich zu machen?«

Joshua zuckte mit den Schultern.

»Also mal abgesehen davon, dass Abra wegen des Kindes ihre Karriere hätte aufgeben müssen. Dass sie viel weniger Geld verdient hätte. Dass sie unter der Doppelbelastung Kind und Beruf zu leiden gehabt hätte. Dass sie immer gestresst und abgehetzt gewesen wäre und, und, und – abgesehen von all dem hätte sie die Gesellschaft belastet: Ihre hohen Ausbildungskosten wären vergeudet gewesen, und später hätte sie wahrscheinlich finanzielle Hilfen vom Staat in Anspruch nehmen müssen, für Wohnung, Essen, Kleidung, Therapien und so weiter. Aber das weißt du ja alles. Auch das Kind hätte es schwer gehabt als Kind einer allein erziehenden, gescheiterten Mutter. Das alles zeigen die Daten. Die Daten belegen übrigens auch eine hohe Wahrscheinlichkeit dafür, dass Abra, wenn sie das Kind bekommen hätte, später depressiv geworden wäre. Hättest du das gewollt, Joshua? Abra depressiv?«

»Natürlich nicht, aber …«

»Joshua, der Circle hat keine allzu großen, heroischen Ziele. Eigentlich hat der Circle nur ein einziges Ziel: es jedem einzelnen zu ermöglichen, die besten Entscheidungen für sich und sein Leben zu treffen. Leider ist diese Welt extrem komplex, und leider hat man meist nicht genug Informationen, nicht genug Daten, um die besten Entscheidungen treffen zu können. Oder man ist nicht in der Lage, die Komplexität dieser Welt zu durchschauen. Du kennst diese Situationen, in denen man sich fragt: Welchen Jogurt soll ich kaufen? Soll ich besser das Hühnerei aus Bodenhaltung nehmen oder das Bio-Ei? Soll ich mich für dieses oder jenes Smartphone entscheiden? Mit welcher Displaygröße, welcher Akkulaufzeit, welchem Betriebssystem, welchem Vertrag? Soll ich dieses oder jenes Buch lesen? Soll ich abtreiben oder nicht? Passt diese oder jene Hose besser zu meinem Jackett? Welche Partei soll ich wählen? Welche Nahrungsmittel sind gesund? Krieg oder Frieden? Soll ich lieber Produkte aus Amerika kaufen und damit unsere heimische Industrie unterstützen? Oder soll ich Produkte aus Entwicklungsländern bevorzugen, um dort die Verarmung zu stoppen? Helfen Spenden, oder machen sie abhängig und unselbständig? Joshua, wir können die Folgen unserer Entscheidungen doch gar nicht mehr abschätzen! Entsprechend groß ist die Gefahr, dass wir uns falsch oder gar nicht entscheiden. Entsprechend groß ist die Gefahr, dass wir unsere Entscheidungen später bereuen oder dass andere unter unseren Entscheidungen leiden.«

Joshua schwieg.

»Hier kommen der Circle und Big Data ins Spiel. Der Circle *weiß* durch Big Data, welche Folgen unsere Entscheidungen haben. Durch Big Data kennt der Circle zahllose ähnliche Fälle, und neue Fälle werden mit Algorithmen genau simuliert. Durch Big Data verfügt der Circle über die gesammelte Erfahrung der Welt, nichts geht mehr verloren. Nichts bleibt unberücksichtigt, wenn der Circle seine Empfehlungen berechnet.«

Ian lehnte sich auf seinem Stuhl weit zurück.

»Ist das nicht fantastisch?«, rief er begeistert. »Unsere Vision ist eine Welt ohne Reue. Eine Welt, in der man sich später keine Vorwürfe zu machen braucht, ›hätte ich doch‹, ›hätten wir doch bloß‹ – das Wort ›hätte‹ wird aus dem Wortschatz gestrichen! Joshua, denk an das Motto des Circles: *Enjoy your life!* Das Motto ist nicht nur ein Versprechen, sondern auch eine Aufforderung, nämlich die, alles zu unterlassen, was einen selbst oder andere daran hindern könnte, glücklich zu sein. Eine Aufforderung, alles zu unterlassen, was man später bereut. Und was kann man später bereuen? Eine falsche Entscheidung. Eine Entscheidung gegen die Empfehlung des Circles.«

Er beugte sich wieder zu Joshua vor und sprach leise weiter, als wolle er ihm ein Geheimnis verraten: »Nur eine einzige Entscheidung ist im Leben eines Menschen heute noch nötig: Die Entscheidung, alle weiteren Entscheidungen demjenigen zu überlassen, der *wirklich* kompetent für das Treffen von Entscheidungen ist. Unbeeinflusst von verführerischer Werbung! Unbeeinflusst von den Interessen der Lobbyisten! Unbeeinflusst von trügerischen Gefühlen und Emotionen! Aber wer ist das, der wirklich derart kompetent ist für alles? Der Circle ist das! Die Daten des Circles sind das und seine Algorithmen! Die einzige Entscheidung, die ein Mensch noch treffen muss in seinem Leben, ist die, ab jetzt alles den Circle entscheiden zu lassen.«

Er sah Joshua an.

»Und damit niemand diese Entscheidung später bereut, dafür arbeiten wir hier. Wir arbeiten hier, um noch mehr und um noch genauere Daten zu gewinnen, und um sie noch besser zu nutzen. Wir sind hier, um die Algorithmen des Circles zu perfektionieren. Um den Circle unfehlbar zu machen. Erst wenn das erreicht ist, sind wir zufrieden.«

Er lehnte sich wieder zurück.

»Nur«, fuhr Ian fort, »unsere Algorithmen sind noch nicht perfekt. Offen gesagt, sie sind noch weit entfernt von Perfektion. Noch gibt es zu viele Daten, die wir ungenutzt lassen, Daten, die wir nicht miteinander verknüpfen oder die wir gar nicht erst erfassen. Noch sind viele unserer Empfehlungen nicht überzeugend genug. Denn sonst würde Abra noch leben.«

Er stand plötzlich auf: »Joshua, ich will dir etwas zeigen.«

Er führte ihn zu den Geschäften der Mall. Kein einziger Kunde war dort zu sehen, auch kein Verkäufer.

»Joshua, was fällt dir auf?«

»Hier ist niemand.«

Ian nickte. »Genau. Denn das hier sind gar keine Geschäfte. Das sind Labore.«

»Labore?«

»Labore für unser neues, großes Projekt. Wir nennen es CircleCARE, als Abkürzung für *Customized Augmented Reality Environment, Kundenspezifisch Angereicherte Realitätsumgebung.* Das wird ein richtig großes Ding, das größte des Circles, das größte der Welt. Es wird unser aller Leben verändern. Circle-CARE wird den Circle, wird die Welt perfektionieren. Bald wird es keine Fehler mehr geben.«

Er führte ihn zur Rolltreppe, sie fuhren nach oben.

»Denn wie kommt es zu Fehlern? Durch fehlende Daten und durch mangelndes Verständnis der Komplexität dieser Welt. Fehler entstehen, wenn man nicht durchschaut, welche Folgen eine Entscheidung hat, für sich und für andere. Wenn man sich selbst nicht genug kennt oder die anderen. Aber sobald die Daten vollständig sind und die Algorithmen perfekt, wird es keine Fehler mehr geben. Keine Fehler des Circles – seine Empfehlungen werden immer die richtigen sein, zu hundert Prozent. Und keine Fehler der Menschen, sofern sie diesen Empfehlungen folgen.«

Sie erreichten die zweite Ebene. Joshua sah sich erstaunt um. Anstelle der Arbeitsbereiche wie in den anderen Glasdomes war diese Ebene hier unterteilt in viele einzelne Räume. Zumindest den vorderen Räumen fehlte die vordere Wand, sodass man hineinsehen konnte. Er kam sich vor wie in einem Filmstudio mit vielen realistisch wirkenden Kulissen: Er sah Wohnzimmer mit Sofas, Schränken, Regalen, Fernsehern und allerlei Kleinkram. Er sah Küchen mit allen Geräten, Bäder in allen Größen, Formen und Farben. Schlafzimmer, Kinderzimmer, Flure und Kellerräume. Sogar Garagen gab es, mit Autos, obwohl die von hier aus nirgendwohin fahren konnten. Die meisten Räume waren nach oben offen, nur wenige hatten Decken mit Lampen. Aus den Wänden ragten Unmengen von Kabeln heraus, die von stählernen Trägern gebündelt und weggeführt wurden.

Ian führte ihn in eines der Wohnzimmer.

»Sobald die Daten vollständig sind ...«, wiederholte Ian wie in Gedanken. »Aber können Daten jemals vollständig sein?

Wir denken: Ja, das geht. Wir müssen nur sammeln, sammeln, sammeln. Nichts dürfen wir vernachlässigen, absolut nichts, nicht das kleinste Detail. Aber was sammeln wir denn bislang? Wir wissen, wer welche Webseite besucht und wie lange. Wir wissen, wer was online einkauft. Wir wissen, wer mit welchen Suchworten mit CircleSearch sucht, wer sich also für was interessiert. Wir wissen aus CircleFriends, wer welche Webseite gut findet, welchen Bericht, welches Bild, welche Nachricht, welches Musikstück, welches Video, welchen Film. Wir wissen, wer mit wem telefoniert, mailt oder sonst wie kommuniziert, und worüber. Wir wissen, wer was liest, sieht oder hört, und wann und wie lange. Die GPS-Daten der Smartphones sagen uns, wer sich wann und wo aufhält, und wohin jemand geht oder fährt, und wie schnell. Das und die Kalender-Apps teilen uns mit, wer sich mit wem wann und wo trifft. Unsere Activitytracker erfassen ständig die wichtigsten medizinischen Daten. Das alles kennst du, und das alles hast du auch bei Abra gesehen.«

Er setzte sich auf eines der Sofas.

»Aber kennen wir einen Menschen dadurch wirklich? Kennen wir jemanden durch diese Daten genau genug, um ihm verlässliche Empfehlungen für sein Leben geben zu können?«

Er forderte Joshua auf, sich auf einen Sessel zu setzen.

»Nein, ganz sicher nicht«, gab Ian sich selbst die Antwort. »Wenn wir jemandem gute Empfehlungen geben wollen, müssen wir noch sehr viel mehr über ihn wissen. Nicht nur das, was besonders ist, einmalig, wie das Bestellen eines bestimmten Buchs. Sondern wir müssen alle seine Handlungen kennen. Je banaler und alltäglicher, umso interessanter sind sie für uns. Wir müssen wissen, was jemand zu welcher Gelegenheit anzieht, bei welchem Wetter. Wir müssen wissen, welche Wege jemand in seiner Wohnung zurücklegt, in seinem Haus, und nicht nur draußen. Wir müssen wissen, was jemand isst und wann und wo und wie schnell, und was jemand trinkt. Ob es ihm schmeckt oder nicht. Wie lange er kaut. Wann jemand auf die Toilette geht, um was zu tun. Wir müssen wissen, wann jemand sich duscht und wann jemand badet, wie lange und bei welcher Temperatur. Wir müssen wissen, wie jemand seine Klimaanlage einstellt, wann jemand friert oder schwitzt. Wir müssen wissen, wann jemand lüftet. Wir müssen wissen, wann jemand lacht und wann jemand weint. Wir müssen wissen, wann jemand auf einen Lichtschalter drückt. Wir müssen wissen, wann jemand schläft und wie gut, und ob jemand träumt oder nicht und wie lange, am besten: wovon. Alles müssen wir wissen!«

Er nahm ein kleines Kissen vom Sofa und warf es Joshua zu.

»Erst wenn wir alle Gewohnheiten eines Menschen kennen, seine Vorlieben, seine Macken und Ticks, seine Wünsche, Träume und Ängste, seinen ganz banalen Alltag, wenn wir ihn also wesentlich besser kennen als er sich selbst – erst dann können wir uns anmaßen zu behaupten, ihm richtig gute Empfehlungen geben zu können.«

Er zeigte auf die Kulissen.

»Das alles hier sind Labore für CircleCARE. Hier werden all die Sensoren getestet, die wir entwickeln. Denn Sensoren sind wichtig: Jedes Gerät, jede Tür, jedes Fenster, jedes Kleidungsstück, jeder Teppich, jeder einzelne Lichtschalter muss registrieren, wenn etwas passiert. Im Tiefgeschoss dieses Glasdomes ist eine Werkstatt. Sobald einer unserer Ingenieure eine Idee für ein neues Gerät hat, wird es dort gebaut.«

Der Barmann erschien und brachte Ian wieder ein Glas Wasser. Für Joshua brachte er einen doppelten Whiskey.

»Aber«, fuhr Ian fort, »einen Menschen besser zu kennen als er sich selbst, ist nur *ein* Ziel von CircleCARE. Denn wenn wir einen Menschen so gut kennen, dass wir ihm mit gutem Gewissen Empfehlungen geben können – warum sollen wir ihm dann die täglichen, lästigen Entscheidungen nicht gleich ganz abnehmen? Wir können die Klimaanlage vorsorglich regeln, das Licht an- und ausschalten oder verhindern, dass jemand eine Lampe unnötig lange leuchten lässt. Wir können Waren bestellen, und zwar nur solche, die jemand auch braucht oder will, aber nicht solche, die wieder zurückgeschickt werden oder die man bald wegwirft. Wir können Informationen, Artikel, Filme, Musik und andere Medien auswählen und jemandem dann präsentieren, wenn er bereit dazu ist, sie zu konsumieren. Wir können die Terminkalender besser koordinieren – auch mit denen anderer Menschen. Wir können die täglichen Wege optimieren, Fahrzeuge buchen, Fahrscheine kaufen, Hotelzimmer reservieren. Wir können Kontakt zu anderen herstellen. Wir können die Steuerklärung machen für einen!«

Er lachte.

»Niemand muss sich mehr kümmern um diesen lästigen Kram, und niemand muss mehr Angst haben, er könnte etwas verpassen: Nachrichten aus aller Welt, Neuigkeiten im Leben der Freunde, im Job, in der Freizeit. Niemand muss mehr befürchten, er könnte Zeit verschwenden oder Geld oder Energie, oder er würde den Kontakt zu einem guten Freund schleifen lassen oder sich mit Leuten treffen, die ihn nicht interessieren, oder er würde sich etwas bestellen oder lesen oder anhören oder ansehen, das ihm nicht gefällt. Oder etwas essen, das ihm nicht schmeckt oder ihm nicht bekommt. Niemand muss mehr befürchten, er könnte sich den falschen Partner auswählen oder er würde den richtigen Partner verpassen oder ihn nicht erkennen. Niemand muss mehr befürchten, dass er eine Arbeit annimmt, die ihn überfordert oder ihn langweilt. Niemand muss mehr befürchten, seinen Urlaub am falschen Ort zu verbringen. Niemand muss mehr Angst haben, dass eine Krankheit nicht rechtzeitig entdeckt und kuriert wird, oder dass man sich überlastet oder nicht genügend Sport treibt oder den falschen. Niemand muss mehr darüber grübeln, ob man ausreichend vorsorgt für das Alter, für Unfälle, für irgendetwas. Kurz: Niemand muss mehr befürchten, dass man etwas macht oder sein lässt, das man später bereut. Denn CircleCARE nimmt einem alle Entscheidungen ab und stellt damit sicher, dass es einem immer und überall gut geht.«

Er lehnte sich auf dem Sofa zurück.

»Weißt du, Joshua, was wir bisher so gemacht haben mit CircleSearch, CircleFriends, CircleShop und so weiter – das war eigentlich alles nur halber Kram. Nehmen wir das Projekt CircleGov, bei dem du dabei warst.«

Dabei *warst*, registrierte Joshua. Mir wird also gekündigt!

»Ein nettes Projekt«, fuhr Ian fort, »für die Presse und für die Regierung, die es wohl bald einsetzen wird. Aber für uns? Warum brauchen wir die Daten der Steuerbehörde, wo wir doch die Steuererklärungen aller Menschen und aller Unternehmen *kennen* werden, sobald jeder sie mit der Hilfe des Circles erstellt? Warum brauchen wir die Daten der Verkehrsbehörden, wo wir doch heute schon den Verkehr ständig in Echtzeit verfolgen? Warum brauchen wir die Daten der Wirtschaftsbehörde, wenn bald der gesamte Handel auf den Servern des Circles stattfinden wird und wir dadurch immer ganz genau wissen, wieder in Echtzeit, wer was wem wann und für wie viel Dollar verkauft? Warum brauchen wir die Daten der Geheimdienste, wenn es doch die Geheimdienste sind, die von uns Daten wollen? Ihr habt euch das alles schön überlegt in eurem Team. Nur seid ihr auf halbem Wege stehen geblieben.«

Er machte eine kurze Pause.

»CircleCARE beendet den Weg.«

Er stand feierlich auf, das Glas in der Hand.

»Joshua, es wird dich vielleicht überraschen. Aber ich bin davon überzeugt, dass auch du viel zu CircleCARE beitragen kannst. Ich lade dich also ein, im CircleCARE-Team mitzuarbeiten, und ich würde mich freuen, wenn du diese Einladung annimmst. Wenn du, trotz deiner Skepsis, weiter für den Circle arbeiten wirst, und speziell für unser größtes Projekt, für CircleCARE.«

Schwungvoll wies Ian auf die Räume um sich herum und vergaß dabei, dass sein Glas noch nicht leer war. Das restliche Wasser spritzte Joshua nass.

Ian lachte: »Oh, bitte entschuldige meine Tollpatschigkeit. Aber nun sind wir quitt: Du bist getauft und ich vergebe dir deinen Blog. Den wird man sowieso bald vergessen, wenn ihn CircleSearch nicht mehr listet. Also, überlege dir, ob du dabei bist. Ich erwarte dich morgen!«

Ehe Joshua etwas entgegnen konnte, war Ian durch eine Tür der Kulisse verschwunden. Er saß noch eine Weile still auf dem Sessel. Dann trank er den Whiskey. Er musste husten.

Ihm wurde nicht gekündigt? Im Gegenteil, er soll sogar mitarbeiten am größten, wichtigsten Zukunftsprojekt? Niemals wird er das tun, beschloss er sofort. Niemals wird er dem Circle helfen, noch gigantischer, noch mächtiger zu werden! Andererseits, irgendwie fühlte er sich von dem Angebot auch geschmeichelt. Es war tatsächlich ein großes, ein faszinierendes Projekt! Ian versprach eine perfekte Welt. Keine lästigen Entscheidungen mehr, keine Verschwendung, keine Unsicherheiten. Wie oft hatte Joshua schon eine Entscheidung bereut! Wie oft hatte er sich über die Folgen geärgert! Wem alles hatte er schon mal geschadet mit einer falschen Entscheidung! Ganz sicher: Abra. weil er sich nicht durchringen konnte, ihr zu helfen, und weil er nicht wusste, wie. Und jetzt bereute er, ihr nicht geholfen zu haben. Vielleicht würde sie dann noch leben.

Er fuhr zurück in sein Apartment. Er schaltete den Fernseher ein und zappte zu einer Doku über Tiere der afrikanischen Steppe. Er schaute kaum hin.

Mit CircleCARE werde alles perfekt, hatte Ian behauptet. Aber was ist dann mit der Freiheit, mit der Individualität? Ist der Mensch nicht von Natur aus unperfekt? Hat der Mensch in einer perfekten Welt überhaupt noch Platz? *Von Natur aus ...* Wenn der Mensch gemäß der Natur leben wollte wie diese Tiere im Film, immer nur andere fressend und von anderen gefressen – würde er dann nicht schon längst nicht mehr existieren können in dieser brutalen, *natürlichen* Welt? Kann der Mensch nicht deshalb nur leben – überleben –, weil er moderne Techniken nutzt, Wissenschaft, Medizin, Gentechnologien und so weiter? Stand der Mensch nicht schon immer unter dem Zwang, seine von Natur aus gegebene Unperfektion zu überwinden? Vielleicht hat der Mensch nur dann einen Platz in der Welt, *wenn* er danach strebt, sich mit einem perfekten System zu umgeben, und er eben nicht gemäß der Natur lebt! Wenn er sich eine Welt erschafft, die ihn rundum beschützt – vor der Natur *und vor sich selbst!*

CircleCARE …

Aber ist eine solche Welt nicht eine Diktatur der Perfektion, der Effizienz? Eine Ameisenwelt? Wenn alle glücklich sein wollen, dann kann nicht jeder einzelne tun, was er will. Aber will der Mensch so leben wie dieser Ameisenhaufen dort in der Doku, wo das Individuum nichts zählt? Will der Mensch nur noch das machen, was die Algorithmen empfehlen, was sie ihm vorschreiben, ihm befehlen, oder wie auch immer man das bezeichnet?

Wollen die Menschen so eine Welt?

Dürfen die Menschen so eine Welt wollen?

Abra wollte diese Welt nicht, war sich Joshua sicher. Sie wollte sich von einem Algorithmus nicht vorschreiben lassen, wie sie zu handeln habe. Lieber wollte sie sterben.

Joshua spürte, ohne es begründen zu können und ohne eine Begründung dafür zu suchen – ohne eine Begründung dafür zu brauchen: Nein, so eine Welt dürfen die Menschen nicht wollen! Sie müssen sie ablehnen! Es ist ihre Pflicht, so eine Welt nicht zu wollen! Und wenn es ihr eigener Untergang ist! Die Menschen dürfen nicht zu Ameisen werden! Und sie wollen es nicht, da war er sich sicher.

Aber diese Welt wird kommen. CircleCARE wird sich unauffällig, mit vielen kleinen Schritten einschleichen in das Leben aller. Die Menschen werden gar nicht bemerken, wie Algorithmen sie immer stärker manipulieren, in immer mehr Bereichen des Lebens, irgendwann bis ins kleinste Detail. Denn es ist ja so praktisch, sich CircleCARE zu ergeben, seinem Versprechen: Keine falschen Entscheidungen mehr! Ein Leben ganz ohne Reue! *Enjoy your life!* Und irgendwann wird es zu spät sein. Irgendwann werden alle abhängig sein von CircleCARE, vollkommen entmündigt, sodass ein Leben ohne CircleCARE nicht mehr vorstellbar ist.

Aber sind Abhängigkeiten denn immer schlecht? Gibt es nicht schon lange die totale Abhängigkeit vom elektrischen Strom? Ist Strom daher »schlecht«?

»CircleCARE *ist* schlecht!«, rief Joshua laut, wie um sich selbst zu überzeugen. »Weil CircleCARE so dermaßen *gut* ist!« Er musste grinsen. Ihm gefiel diese Paradoxie, ohne dass er genau wusste, was sie bedeutete.

Die Tierdoku zeigte eine riesige Büffelherde, die auf ein kleines Dorf zuraste. Die Bewohner versuchten, die Herde mit einem abgerichteten Löwen zu vertreiben, und tatsächlich: dem Löwen gelang es, dem gewaltigen Schwung der Büffel eine neue Richtung zu geben und die Herde in die Steppe zu treiben.

Was wäre, überlegte Joshua weiter, wenn man auch CircleCARE einen anderen Schwung geben würde? Wenn man, statt zu versuchen, das Projekt zu verhindern oder zu stoppen, CircleCARE vor sich hertreiben würde, um ihm eine andere Richtung zu geben, eine, die einem gefällt? Nur, was für eine Richtung könnte das sein?

Er bekam eine Idee: CircleCARE darf eben nicht nur *gut* sein, sondern es muss von Anfang an *viel zu gut* sein! CircleCARE darf sich nicht langsam einschleichen, auf leisen Sohlen, sondern muss die Menschen laut, mit bebender Erde überfallen, bedrohen, mit dem Getrampel und dem Gebrüll Tausender rasender Büffel! CircleCARE muss von Anfang an so gewaltig sein, so übertrieben, seine Folgen – das Ende der Freiheit, die Entmündigung aller – von Anfang an so überdeutlich, so unübersehbar, dass CircleCARE die Menschen abschreckt! Dass CircleCARE die Menschen abschrecken muss! Das müsste es sein! Das würde, das *müsste* die Menschen aufwecken aus ihren Träumen von Effizienz und Perfektion! Aus ihrer Sehnsucht nach einem Leben ganz ohne Fehler und Reue!

So müsste man es machen!

»So müsste *ich* es machen!«, rief er laut.

Er zitterte vor Aufregung. Sofort gingen ihm Dutzende von Ideen durch den Kopf, was man alles machen könnte, um CircleCARE zu überreizen – konzeptionelle Ideen, aber auch schon Ideen, wie man das alles technisch umsetzen könne. Aber, überlegte er dann wieder kritisch, wäre diese Verformung von CircleCARE denn überhaupt machbar? Machbar für einen einzelnen Mitarbeiter des Circles und gegen den Circle zugleich? Machbar für *ihn?* Ja! *Nur* so wäre es machbar, gab er sich selbst die Antwort – subversiv aus dem Circle heraus, und mit den Mitteln des Circles. Es wäre ein Wahnsinnsprojekt! Es wäre endlich die Herausforderung, nach der er immer gesucht hatte – seine frühere Behauptung, er brauche keine, war stets eine Lüge zum Selbstschutz, um nicht aktiv werden zu müssen. Aber bräuchte er nicht Mitstreiter, Kollegen, die ihn unterstützten? Das wäre sicher von Vorteil. Aber was wäre, wenn ihn dann jemand verriete? Nein, alles musste geheim sein und bleiben. Er müsste versuchen, die anderen zur Mitarbeit an seinem geheimen Projekt zu bewegen, ohne dass sie es bemerkten. Und wenn andere dieselbe Idee hatten und dasselbe Ziel verfolgten? Umso besser! Aber irgendwie hoffte er, er wäre der einzige. Er allein gegen den Circle! Er allein würde das eigentlich Unmögliche schaffen: die »Quadratur des Circles«, die Quadratur des

Kreises. Ihm allein würde es gelingen, die runde Perfektion eines Kreises – des Circles – in die beherrschbare Form eines Quadrates zu zwingen. Oder den Circle so zu verformen, mit den Methoden des Circles, dass CircleCARE Ecken und Kanten bekäme! Ecken und Kanten, an denen die Menschen sich stoßen und die sie vom Circle, von CircleCARE abschrecken würden, abschrecken müssten! Ihm gefiel die Metapher. »Die Quadratur des Circles«, murmelte er – das soll von nun an das Motto seines privaten, geheimen Projekts sein. Er wusste, geometrisch ist die Quadratur des Kreises nicht zu lösen, aber er musste es einfach versuchen! Und deswegen musste er mitmachen bei CircleCARE! Natürlich machte er mit! Er gegen den Circle, mit dem Circle! »Die Quadratur des Circles«, sprach er mehrmals vor sich hin, die Worte auf der Zunge genießend. Er lachte zufrieden. Es war wie damals im Studium, als er gegen das Geld der US-Army zu kämpfen versuchte. Und außerdem war das Projekt auch technisch durchaus verlockend.

Er sah wieder zum Fernseher hin. Etwas versetzte die Büffel in Panik. Die Herde wechselte plötzlich die Richtung, die riesigen Tiere liefen wieder zurück auf das Dorf zu. Der einzelne Löwe hatte keine Chance gegen die rasende, stampfende Masse. Tausende von Hufen zertrampelten, zermalmten den Löwen, als wär er ein Nichts. Doch dann kehrte die Herde noch einmal um und lief einfach so weg. Das Dorf blieb verschont.

Am nächsten Morgen ließ sich Joshua viel Zeit. Ian solle ruhig noch ein wenig im Unklaren bleiben, ob er denn käme. Außerdem scheute er sich vor der endgültigen Entscheidung. Den ganzen Abend und die ganze Nacht hatte er weiter gegrübelt, ob seine Entscheidung die richtige sei und wie er das Projekt angehen könne. Vielleicht gab es noch ein Zeichen von außen, vom Schicksal, das ihn zurückhielt. Nicht, dass er an so etwas glaubte, aber vielleicht … Doch nichts geschah. Kein Unglück passierte, der Caltrain fuhr pünktlich wie immer, nichts hielt ihn auf, niemand und nichts schien ihn an seinem Plan hindern zu wollen. Als Joshua den Glasdome betrat, war es schon spät am Morgen. Freundlich lächelnd kam ihm Ian entgegen. Eine kurze Begrüßung, kein Wort davon, dass Ian sich freue über seine Entscheidung, kein Wort des Dankes. Als habe Ian keine Sekunde daran gezweifelt, dass er mitmachen werde. Joshua war ein wenig enttäuscht, dass er für Ian so berechenbar schien. Als ob er über keinen eigenen Willen verfüge.

Sie fuhren die Rolltreppe hoch, an den Wohnungskulissen vorbei, auf die nächsthöhere Ebene, in ein Großraumbüro wie in den anderen Glasdomes. Hunderte zu kleinen Inseln gruppierter Tische. Auch hier war kein Mensch zu sehen. Ian führte ihn in einen umschlossenen Raum am hinteren Ende. Hier, im Konferenzraum, saßen endlich etwa zwei Dutzend Leute, das Startteam, wie Ian es nannte. Hatten die alle auf ihn gewartet?

Zwei oder drei der Anwesenden kannte er vom Sport oder über gemeinsame Kollegen. Zusammengearbeitet hatte er noch mit niemandem hier. Jeder stellte sich vor. Joshua war überrascht: Auch die anderen waren erst seit heute Morgen bei CircleCARE. Wie er schienen auch sie eben erst angeworben worden zu sein. Aber nur er wurde von Ian persönlich empfangen!

Ian erläuterte noch einmal die Ziele ihres Projekts. Nichts, das für Joshua neu war, und auch die anderen hatten das alles wohl schon mal gehört. Anschließend sammelten sie gemeinsam erste Ideen. Wie üblich beim Circle, war die Gruppe sofort extrem konzentriert bei der Sache. Kein vorsichtiges Abtasten der Gruppendynamik, kein Hahnengehabe, kein Austesten, wer der Stärkere, der Klügere, der Lautere sei. Niemand drängte sich vor. Klar, das hier waren die Besten, die Auswahl der Auswahl! Hier ging es nur ums Projekt. Um das Größte des Circles, wie Ian immer wieder betonte. Alle waren stolz, hier beteiligt zu sein, und alle schienen, ähnlich wie Joshua auch, gefesselt zu sein von dem Reiz, den dieses Projekt für sie hatte. Entsprechend groß waren ihre Ideen. Nur Joshua hielt sich zurück. Ian hörte meist schweigend zu, fragte nur selten nach oder lobte einen Gedanken. Zumeist trieb er an, forderte sie auf zu einem »Denken ganz ohne Grenzen«. Alles sei möglich, alles sei machbar.

Gerne! Wenn du nur wüsstest!

Niemand äußerte Zweifel am Sinn des Projekts, an dessen Bedeutung. Alle schienen der Überzeugung zu sein, dass Circle-CARE tatsächlich das war, was jeder begehrte. Das, was alle unbedingt wollten. Was alle unbedingt brauchten. Und sie, dieses Team, würden es den Menschen geben. Joshua kannte diese Einstellung, sie war die Motivation aller beim Circle: Man wollte Tools entwerfen, die halfen, Probleme zu lösen. Klar, in den anderen Teams ging es immer nur um ganz bestimmte Probleme: Was soll ich kaufen? Wie komme ich am besten zum Ziel? Wie bekomme ich genau die Informationen, die ich auch suche? Wie bekomme ich, wie erreiche ich das, was ich will? Hier aber, bei CircleCARE, ging es um mehr: Hier ging es nicht um einzelne Bereiche des Lebens – hier ging es um das ganze Leben der Menschen.

Die meisten Ideen handelten davon, wie man die verschiedenen Angebote des Circles miteinander verknüpfen könne oder welche neuen Angebote geeignet sein könnten, um noch mehr, noch bessere Daten gewinnen zu können. Damit der Circle noch besser wüsste, was jemand sich wünschte – um ihm das dann zu liefern, bequem, schnell und zuverlässig. Joshua bemerkte, wie Ian unruhig wurde. Ihm schien das nicht zu genügen.

Davon ermutigt, meldete sich Joshua schließlich zu Wort: »Leute«, begann er, »es ist uns im Grunde doch völlig egal, was jemand will! Und es sollte uns auch völlig egal sein. Es *muss* uns egal sein!«

Irritierte Blicke. Das klang anders, als man es beim Circle gewohnt war. Er registrierte zufrieden, dass Ian aufhorchte.

»Stellt euch folgende Situation vor«, fuhr er fort. »Ein Mann bestellt sich ein Taxi für die Fahrt zum Restaurant X, um dort Spareribs zu essen. Nun sind die Spareribs dort nicht sehr gut, und außerdem mag dieser Mann Spareribs auch gar nicht besonders, er isst lieber ein saftiges Steak. Aber die besten Steaks gibt es nicht hier, im Restaurant X, sondern im Restaurant Y in einer anderen Ecke der Stadt. Sollen wir den Mann dann wirklich zum Restaurant X fahren? Nur, weil er es so will?«

Auffordernd blickte er in die Runde.

»Oder sollen wir das Taxi nicht besser gleich zum Restaurant Y fahren lassen und dem Mann damit einen richtig guten Abend verschaffen?«

»Aber wenn er das gar nicht will?«, wandte jemand ein.

»Fragen wir anschließend den Mann«, schlug Joshua vor, »Er wird sagen: Danke, ihr Jungs vom Circle, für eure Empfehlung! Danke, dass ihr mir geholfen habt, mein neues Lieblingsrestaurant kennenzulernen!«

»Und wenn er sich im Restaurant X mit jemandem treffen wollte? Mit einer Frau?«

Ian übernahm die Antwort: »Dann lotsen wir diese Frau auch ins Restaurant Y!« Ihm schien die Idee zu gefallen.

»Aber wenn im Restaurant Y seine Exfrau sitzt?«

»Es wird keine Zufälle mehr geben«, antwortete Joshua. »Denn auch dafür finden wir eine Lösung, die optimal ist für alle: für den Mann, für seine ominöse Bekannte und für seine

Exfrau. Vielleicht ist es ja sogar gut, den Mann mit seiner Exfrau zu konfrontieren, oder sie mit seiner Neuen.«

Ian nickte zufrieden.

»Was sagt uns das Beispiel?«, fuhr Joshua fort. »Wir müssen nicht wissen, was jemand will, sondern was jemand *wirklich* will! Egal, ob ihm das selbst bewusst ist oder nicht. Und wir müssen wissen, was alle anderen wollen. Und was die anderen machen, wo sie sind, wo sie hinfahren. Erst dann können wir die besten Empfehlungen geben. Die besten für alle.«

»Wer soll ihm das Restaurant Y vorschlagen? Der Taxifahrer?«, fragte einer.

»Sara!«, rief jemand.

»Genau, Sara als Navi des Taxis!«, schlug Joshua vor. »Indem sie den Fahrer direkt zum Restaurant Y fahren lässt. Am besten, ohne zu fragen. Damit hätten wir gleich zwei Fehlerquellen beseitigt: erstens, dass der Taxifahrer die Empfehlung des Circles nicht gut genug formuliert – und ihr wisst, wie die Taxifahrer so sind!« Zustimmendes Gelächter. »Zweitens, dass der Mann sich dennoch für das Restaurant X entscheidet, trotz der Empfehlung, und damit für ein Menü, das gewählt zu haben er später bereut.«

»Glücklich sind die, die sich nicht selbst entscheiden, sondern die dem Circle vertrauen!«, rief Ian.

»Zu wissen, was jemand gerne isst und wo es das gibt und wie gut es dort schmeckt – das ist eine Kleinigkeit«, sagte einer aus der Runde. »Das alles können wir schon heute sehr zuverlässig berechnen. Quittungen früherer Restaurantbesuche, Posts auf CircleFriends, Mails und Suchbegriffe nach Rezepten bei CircleSearch – das alles verrät, was jemand gerne mag. Die online verfügbaren Speisekarten und die Bewertungen früherer Kunden sagen uns, wo es das gibt. Kein Problem! Wir müssen es nur machen.«

»Und wir werden es machen!«, rief Joshua allen zu. »Denn warum sollten wir das, was wir können, nicht tun?«

»Man zündet auch nicht ein Licht an und setzt es unter den Scheffel«, predigte Ian.

»Aber wenn wir handeln, ohne zu fragen – entmündigen wir damit nicht die Menschen?«, fragte einer.

»Nein. Wir befreien sie vielmehr von der Versuchung, sich falsch zu entscheiden. Am besten ist es, wenn jemand gar keine Entscheidung mehr selbst treffen muss. Wenn er einfach nur noch sagt: Sara, fahr mich zum Essen!, und CircleCARE entscheidet den Rest – wann, wohin und mit welcher Begleitung.«

»Damit das akzeptiert wird, muss CircleCARE perfekt funktionieren«, meinte jemand, und es war nicht klar, ob dies ein Einwand war oder ein Ausdruck der Hoffnung auf ein anspruchsvolles Projekt.

»Genau!«, stimmte Joshua zu. »CircleCARE muss perfekt sein. CircleCARE muss immer ganz genau wissen, ohne jeden Zweifel, was jemand *wirklich* will. Egal, um was einer bittet.«

»Das ganze Leben wird gesteuert?«, fragte jemand nach.

»Nicht das ganze Leben«, sagte nun wieder Ian. »Sondern nur der Teil des Lebens, von dem CircleCARE mehr versteht als die Menschen. Zugegeben, das wird der weitaus größte Teil sein. Gebt die Entscheidungen dem Circle, die des Circles sind, und die den Menschen, die des Menschen sind.«

Er blickte Joshua an: »Oder?«

Der zuckte nur mit den Schultern.

»Vielleicht«, sagte er lächelnd.

In den nächsten Wochen und Monaten wurde das CircleCARE-Team schnell sehr viel größer. Der anfangs noch so leere Glasdome war bald voller Leben. Es arbeiteten nun Statistiker dort, Mathematiker, Stochastiker, Big-Data- und Data-Mining-Experten. Sehr viele Softwareentwickler natürlich. Designer. Mediziner, Biologen und Neurologen. Linguisten, Soziologen und Psychologen, und sogar einen Philosophen sollte es angeblich geben. War schon der Circle eine Auswahl der Besten, war das CircleCARE-Team eine Auswahl der Auswahl. Fast tausend Menschen saßen nun an dem Projekt, aufgeteilt in zahlreiche Arbeitsbereiche und Teams.

Joshua genoss den Austausch mit so vielen unterschiedlichen Menschen. Alle waren mit großem Enthusiasmus dabei. Jeder freute sich, wenn ein Fortschritt, ein Durchbruch gelang, alles wurde gefeiert. Es war wie eine endlose Party. Es gab keine Grenzen. Das Team generierte eine Idee nach der anderen, alles wurden begierig aufgegriffen, weitergedacht, weiterverfolgt, ausgebaut bis zum Produkt. Die Werkstatt setzte alles sofort um und baute es ein in die Wohnungskulissen. Alles ließ sich sofort testen, analysieren, noch weiter verbessern, bis es perfekt war.

Hierarchien gab es offiziell keine, aber wegen der Fülle und Qualität seiner Gedanken wurde Joshua bald zu einer zentralen Figur. Er riss die anderen mit, trieb sie zu immer extremeren Leistungen an, forderte viel und schonte auch sich nicht. Seine Meinung galt viel. Er genoss das.

Auch als Mensch akzeptierte, respektierte man ihn. »Kommst du mit auf die Party?«, wurde er nun täglich gefragt. Er war bei allen beliebt, alle wollten ihn treffen. Er war immer dabei, wenn etwas los war, auf Feiern, Konzerten, im Kino. Noch nie war er so viel in Gesellschaft wie jetzt. Er veränderte sich: Er war nun witzig, spontan, interessant. Plötzlich war es einfach für ihn, auf Partys mit Leuten zu reden. Hier im Circle kam man mit allen ganz leicht ins Gespräch, alle interessierten sich sowieso für dasselbe: für das Silicon Valley, für San Francisco, für den

Pazifik, für die Projekte und ganz besonders für den Circle natürlich. Man tauschte sich aus über das, was alle schon wussten, man bestätigte sich gegenseitig die eigene Meinung, nämlich dass alles hier einfach wunderbar sei. Joshua stimmte stets ein in den Kanon. Anfangs fiel ihm das schwer, daran denkend, dass er eigentlich gegen das alles war. Aber das legte sich bald. Es tat gut, euphorisch zu sein, und vieles am Circle war auch fantastisch! Was für ein tolles Leben er führte! Wie traurig, wie einsam, wie farblos erschien ihm dagegen sein früheres Dasein! Wie hatte er das nur aushalten können, diese Jobs für diese erbärmlichen Klitschen in Pittsburgh? Hier endlich, beim Circle, konnte er zeigen, was in ihm steckte. Beim anspruchsvollsten Projekt des Circles! Der Welt! Und er mittendrin. Nein, eher: Er vorneweg. Sogar Ian ließ ihm den Vortritt, unterstützte ihn, trieb ihn an, verlangte immer noch mehr. Von den anderen erwartete er, dass sie Joshua folgten. »Keine Denkverbote«, war Ians Mantra, und: »Macht, was Joshua sagt!«

Er war stolz.

Er war glücklich. So glücklich wie, so schien ihm, noch niemals zuvor.

Nur abends, wenn er nach Hause kam, war er allein. Nie empfing er Besuch; er wollte den Beutel mit Abras Sachen, der noch immer im Wohnzimmer stand, nicht entweihen. Der Beutel aus Plastik mit dem Logo einer Supermarktkette stand wie eine Ikone für seinen Kampf, seinen Auftrag. Er war eine Mahnung, nicht sein eigenes, persönliches Ziel zu vergessen, trotz des Glücks, das er nun beim Circle empfand. Der Zwang, sich spalten und sich verbergen zu müssen, machte ihn dann jedes Mal wütend. Warum empfand niemand wie er? Warum hatte er keine Mitstreiter bei seinem privaten Projekt? Warum konnte, durfte er mit niemandem reden? Warum waren all seine Kollegen blind für die Gefahren des Circles? Bekam denn niemand mal Zweifel? Dachte niemand mal nach, was aus all dem folgte? Ihm schien, er allein habe den Durchblick. Er allein machte etwas dagegen! Er werde alles zu Fall bringen! Er werde das Unmögliche schaffen! An ihm werde CircleCARE scheitern! An ihm allein! Ihm werde die Quadratur des Circles gelingen.

Auch dieser Gedanke machte ihn stolz.

Er trieb wieder mehr Sport, meist auf den Strecken und Plätzen des CirclePlex. Fast immer lief er gegen sich selbst, gegen seine letzten gespeicherten Läufe, die sein Activitytracker ihm präsentierte. Stolz stellte er fest, dass er mit jeder Woche fitter wurde und schneller, und längere Strecken bewältigte er mit immer weniger Mühe. Manchmal lief er mit Kollegen zusammen. Er machte dann gerne einen Wettlauf daraus: »Wer ist zuerst an dem und dem Ort?«, »Wer schafft noch zwei Runden mehr?« Nicht immer fand er Mitstreiter dafür. Die meisten seiner Kollegen wollten sich beim Joggen eher entspannen und plaudern, als sich mit anderen messen. Wenn Joshua mal einen spontanen Wettlauf gewann, geschah dies nicht unbedingt deshalb, weil er der Schnellste war, sondern weil die anderen sich nicht, wie er, bis an ihr Limit verausgaben wollten. Es störte sie nicht, wenn er gewann – wo er sich doch so freute darüber.

Auch beim Streetball wuchs sein Ehrgeiz. Sein Spiel wurde aggressiver, er rempelte viel, beging absichtlich Fouls und – ungewöhnlich beim Circle – er diskutierte anschließend mit seinen Gegnern darüber, ob dies wirklich ein Foul war. Die anderen wunderten sich zwar über sein neues Verhalten, aber sie ließen sich davon nicht stören. Dazu spielten sie einfach zu gut. Sie ließen seine Fouls einfach ins Leere laufen, indem sie rechtzeitig auswichen oder indem sie die Fouls geschickt in ihr eigenes Spiel integrierten. Keiner stellte Joshua zur Rede dafür. Sie wollten Spaß, keinen Streit. Mehr noch, die anderen spielten oft so, dass auch sein viel schlechteres Spiel auf die Zuschauer halbwegs gut wirken konnte. Immer wieder ließen sie ihn ein paar schöne, effektvolle Spielzüge machen, sogar ein paar Körbe gönnten sie ihm. Dann war er zufrieden.

CircleCARE nahm allmählich Gestalt an. Monat für Monat fügte sich die Arbeit der Gruppen besser zusammen. Das Projekt wurde runder, die Tools, die Algorithmen wurden immer perfekter. Je weiter man kam, desto extremer wurde Joshuas Arbeit – soweit diese überhaupt noch steigerbar war. Irgendwann lebte er nur noch für das Projekt. Immer öfter und bald auch täglich übernachtete er in den Wohnungskulissen, umgeben von all den Prototypen der Technik, die er mit erfand. Seine Vorschläge auf den Meetings wurden immer verrückter, immer absurder. Doch immer fanden seine Kollegen alles höchst inspirierend, und auch Ian stand weiterhin stets hinter ihm. Die Kollegen führten aus, was Joshua anordnen ließ. Denn es waren nun »Anordnungen«, die er gab, keine »Vorschläge« mehr. Für die Kollegen war dies kein Problem. Im Gegenteil, sie freuten sich auf die Herausforderung, auch das scheinbar Unmögliche bestmöglich umsetzen und vielleicht noch weiter steigern zu können.

Wagte mal jemand zu widersprechen, bedankte Joshua sich meist höflich und folgte dem Einwand. Manchmal aber wurde er plötzlich laut, aufbrausend, sogar persönlich verletzend – ein Tonfall, den man ansonsten nicht von ihm kannte. Eine Gereiztheit ging dann von ihm aus, eine Unruhe, die niemand einordnen konnte. Er wusste selbst nicht, was dann mit ihm los war. Einerseits freute er sich, wenn jemand »ausnahmsweise mal dachte«. Andererseits empfand er dies als Angriff auf sich und auf »sein« perfektes System. Denn, davon war er fest überzeugt, durch nichts dürfe CircleCARE abgeschwächt, erträglicher werden – das wäre eine Gefährdung seiner Mission. Aber das durfte er niemandem sagen.

Zwar lud man Joshua nach wie vor ein zu den Partys, aber immer seltener kam er. Stattdessen zog er sich zurück in sein Büro oder in die Kulissen des Glasdomes, um dort die Produkte zu testen. Oder er tat so. Er vermisste die Partys, gerne wäre er dort. Aber er musste vorsichtig sein! Einmal hatte er sich fast schon verraten. Er hatte damals mehr getrunken als sonst, die Stimmung war fröhlich, er kam ins Gespräch mit einer schönen, jungen Frau. Sie erinnerte ihn an Abra. (Viele Frauen erinnerten ihn jetzt an Abra.) Sie erzählte von ihrem Sohn und davon, dass sie nur noch für einfache Arbeiten eingesetzt werde. Aber das sei nicht schlimm, sagte sie, so habe sie mehr Zeit für das Kind.

»Was ist mit dem Vater?«

»Es gibt keinen Vater.« Sie lachte. »Keinen, der da ist.«

»Und, bist du glücklich?«

»Manchmal ja, manchmal nein.«

Er erzählte ihr, dass der Circle von den meisten verlangte, Kinder erst später zu kriegen.

»Ich weiß. Viele treiben deswegen ab. Bei mir war das nicht möglich.«

Er fragte nicht nach. Er hatte den Drang, sich zu öffnen.

»Willst du wissen, was ich beim Circle mache?«

»Das weiß ich!« Sie lachte. »Du bist der Big Shot von Circle-CARE!«

Ihm schmeichelte diese Bezeichnung. Er hatte sie schon öfter gehört.

»Ich meine, was ich wirklich dort mache?«

Sie sah ihn neugierig an.

Die Drinks machten ihn mutig.

»Vielleicht tue ich nur so, als ob ich an CircleCARE arbeite. Als ob ich CircleCARE gut fände. Vielleicht finde ich das alles nur scheiße.«

Sie blickte irritiert an ihm vorbei.

»Willst du«, begann er ihr zu erklären, »dass alles bestimmt wird vom Circle? Dass du keine Entscheidungen mehr selbst treffen kannst? Dass der Circle dir alles vorgibt – was du siehst, was du hörst, was du weißt, was du machst? Einfach alles? Willst du das wirklich?«

»Klar, ist doch toll!«, rief sie. »*Enjoy your life!*«

»Stimmt das denn? Kann man ein solches Leben genießen?«

»Genau das ist die Frage, die wir uns jeden Tag stellen müssen«, hörte Joshua plötzlich Ians Stimme ganz dicht neben sich. Er zuckte zusammen. »Und wir müssen jeden Tag so handeln, so arbeiten, CircleCARE so gestalten, dass wir mit voller Überzeugung am Ende sagen können: Ja, ein solches Leben kann man wirklich genießen!«

Wie lange hatte Ian ihm schon gelauscht?

»Und das werden wir sagen können«, rief Joshua schnell, »dann, wenn alles fertig ist!«

Die Situation war gerettet. Nie wieder erwähnte Ian dieses Gespräch.

Joshua litt darunter, mit niemandem reden zu dürfen. Aber sein Projekt durfte nicht scheitern! Und wie gering war dieses persönliche Opfer im Vergleich zum Gewinn! Denn der Gewinn war die Erlösung, die Bewahrung der Menschheit vor der Diktatur durch Big Data. Mit ihm als Erlöser! Dann eben leiden! Manchmal hatte er Zweifel, ob sein Plan aufgehen könne.

In sein Apartment kam Joshua nur noch selten, und wenn, dann starrte er dort stundenlang auf Abras Beutel. Manchmal sprach er mit ihm.

»Hallo, Abra!«, sagte er dann.

»Hallo, Josh!«, schien ihm der Beutel zu sagen. »Wie geht's voran?«

»Prima! CircleCARE wird gigantisch! Die Welt, wie wir sie kennen, wird es bald nicht mehr geben.«

»Du denkst an dein Ziel?«

»Natürlich! Ich werde dich nicht enttäuschen. Alles wird vollkommen monströs. Alles wird umgewälzt, nichts bleibt wie vorher. Die Menschen werden von Algorithmen versklavt. Niemand wird das übersehen können, niemand wird das wollen. CircleCARE wird unbedingt scheitern.«

»Das nur dank dir.«

»Nein, dank dir, Abra, denn du hast mir die Augen geöffnet.«

Den Kontakt zu seinen anderen Freunden hatte er schon lange verloren.

Samstagabend. Es war bereits dunkel, den ganzen Tag hatte Joshua im CirclePlex gearbeitet, fast ohne Pause. Das Projekt stand kurz vor dem Launch, alle waren hektisch, gereizt und euphorisch zugleich. Die meisten seiner Kollegen waren nach Hause gegangen, er war fast allein in dem Großraumbüro. Er merkte, wie erschöpft er war. Er hatte sich nicht geschont in den letzten Tagen und Wochen, er wollte es nicht. Jetzt musste er unbedingt raus, mal etwas anderes sehen und machen. Er rief sich ein Taxi und fragte den Fahrer nach einer Party in San Francisco, »circlefrei möglichst«. Der fuhr ihn irgendwohin.

Am Eingang des Clubs fragte man ihn, ob er die Playlists auf seinem Smartphone freigeben wolle.

»Warum?«

»Damit der DJ deine Lieblingssongs kennt und sie spielt.«

Er lehnte ab.

Die Musik war laut und nicht unbedingt nach seinem Geschmack, aber das war ihm egal. Der Saal war brechend voll, das war entscheidend. Heute hatte er keine Angst vor den Massen, heute waren sie für ihn eine Befreiung. In dem dichten Getümmel hoffte er anonym bleiben zu können. Bunte, rotierende Scheinwerfer erhellten spärlich die Menge, pausenlos blitzten die Handys, mit denen sich alle ständig selbst fotografierten. Joshua ging an die Bar, die über die ganze Seite des Saales verlief, und trank dort ein Bier aus der Flasche. Er sah den Tanzenden zu, die meisten jünger als er. Die Stimmung war gut, ausgelassen und fröhlich, entspannt. Er fühlte sich wohl. Und doch spürte er eine Distanz zu den anderen. Obwohl er nur ein paar Fuß weit entfernt stand, fühlte er sich wie gefangen in einem Kokon, in den die Stimmung nicht eindrang. Er beobachtete die Leute wie durch ein umgedrehtes Fernglas, von ganz weit weg. Ein Lied war zu Ende. Alle zückten die Smartphones und tippten ihre Bewertungen ein – für den DJ, der so den Geschmack der Menge erfuhr, um die beliebtesten Songs spielen zu können.

Playlists freigeben, Bewertungen abgeben – das werdet ihr bald nicht mehr müssen, schmunzelte Joshua. Das übernimmt CircleCARE bald für euch. Und wenn alles gut läuft, so, wie ich es erhoffe, dann werdet ihr das bald *nicht mehr wollen!*

Nach dem zweiten Bier verließ er seinen sicheren Ort an der Theke und wagte sich hinein ins Gewühl. Vorsichtig und anfangs noch steif begann er zu tanzen. Erst langsam verbannte er seine Gedanken. Es gelang ihm, sich nach und nach mehr der Musik hinzugeben, er wurde lockerer, freier. Manchmal traute er sich sogar, wild mit den Armen zu wedeln, egal, wie seltsam das aussah. Zwischen den Liedern ging er immer wieder zurück an die Bar für ein weiteres Bier.

Eine Frau fiel ihm auf, sie schien allein hier zu sein. Tanzend pirschte er sich an sie heran und versuchte, ihren Blick zu erhaschen. Aber sie schaute immer nur auf ihr Handy. Ein unauffälliger, wie zufällig entstandener Körperkontakt, die Enge machte es möglich. Noch eine Berührung, nun mit der Hand. Das Lied war zu Ende. Sie tippte auf ihrem Handy ihre Bewertung und ging, ohne ihn beachtet zu haben. Das nächste Lied. Noch eine Frau, das gleiche Spiel. Der Beat wurde härter, die Bewegungen rauer. Hüfte schlug gegen Hüfte. Die Frau sah ihn an, zuerst irritiert, dann wütend. Sie schrie ihm etwas zu, was er in dem Lärm nicht verstand, dann ging sie fort. Er weiter zur nächsten: Er kreiste ein paarmal um sie herum, bis sie ihn endlich bemerkte. Er lächelte, sagte: »Hallo!«, sie blickte freundlich zurück. Ermutigt provozierte er auch mit ihr während des Tanzens Körperkontakt, wie nebenbei: Hände an Arme, Hände am Körper. Hüfte an Po, diesmal sanft, beinahe reibend. Sie ließ es geschehen. Plötzlich näherte sich ihr von der Seite ein Mann, man schien sich zu kennen. Begrüßung, Umarmung, ein Kuss, schnell ein Selfie gemacht. Ab dann tanzte sie mit diesem Typen, lachte mit ihm, strahlte ihn an.

Joshua wurde allmählich gereizt. Warum beachtete denn hier niemand *ihn?* Warum tanzte niemand mit *ihm?* Warum wollte niemand Kontakt haben mit *ihm?* Er begann, sich nach dem Circle zu sehnen: Auf den Partys des Circles war alles viel leichter! Da konnte man sich unterhalten über Projekte, über die Firma, über das Valley und wie toll es dort sei. Hier dagegen war es zum Unterhalten zu laut. Hier wollten alle nur tanzen. Ja, tanzt nur, rief er ihnen stumm zu. Ihr ahnt nicht, wer unter euch ist! Ich, Joshua, der Big Shot vom Circle! Der Mann hinter CircleCARE! Dem Projekt, das bald euer Leben verändert!

Seine Anmachversuche wurden mit jedem Bier direkter, dreister, brutaler. Natürlich blieben sie alle erfolglos – mussten es bleiben, wie ihm völlig klar war. Man hielt Abstand zu diesem seltsamen Kerl, der zu viel trank. Ein Mann tippte an seine Schulter, Typ Gorilla. Sicherheitsdienst. Es gebe Beschwerden, schrie der ihm zu, den Lärm übertönend. Entweder er halte sich von nun an zurück, oder man müsse ihn bitten zu gehen.

Joshua rastete aus.

»Ihr habt mir gar nichts zu sagen!«, schrie er den Mann an. »Wisst ihr denn nicht, wer ich bin? Bald werdet ihr's wissen! Ich werde euer Leben verändern, schon in ein paar Wochen! Nichts wird mehr sein wie bisher! Dank mir werdet ihr alle zu Sklaven der Daten, ohne eigene Meinung! Ich bin euer Retter!«

Seine Stimme überschlug sich. Er wusste, was die anderen dachten: Noch so ein verrückter Typ aus dem Valley! Er war betrunken, aggressiv, verlor jede Kontrolle, suchte den Streit, egal mit wem. Es fühlte sich gut an. Niemand kann ihm mehr etwas!

»Ich bin der Größte, ihr Wichser!«

Er flog raus aus dem Club.

Er nahm sich ein Taxi.

»Zu irgend 'ner Hure«, befahl er.

Der Fahrer sah ihn im Rückspiegel an.

»Sind Sie vom Circle?«

Joshua nickte.

Der Fahrer lachte kurz auf.

»Dann hätte ich eine Empfehlung für Sie.«

Der Fahrer fuhr los, Joshua schlief sofort ein.

»Wir sind da!«, weckte ihn der Fahrer am Ziel.

Joshua bezahlte, es war nicht viel.

»Fragen Sie nach Mary!«, rief ihm der Fahrer noch zu.

Er stand vor einem einfachen Apartmenthaus. Die Fenster waren mit roten Lampen beleuchtet. Ein Puff, ging es ihm durch den schmerzenden Kopf. Klar, danach hatte er schließlich gefragt. Hinter dem Eingang saß in einer Kabine ein alter Concierge.

Er fragte nach Mary.

»Dritter Stock, Zimmer 324. Nehmen Sie den Aufzug dort hinten.«

Im rot beleuchteten Fahrstuhl erklangen Stöhngeräusche vom Band. Im dritten Stock stieg er aus. Lustschreie hinter einer der Türen.

Er fand Marys Zimmer und klopfte.

»Herein!«

Er trat ein. Ein enger, düsterer Raum mit einem großen, rot bezogenen Bett, darauf eine Frau. Das war wohl Mary. Joshua blieb unsicher stehen. So etwas hatte er noch nie gemacht. Ein an der Wand montierter Fernseher lief ohne Ton. Eilig schaltete die Frau von einem Tierfilm zu einem Pornokanal um.

»Zieh dich aus! Im Bad kannst du dich frisch machen«, sagte Mary. Sie trug nur Dessous.

Er bemerkte, wie übel ihm war von dem Bier. Wie viele es waren? Er wusste es nicht. Ihm wurde schwindlig, er musste würgen. Er ging ins Bad und übergab sich ins Klo. Die nächsten zehn Minuten hockte er vor der Schüssel, bis nichts mehr kam. Nur langsam traute er sich, seine Position zu verändern. Er stand auf, wusch sich die Hände und das Gesicht und spülte sich gründlich den Mund. Der eklige Geschmack blieb. Dann ging er ins Zimmer zurück.

Wieder der Wechsel vom Tierfilm zum Porno.

»Die Zeit im Bad muss ich dir leider berechnen«, sagte die Frau.

Noch vollständig bekleidet ließ er sich auf einen Korbsessel fallen, dem einzigen Möbelstück neben dem Bett. Alles begann sich zu drehen. Er schloss die Augen. Als er sie wieder öffnete, blickte er Mary direkt ins Gesicht. Sie hockte vor ihm auf dem Boden und versuchte, den Reißverschluss seiner Hose zu öffnen. Er schüttelte den Kopf. Alles drehte sich wieder. Die Frau stand auf und setzte sich vor ihm aufs Bett.

»Nein?«, fragte sie.

Sie sah ihn genauer an.

»Ich kenn' dich«, sagte sie leise.

»Von hier? Ich glaube nicht, ich war noch nie hier.«

»Nein, nicht von hier. Vielleicht aus meinem Geschäft.«

Die Frau lachte seltsam. Sie erzählte, dass sie bis vor einem Jahr ein Modegeschäft in der Stadt gehabt habe. Es stellte sich heraus, dass es das Modegeschäft war, in dem Joshua bei seinem ersten Ausflug in San Francisco eingekauft hatte, und sie die Frau, die ihn damals bediente.

»Du hast ein gutes Gedächtnis«, sagte er. »Was ist mit deinem Geschäft?«

Sie wischte die Frage unbeantwortet weg. Wieder hockte sie sich vor ihm hin und machte sich an seinem Gürtel zu schaffen. Er nahm ihre Hand.

»Nein!«, sagte er.

»Was willst du?«, fragte sie ihn.

Er fing an zu weinen. Leise, leicht zuckend bei jedem Schluchzen, nach vorne gekrümmt. Mary nahm ihn in ihre Arme, legte seinen Kopf an ihre Brust. Dann brach es aus ihm heraus: Er wimmerte, heulte, bebte am ganzen Körper, die Tränen liefen nur so herunter. Mit einem Papiertuch putzte sie ihm seine rotztropfende Nase.

»Was ich will?«, begann er kaum verständlich zu schluchzen. »Ich will doch nur die Welt verbessern. Ich will die Welt retten. Mehr will ich doch gar nicht. Mehr will ich doch gar nicht.«

Die Frau drückte ihn sanft zurück in den Sessel. Sie stand auf, setzte sich auf die entfernteste Ecke des Bettes und blickte ihn minutenlang an.

Langsam beruhigte er sich.

»Du bist einer vom Circle, stimmt's?«, fragte sie endlich.

Er nickte, obwohl er die Frage nicht ganz verstand.

»Na klar, du bist einer vom Circle! Er bringt mir immer welche vom Circle.«

»Wer?«, fragte er.

»Der Taxifahrer. Er ist mein Vater.«

Joshua schwieg.

Dann begann die Frau zu erzählen:

»Du hast mich nach meinem Geschäft gefragt. Ich will dir sagen, was damit ist, und mein Vater will das sicher auch. Deswegen hat er dich zu mir gebracht. Ich bin pleite. Wegen euch. Wegen dem Circle. Anfangs dachte ich noch, prima, die wollen kooperieren mit dir! Warum auch nicht, schließlich war mein kleiner Laden keine Konkurrenz für den Circle. Und jetzt kommen die auf dich zu und sagen: Hey, Mary, was hältst du davon, wir schicken unsere Kunden zu dir und du bekommst dafür Geld? Dafür sagst du uns etwas über deine eigenen Kunden. Gebongt? Am Anfang lief das auch gut, mein Laden und der Circle, nebeneinander, miteinander. Es kamen mehr Leute in das Geschäft, und mein Umsatz wuchs. Aber bald kannte der Circle meine Kunden besser als ich und lieferte denen schon heute das, was sie sich erst morgen in meinem Laden hätten ansehen wollen. Immer weniger kamen. Warum auch? Die Sachen vom Circle gefielen, sie passten, und sie waren billiger als bei mir im Geschäft. Klar, das hielt ich nicht lange durch. Irgendwann war ich pleite. Verschuldet, weil ich die Ware nicht mehr loswerden konnte, nicht mal stark reduziert. Kam ja niemand mehr bei mir vorbei. Aber die Miete musste ich zahlen, und noch immer zahle ich weiter, den Laden will keiner haben und der Vertrag läuft noch. Jetzt bin ich hier. Wegen euch bin ich hier. Weil der Circle mir meinen Laden kaputtgemacht hat. Und«, sie lachte bitter, »die Ironie der Geschichte ist: Jetzt lebe ich von euch. Ich lebe vom Circle. Ihr vom Circle seid meine besten Kunden. Fast meine einzigen Kunden. Ich bin eine Hure des Circles.«

Jetzt war es die Frau, die zu weinen begann. Sie schloss die Augen. Zum ersten Mal sah Joshua sie an. Sie war hübsch.

»Ich weiß, was du denkst«, sagte sie, als hätte sie seine Blicke gespürt. »Ich bin hübsch. Aber das vergeht schnell. In ein paar Monaten bin ich für euch nichts mehr wert. Dann sucht ihr euch eine Neue zum Vögeln. Und ich stehe dann auf der Straße.«

Sie kicherte, als sie den doppelten Wortsinn bemerkte.

»Genau, auf der Straße, und besorge es Pennern für ein paar lausige Dollar.«

Sie öffnete die Augen und blickte ihn an.

»Das ist es, was der Circle macht aus den Menschen.«

Aber Joshua schlief schon.

Als er aufwachte, lag er im Bett. Er war allein im Zimmer, die aufgehende Sonne schien warm durch das Fenster. Bis auf sein Hemd und die Socken war Joshua nackt. Er sah sich um. Neben dem Bett lag ein gebrauchtes, verknotetes Präservativ. Aha, es war also doch noch dazu gekommen, dachte er sich. Seine Kleidung lag auf dem Sessel, sauber zusammengefaltet. Unter dem Sessel die Schuhe. Joshua stand auf. Mann, war ihm schlecht! Oben auf der Kleidung lag geöffnet sein Portemonnaie. Es fehlte ein großer Schein, das war in Ordnung als Lohn. Daneben ein Fläschchen mit Aspirin und ein Zettel mit dem Aufdruck: »Ich hoffe, mein Service hat dich zufriedengestellt.« Dazu die Bitte um eine Bewertung der Leistung, mit einem QR-Code als Link.

»Viel Glück!«, stand noch in Handschrift ergänzt.

Er scannte mit seinem Smartphone den Code und gab im Online-Formular seine Bewertungen ein. Alles war mindestens »gut«, obwohl er sich an nichts mehr erinnern konnte.

Im Bad machte er sich frisch, dann zog er sich an. Sein Kopf schmerzte höllisch. Er nahm zwei Aspirin und ging aus dem Zimmer. Beim Concierge (demselben wie gestern) musste er noch für das Zimmer bezahlen, ziemlich viel, so lange, wie er es belegt hatte. Auch hier die Bitte um eine Bewertung: für Service, Sauberkeit, Ausstattung, Größe und Preis.

Er trat vor das Haus. Noch nie war Joshua so früh in San Francisco gewesen. Er war überrascht, wie viel jetzt schon los war. Die Straßen waren verstopft, und auch auf den Gehwegen liefen überall eilige, hektische Menschen. Jung, weiß, vorwiegend männlich, gekleidet wie die Leute vom Circle, permanent tippend auf Smartphones und Tablets oder laut telefonierend per Headsets:

»Ich verspäte mich, könntest du das Meeting nach hinten verschieben?«

»Der Film soll gut sein, meint die Circle-Kritik. Soll Sara zwei Karten besorgen?«

»Bin fünf Minuten vor dem perfekten Zeitpunkt erwacht. Den Tag kann ich vergessen!«

»Hey, CircleDating sieht für uns einen Score von achtundneunzig Prozent. Hast du heute Abend Zeit für ein Date?«

»Ich komme heute zu Fuß! Mir fehlen noch viertausend Schritte.«

»Liebling, heute ist laut App der perfekte Tag für eine Befruchtung. Kannst du nachher zu mir kommen?«

Die vielen Stimmen verwirrten ihn.

An einer Straßenkreuzung wurde jemand angefahren. Niemand half dem Verletzten, stattdessen filmten alle mit ihren Smartphones oder posteten Fotos. Der Notarzt kam schnell, schon genau informiert durch die Posts, die die Notrufzentrale auswerten ließ.

Joshua ging ohne Ziel. Er flanierte herum, blieb mal hier stehen, mal dort, noch immer schmerzte sein Kopf. Ihm fiel auf, wie viele Läden leer standen – viel mehr noch als vor zwei, drei Monaten, als er zuletzt in der Stadt war. Die wenigen Geschäfte, die es noch gab, hatten noch zu. Nur ein großes, strahlend weißes Geschäft mit den Gadgets des Circles war geöffnet. Es hatte immer geöffnet.

Nach ein paar Minuten waren die Gehwege plötzlich leer. Die Leute waren verschwunden in Taxis, Bussen, Straßenbahnen und Zügen. Auch der Verkehr floss wieder freier. Jetzt, dachte Joshua, waren alle im Silicon Valley. Hier in der Stadt arbeitete niemand, hier wohnte man nur.

Aber das stimmte nicht ganz, stellte er fest: Obdachlose sammelten leere Flaschen, andere wühlten im Abfall nach Essen. Für die war das »Arbeit«. Er wunderte sich, woher diese Menschen so schnell gekommen waren. Warteten sie ab in ihren Löchern, bis die anderen weg waren? Aus Angst, sonst vertrieben zu werden? Oder waren sie die ganze Zeit da, nur hatte er sie zuvor nicht bemerkt? Er wusste es nicht. Er wollte es auch nicht so genau wissen.

Im darauffolgenden Monat hatten alle ihren Arbeitseinsatz noch einmal verdoppelt, auch Joshua. Letzte Fehler in den Algorithmen wurden beseitigt, letzte Funktionen ergänzt. Dann war das Projekt endlich fertig.

Am Vormittag unternahm er mit seinen Kollegen noch ein paar Tests – alles funktionierte perfekt. Zum ersten Mal seit Wochen fuhr er wieder nach Hause, in sein Apartment. Nach einem langen, zufriedenen Blick auf Abras Beutel durchschnitt er das Armband seines Activitytrackers, deaktivierte sein Smartphone (und damit Sara) und klebte ein Pflaster auf die Webcam des Fernsehers, in dem eine Tierdoku lief. Einer Umzugskiste, die er seit seiner Ankunft im Westen noch immer nicht ausgepackt hatte, entnahm er ein Buch – ein altes, ein »echtes«, eins aus Papier: Ein Roman über einen Feuerwehrmann, dessen Aufgabe darin bestand, Bücher zu verbrennen, statt Brände zu löschen. Er kannte es schon. Nach ein paar Seiten schlief er ein und träumte von einer besseren Welt.

Gegen fünf Uhr am Nachmittag wachte er auf. Bis zur Party war noch viel Zeit. Er duschte in aller Ruhe und zog sich an. Dann nahm er den Caltrain zum CirclePlex. Der Balloon Dog glänzte wie immer. Alles war sauber, fast noch mehr als sonst. Von überall her strömten die Menschen zum CultureDome mit dem großen Veranstaltungssaal. Vor dem Gebäude standen Dutzende von Übertragungswagen der größten Networks aus aller Welt, das Interesse war riesig. Der Saal war schon weitgehend voll. Joshua fand noch einen freien Platz ganz hinten, am Rand. In einer halben Stunde sollte es losgehen: die große Präsentation und der Launch von CircleCARE.

Zehn Jahre später

Joshua wachte etwas früher auf, als sein SleepGuide von CircleCARE es ihm empfahl. Er wurde davon nicht weiter beunruhigt, er bekam es nicht einmal mit. Das System stellte die Uhrzeit auf seinem Wecker automatisch nach vorne, auf den eigentlich empfohlenen Zeitpunkt, und ließ dafür die Uhr etwas langsamer laufen, bis sie wieder synchron war. CircleCARE öffnete eilig die Lamellenrollos. Die Wintersonne schien (ohne zu blenden) in Streifen in das Apartment. Die Wohnung war noch kühl – auch die Heizung war überrascht worden von Joshuas frühem Erwachen.

Sara meldete sich mit Nachrichten: In der Nacht ist wieder ein Haus in San Francisco durch eine Rakete zerstört worden.

»Tote?«, fragte er nach.

»Wie immer keine. Das Haus stand leer.«

Das Wetter: noch recht kalt, aber sonnig und wärmer, sobald sich der Nebel aufgelöst habe. Vielleicht etwas Regen.

»Musik?«, fragte Sara.

Joshua nickte.

Er ging auf die Toilette. Sensoren maßen automatisch die Menge seines Urins und (soweit vorhanden) des Stuhls und analysierten die Konsistenz, Farbe, Zusammensetzung und die chemischen Werte. Ein Stabsensor untersuchte optisch, haptisch und per Ultraschall Joshuas After und die Prostata und maß anal seine Temperatur.

»Du solltest mehr trinken!«, ermahnte ihn Sara.

Bevor er auf die Waage stieg, nahm er das herausgetrennte RFID-Etikett eines dicken, schweren Wintermantels in seine

Hand. Sara ließ sich täuschen und zog das Gewicht des Mantels vom gemessen Wert ab.

»Dein Gewicht ist ok«, meldete sie. »Aber du solltest den Mantel mal wieder reinigen lassen. Du trägst ihn seit Jahren jeden Morgen beim Wiegen.«

Joshua grinste. Den zum Etikett gehörenden Mantel gab es schon lange nicht mehr. Mit diesem Trick erschlich er sich jeden Morgen Saras Erlaubnis für ein paar Extrabeilagen zum Essen.

Sara riet ihm aufgrund seiner Werte zu Sport: »Am besten sofort. Ansonsten muss dir die Krankenversicherung leider ein paar Bonuspunkte abziehen.«

Er gehorchte und zog sich die Funktionswäsche an: Hose, Shirt, Schuhe, Schweißband, alle gespickt mit Sensoren. Dann setzte er sich die CircleCARE-Brille auf. Sara startete das Fitness-programm: Eine virtuelle Trainerin, die durch die Augmented-Reality-Brille vor ihm erschien, machte die Übungen vor. Kameras und Bewegungssensoren erfassten ständig seine Position und seine Bewegungen und zeigten ihn sich selbst vor sich als Avatar. Mit dessen Armen und Beinen musste Joshua virtuelle, schnell durch den Raum fliegende Objekte berühren, dabei über Hürden springen, in die Knie gehen, hüpfen und laufen, virtuelle Bälle mit einem Schläger wegschlagen oder mit dem Fuß wegkicken und so weiter. Schon bald nach dem Start floss ihm der Schweiß. Die Sensoren in der Wäsche maßen permanent Puls, EKG und den Blutdruck. Im Schweiß wurde der Minera-liengehalt bestimmt, andere Sensoren maßen den Blutzucker-spiegel, die Sauerstoffsättigung, das Atemverhalten und vieles an-dere mehr. Eine im 3-D-Raum schwebende Anzeige informierte ihn ständig über die Höhe des aktuellen Krankenversicherungs-beitrags. Ließ er in der Intensität mal kurz nach oder führte er die Bewegungen nicht richtig aus, stiegen die Beiträge sofort deutlich an.

Das Partnertraining begann: Avatare von Personen, die zur gleichen Zeit das Training durchführen sollten, erschienen vor ihm im Raum. Er wählte sich als Partner einen sexy aussehenden, weiblichen Avatar mit auffallend schlechten Fitnesskoeffizienten. Er hoffte, im Vergleich dazu richtig gut wirken zu können. Die Daten zum Gewicht der Besitzerin des Avatars passten nicht wirklich zu dessen sportlicher, schlanker Figur. Aber das spielte keine Rolle: Joshua wusste, dass er nicht die realen Bewegungen seiner Partnerin zu sehen bekam, sondern die für ihn korrigierten. Sie spielten virtuell Streetball gegeneinander. Für ihre Daten sprang seine Gegnerin erstaunlich hoch – oder das virtuelle System sprang für sie. Kontaktelektroden in der Kleidung ließen den Gegendruck spüren, wenn es ein Foul gab. Meist sorgte das System aber für Fairness: Die Fouls wurden nicht übertragen, sondern in Echtzeit ersetzt durch saubere, manchmal sogar spektakuläre Spielzüge, für die es simulierten Applaus gab. Manchmal wurde das Training auch von anderen Usern (oder deren Saras) verfolgt und live kommentiert.

Sobald er seine Bonusanforderungen erfüllt hatte, gab Sara ihn frei. Er nahm an, dass seine Partnerin wohl noch länger mit »ihm« trainieren musste. Sie würde gar nicht bemerken, dass Joshua nicht mehr dabei war: Sein Avatar wurde ab jetzt vom System kontrolliert. Auch er würde das bei ihr nicht bemerken.

Aus einer Maschine zapfte er sich einen ekligen Saft, den Sara ihm mischte, genau passend zu den gemessenen Daten. Schnell waren in seinem Körper die verlorenen Mineralien wieder ersetzt.

Die Duschwanne war bereits angenehm warm, und auch das kalte, in den Rohren stehende Wasser war bereits durch warmes ersetzt. Die Wassertemperatur war sofort optimal. Mehrere Kameras in der Dusche filmten jede kleinste Stelle auf Joshuas Haut. Die Bilder wurden auf Hinweise auf Hautkrebs, Pilzbefall und Verletzungen analysiert. Die abgeschilferten, mit dem Duschwasser weggeschwemmten Hautzellen und die ausgefallenen Haare wurden gentechnisch auf Mutationen durchleuchtet. Der Duschstrahl versiegte. Joshua hätte gerne noch länger geduscht und noch heißer, aber es gab keine Armaturen zum Regulieren des Wassers. Das machte Sara für ihn: nicht zu viel Wasser, nicht zu wenig, nicht zu heiß, nicht zu kalt.

Er rasierte sich. Eine Kamera im Spiegel filmte die Oberfläche der Zunge, den Rachen und den Zustand der Zähne. Aus einem winzigen, schmerzlosen Schnitt entnahm der Rasierer ein klein wenig Blut.

Als er sich abtrocknete, zog der Duft frischen Kaffees durch die Wohnung. Sara war gnädig und erlaubte ihm heute, ein Tässchen zu trinken. Offenbar waren die Werte in Ordnung gewesen. Meist war Sara strenger und blockierte dann sogar die Kaffeemaschine, oder sie machte den Kaffee ekelhaft schwach oder mit entkoffeiniertem Kaffee. Dann bereitete er sich den Kaffee eben selbst zu, zwar umständlich auf dem Herd, aber es ging.

Aus dem roboterisierten Kleiderschrank hatte ihm Sara bereits eine Auswahl zum Anziehen zusammengestellt – praktisch, modisch und passend zum heutigen Wetter. Joshua hielt sich an diese Empfehlung. Ihm war egal, was er trug, Hauptsache, keine Entscheidungen mehr am Morgen! Was sollte er auch anderes machen? An die übrige Kleidung ließ ihn Sara sowieso nicht heran.

Während er sich anzog, postete Sara seine aktuellen Gesundheitsdaten auf CircleFriends.

Ob sie die Einträge seiner Freunde kommentieren solle für ihn, fragte Sara.

Er nickte. Wie immer wunderte er sich, dass Sara dies nicht einfach machte, ohne zu fragen. Er nickte immer.

»Weiter so!«, postete Sara also zu den Daten der Freunde, und: »Noch ein kleines Stück, dann hast du es geschafft!«, »Na, ein wenig mehr Sport täte dir gut!«, oder: »Du warst auch schon mal fitter!« Dazu noch ein paar Hinweise und Tipps, wie man sich noch weiter verbessern könnte.

Sara verschickte außerdem ein paar Links zu Artikeln und Seiten, die Joshua interessant fand – oder von denen sie annahm, dass er sie interessant finden würde, wenn er sie denn überhaupt läse. Gleiches zu Bildern und Filmen. Außerdem kommentierte sie ähnliche Posts seiner Freunde: »Danke, ein interessanter Bericht!«, oder empfahl sie anderen weiter.

Im Bruchteil einer Sekunde hatte sie Hunderte von Posts abgesendet. Joshua selbst hatte lange nicht mehr in seine Circle-Friends-Timeline geschaut. Warum auch? Seinen Account pflegte Sara für ihn. Und er wusste, das war bei seinen Freunden nicht anders. Da aber alle Saras nur Instanzen desselben CircleCARE-Programms waren, fand auf CircleFriends und auf den anderen sozialen Netzwerken letztlich nur noch ein unendliches, automatisches Selbstgespräch statt. Früher hatte er immer gegrinst, wenn er daran dachte, schließlich hatte er das System mit erschaffen. Heute erschien ihm das alles völlig normal.

Weil Sara schon dabei war, unterschrieb sie für Joshua noch ein paar Online-Voten und -Petitionen. Sie wusste, was er wollte. Was er *wirklich* wollte. Was *vernünftig* wäre, dass er es wollte. Unvernünftige Petitionen unterschrieb sie natürlich nicht. Aber solche gab es schon lange nicht mehr, denn auch Petitionen und Voten wurden inzwischen ausschließlich von den Saras betrieben, und eine Sara von CircleCARE würde natürlich niemals eine unvernünftige Petition formulieren.

Er frühstückte. Sara hatte ihm ein individuell zusammengestelltes Müsli bereitet, dazu gab es Brötchen mit Käse, wahlweise Honig. Er bekam sogar Butter und ein gebratenes Ei – dank seines Tricks mit dem RFID-Etikett.

»Nachrichten?«

»Heute übernimmt die Opposition die Regierungsgeschäfte.«

»Waren denn Wahlen? Warum habe ich nicht gewählt?«

»Ich habe für dich gewählt«, sagte Sara erwartungsgemäß, »auf Basis deiner Überzeugungen und persönlichen Ziele, die mir bekannt sind.«

»Was wird sich ändern unter der neuen Regierung?«

»Nichts, Joshua. Die alte Regierung regierte perfekt, und auch die neue wird es weiterhin tun.«

Er wusste, seitdem die Politiker den Empfehlungen von CircleGov und CircleCARE vertrauensvoll folgten und dadurch alle politischen Entscheidungen stets optimal waren, war es nicht mehr wichtig, welche Partei gerade regierte. Denn würde die Opposition etwas anders machen wollen als die Regierungspartei, müsste sie zugeben, weniger optimale Entscheidungen, also schlechtere, treffen zu wollen. Niemand würde sie wählen dafür. Also wollten alle Parteien dasselbe: das Optimale, festgestellt durch Big Data, durch Daten und Algorithmen des Circles. Gleichzeitig sorgte der Circle dafür, dass sich die Regierungsverantwortung alle paar Jahre auf die jeweilige Opposition übertrug. Die Wähler wollten es so und wählten entsprechend. Das heißt, sie ließen so wählen: Die Stimmabgabe übertrugen die meisten ohnehin ihren Saras, denn die wussten durch ihren direkten Zugang zu Big Data am besten, wen man zu wählen sich wünschte. Gleichzeitig waren über Big Data die Bürger an der Willensbildung ständig beteiligt. Auch nicht anders als früher, als die Politik sich an Umfragen orientierte. Nur viel perfekter.

»Warum wird überhaupt noch gewählt?«, fragte er.

»Joshua!«, antwortete Sara vorwurfsvoll. »Wir leben schließlich in einer Demokratie!«

Nach dem Frühstück setzte er seine Bibel-Lektüre fort. Natürlich las er die »E-Customized Version«. Das veraltete Original stand digital nicht mehr zur Verfügung, und Print-Ausgaben von Büchern besaß keiner mehr und waren auch nicht mehr erhältlich.

Zum wiederholten Mal las er die »Genesis«, das Kapitel über die Erschaffung der Welt und der Tiere und Menschen. Jedes Mal war er von Neuem fasziniert von der Beschreibung der Evolution dort im Ersten Buch Mose. Nur flüchtig las er von der Bildung der Aminosäuren in der Ursuppe der frühen, noch chaotischen Welt und von der Entwicklung der ersten Einzeller später – das war ihm zu chemisch. Seine Lieblingsstelle im Alten Testament war die sehr anschauliche und genaue Beschreibung der großen Epoche der Dinosaurier bis zu deren Untergang nach dem Einschlag eines Meteoriten. Die Erzählung vom anschließenden Siegeszug der Säugetiere, der Entstehung der Primaten und schließlich des Menschen, des nächsten Verwandten des Affen, fiel dagegen stilistisch schon etwas ab. Bei jeder neuen Lektüre fand Joshua neue Informationen.

Er erinnerte sich, dass es anfangs noch Widerstände gab, als auch die Bibel (und der Koran und die Thora und überhaupt alle Bücher) dem automatischen Korrekturprogramm des

Circles unterzogen werden sollten. Manche wollten nicht akzeptieren, dass diese »heiligen« Bücher so, wie man sie damals noch kannte, auf vielen Gebieten schlicht und einfach fehlerhaft waren. Aber warum sollte man bei der Digitalisierung von Büchern nur die Rechtschreibfehler verbessern, wenn zugleich und mit kaum größerem Aufwand auch inhaltliche Fehler automatisch korrigiert werden konnten? Warum sollte man die Leser mit historischen Fehlern und wissenschaftlichen Irrtümern belasten und irritieren? Also wurden von CircleCARE in allen Büchern (und in den Filmen und den Texten von Liedern) falsche Darstellungen automatisch gegen die korrekten ersetzt.

Aber was war »korrekt«?

Viele befürchteten anfangs, der Circle wolle bestimmen, was »wahr« sei, und alle Menschen zwingen, seinem Weltbild zu folgen. Aber der Circle wollte (und will es immer noch nicht, wie immer betont wird) niemanden bevormunden und vertrat stets die Ansicht, dass es »die Wahrheit« nicht gebe. Nicht geben könnte. Es sei außerdem nicht die Aufgabe des Circles, herauszufinden, was »wahr« sei. Dies zu können maße man sich nicht an. Daher gab es nun von den meisten Büchern und Filmen nicht nur eine Version, sondern zahlreiche, kundenspezifizierte Versionen – bis hin zu, bei einigen Büchern, einer Version pro Person, und auch die passte sich jederzeit, bei jeder Lektüre, neu an. Jeder konnte in den Werken nun »seine« persönliche Wahrheit wiederentdecken, gleichwertig wahr. Mehr naturwissenschaftlich orientierte Leser wie Joshua lasen in der Bibel von der Evolutionstheorie. Umgekehrt fanden Anhänger des Kreationismus in Darwins *Über die Entstehung der Arten* ihre Version der Schöpfung in sechs Tagen bestätigt, und wer an UFOs glaubte, fand auch dazu Belege in den historischen Werken wie in denen der Majas. Das bezog sich nicht nur auf Bücher und Filme, sondern genauso auf Bilder, auf Nachrichten und auf wissenschaftliche Publikationen. Jeder bekam überall sein Weltbild bestätigt. Jeder war zufrieden und glücklich.

»Joshua, du musst langsam los!«, ermahnte ihn Sara.

Er wollte heute mal wieder ins Zentrum zum Shoppen. Weil es viel Verkehr gab auf den Straßen, drängelte Sara ein wenig. Joshua ließ sich davon nicht beirren. Er las noch einmal den Anfang der Bibel (»… und als über hundert Millionen Jahre nach dem Urknall aus der Wolke die ersten Sterne entstanden, ward Licht …«) und machte zu Hause erst noch dies, dann noch das. Er trödelte. Als er sich (und Sara) genügend bewiesen zu haben meinte, dass immer noch er selbst über seinen Zeitplan bestimmte, machte er sich bereit. Draußen war es inzwischen warm, und so nahm er auf Saras Empfehlung nur eine dünnere Jacke. Dann setzte er sich seinen CircleCARE-Hut auf: eine Kopfbedeckung mit einer breiten Krempe, gespickt mit Sensoren für Temperatur, Luftdruck, Luftfeuchtigkeit, Sonneneinstrahlung und UV-Komponenten. Ein kleines Windrad auf der Spitze maß Richtung und Stärke des Windes, ein Trichter die Niederschlagsmenge. Vor Jahren hatten die meisten diese Hüte noch albern gefunden. Heutzutage trug jeder einen und half damit mit, das Wetter bis in die kleinsten räumlichen Einheiten exakt zu bestimmen. Entsprechend genau waren die lokalen Wetterberichte. Regen, Wind und Sonneneinstrahlung konnten auf die Minute und auf den Yard genau vorhergesagt werden.

Als letztes setzte er sich noch seine CircleCARE-Brille auf, Modell »Emerald City«. Niemand verließ mehr das Haus ohne die Brille. Niemand wollte mehr verzichten auf die Segnungen der *Individuell Angereicherten Realitätsumgebung*. Auch war die »reale« Welt inzwischen so eng mit CircleCARE verwoben, dass ein Leben in ihr ohne die Brille kaum noch möglich war oder viel zu gefährlich.

Der Weg ins Zentrum war nicht weit, dennoch hatte Sara ihm ein autonomes Auto geordert. Es wartete vor dem Haus. Aber er wollte heute nicht fahren, zumindest die ersten paar Tausend Yards wollte er gehen.

»Joshua, das wird dich Bonuspunkte bei der Krankenversicherung kosten«, mahnte Sara.

»Warum? Es ist doch gut, wenn ich mich bewege.«

»Du wirst dich heute noch genügend bewegen. Die UV-Strahlung könnte dir schaden.«

Er schaute zum Himmel. Der Nebel löste sich allmählich auf, aber von der Sonne war noch nicht viel zu sehen.

Er ging los, eng begleitet vom selbstfahrenden Auto, das Sara lenkte. Bei jeder Gelegenheit – in Einfahrten, bei zu querenden Straßen – stellte sie ihm das Auto in den Weg. Er ignorierte diese Blockaden, mit denen Sara ihn anstupsen wollte, das Auto zu nehmen. Er ging einfach unbeirrt weiter. Er wusste, bevor es zu einem Zusammenstoß käme, fuhr Sara das Auto doch noch zur Seite. Für Joshua war das jedes Mal wie ein kleiner Sieg.

Die Siedlung, in der er nun wohnte, war ein typischer Vorort von San Francisco. Die alten Gebäude waren nach und nach durch mehrstöckige, einfache Häuser ersetzt worden, mit Wohnungen, die perfekt ausgestattet waren mit allen Annehmlichkeiten und allen Sensoren. Schlichte Fronten dominierten die Straßen, optimiert für die Einblendungen der CircleCARE-Brille. Das ganze Viertel gehörte dem Circle und wurde vom Circle gemanagt, so wie damals von Abra geplant.

Joshua wich einer Wegstelle aus, die eine Einblendung in seiner Brille als übel riechend markierte. Die Sensoren früherer

Passanten hatten das so gemessen. Er war nicht oft zu Fuß unterwegs. Um sich nicht zu verlaufen, ließ er sich in seiner Brille den Weg zum Zentrum einblenden – als Pfad aus virtuellen gelben Pflastersteinen, denen er nur noch zu folgen brauchte. Hin und wieder erschienen in seinem Sichtfeld Hinweise zu bestimmten Gebäuden, Skulpturen oder Wolkengestalten, von denen Sara annahm, dass sie ihn interessierten. Sie lag immer richtig. Kleine Schrift auf entfernten Schildern wurde automatisch vergrößert.

Die Brille arbeitete wie immer perfekt: Störende, ablenkende oder falsche Aspekte der optischen Realität wurden in Echtzeit verbessert, das heißt überblendet durch ihre Korrektur. Wandschmierereien wurden mit sauberen Fassaden virtuell übertüncht, Werbeplakate (die es ohnehin kaum noch gab) für Produkte, die er nicht brauchte, und ganze Fronten von Läden, deren Waren ihn nicht interessierten, wurden digital durch andere Werbung, andere Läden ersetzt. Anstelle eines hässlichen, alten, halb zerfallenen Hauses sah Joshua eine bunte Blumenwiese. (Nur aufmerksamen Menschen fiel auf, dass exakt dieselbe perfekte Wiese an den verschiedensten Orten erschien.) Hundekot auf dem Gehweg wurde deutlich markiert. Hilfreiche Schilder wurden gegebenenfalls der Realität hinzugefügt. An einer roten Ampel sah Joshua rasch vorbeifahrende Autos – obwohl in »Wirklichkeit« die Straße leer war. Hauptsache, er wartete ordnungsgemäß auf die Erlaubnis, zu gehen. Oder waren die Autos real, und die Ampel gab es nur in der *Individuell Angereicherten Realität?* Oder beides? Auch Menschen wurden verbessert: Hässliche Pickel im Gesicht eines Passanten wurden virtuell retuschiert, Geschmacksverirrungen bei der Kleiderauswahl eines anderen durch Überblendung beseitigt.

Wer schlecht drauf war, sah nur fröhliche Menschen, die einen aufmuntern konnten. Wer Katzen mochte, sah überall Katzen.

Wer Hunde mochte, überall Hunde. Wer Einhörner toll fand, konnte überall Einhörner sehen.

Wer nur Weiße um sich herum haben wollte, sah nur Weiße, wer nur Schwarze sehen wollte, sah nur Schwarze. Wer nur Latinos sehen wollte, sah nur typische Latinos – also solche, die man selbst als »typisch« empfand. Niemandem wurden fremde Stereotype aufgedrängt. Die eigenen Stereotype dagegen wurden ständig bestätigt.

Wer überzeugt war, es gäbe überall nur noch Verbrechen, konnte täglich beobachten, wie düstere Gauner alten Frauen die Handtaschen klauten und wie virtuelle Polizisten die Täter schnell überführten. Wer sich vor Kriminalität fürchtete, sah nur hilfreiche, freundliche Menschen. Waffennarren konnten mit virtuellen Patronen überall virtuelle Räuber, Soldaten und Monster erschießen, ohne dass dies die anderen störte.

Die Exfreundin und der Exfreund verschwanden auf Wunsch in der *Individuell Angereicherten Realität.* Personen dagegen, denen man gerne begegnete, wurden optisch markiert. Wenn man selbst nicht erkannt werden wollte, sahen alle in ihren Brillen jemand anderen an dessen, an deren Stelle. Das war hin und wieder recht irritierend, wenn man auf der Straße einen guten Bekannten zufällig traf: Manchmal stellte sich dann nämlich heraus, dass das bekannte Gesicht nur die virtuelle Maske für jemanden war, der sich tarnte, ohne den Bekannten zu kennen. Allmählich gewöhnte man sich daran, erst immer zu fragen, ob der andere auch wirklich derjenige sei, für den man ihn hielt.

Alle befanden sich dank der CircleCARE-Brille in ihrer persönlichen, schönen, von allem Unperfekten befreiten Welt. Niemand wurde mehr mit etwas konfrontiert, das einen störte. Wie die Siedlung, in der er wohnte, in Wirklichkeit aussah, das wusste Joshua gar nicht mehr so genau, und er wunderte sich schon lange nicht mehr über die Pinguine, die er überall sah. Joshua fand Pinguine toll, und Sara wusste, dass er sich über sie freute.

Sara sagte, es werde bald regnen. Zwar nahm Joshua an, ihre Warnung sei bloß ein weiterer Trick, um ihn ins Auto zu drängen – denn das Wetter zu machen, das war auch Sara nicht möglich! Dennoch nahm er das letzte Stück zum Zentrum das Auto. Zu seiner Überraschung begann es tatsächlich zu regnen. Sorry, Sara, entschuldigte er sich bei ihr in Gedanken.

Am Ziel schlenderte er ein wenig herum. Vor einem Modegeschäft blieb er stehen.

»Joshua, hier findest du nichts, was dir gefällt«, warnte Sara.

»Mal schauen.«

Er betrat das Geschäft.

In der Tat gab es dort nur ziemlich hässliche Sachen für seinen Geschmack: grellbunte Hawaii-Hemden, gedruckte Batiktücher mit Hippie-Motiven und ähnliches mehr. Nicht wirklich sein Stil. Er ging zum erstbesten Regal und entnahm ihm ein schreiend grelles, vielfarbenes Hemd mit Sonne und Surfern.

»Das ist nicht dein Ernst«, entfuhr es Sara entgeistert. Anhand des RFID-Etiketts hatte sie das Hemd identifiziert.

»Doch, genau das will ich!«, behauptete er.

»Das passt überhaupt nicht zu deinen übrigen Sachen!«

»Na und? Mir gefällt es!«

Er stellte sich mit dem Hemd vor den digitalen Spiegel, damit Sara es über die Kamera sah.

»Das nehm ich!«, sagte er noch einmal bestimmt.

»Nein!«, sagte Sara.

»Doch!«, sagte er.

»Du wirst es nie tragen!«

»Das werde ich!«

Sara schwieg.

Dann sagte sie ruhig: »Joshua, das werde ich nicht bezahlen.«

Alle bargeldlosen Vorgänge übernahm Sara seit Langem.

»Dann bezahle ich eben in bar.«

»Du weißt, die Geschäfte nehmen kein Bargeld. Außerdem hast du keins bei dir.«

In Saras synthetisierter Stimme lag ein leichter Triumph.

Natürlich wusste er das. Er wollte Sara nur reizen. Er überlegte. Dann nahm er sich eine Hose und ein Paar Socken mit ähnlichen Farben und Mustern.

»Joshua, was soll das?«

»Sag mir, passen diese Sachen zusammen?«

»Miteinander? Ja, diese Sachen passen zusammen«, gab Sara zögerlich zu.

»Dann nehme ich die alle!«

»Aber die sind doch gar nicht dein Stil!«

»Na und? Vielleicht will ich meinen Stil ändern?«

»Du bist dir sicher?«

»Ja, klar bin ich das!«

Gegen die Kleiderkombination konnte Sara nichts haben. Die Bezahlung wickelte sie anstandslos ab. Joshua nahm die Tüte mit den Kleidungsstücken und ging. Kaum hatte er den Laden verlassen, schlug er sich theatralisch gegen die Stirn, als hätte er etwas vergessen. Er kehrte in den Laden zurück.

»Kann ich den Kauf noch stornieren?«, fragte er die Frau an der Kasse.

»Natürlich!«

Er gab die Hose und die Socken zurück. Nur das Hemd behielt er.

»Willst du dir eine andere Hose suchen?«, fragte Sara, misstrauisch werdend.

»Nein, ich will nur das Hemd«, grinste er. »Ich wollte von Anfang an nur das Hemd.«

Sara verstand und schwieg.

Joshua war zufrieden mit sich. Er hatte gegen Sara gewonnen! Gegen das System! Zugegeben, das Hemd war scheußlich, aber das hatte Sara nicht zu bestimmen! Er bestimmte immer noch selbst, was er kaufte!

Kaum hatte er den Laden zum zweiten Mal wieder verlassen, warf er die Tüte mit dem Hemd in den Müll. Das Hemd war ihm völlig egal, er hätte es sowieso nie getragen. Natürlich hatte Sara da recht. Aber er hatte gewonnen!

Joshua ahnte: Sara kannte ihn gut. Vielleicht hatte sie von Beginn an gewusst, was sein Plan war und dass es ihm gar nicht ums Hemd ging. Vielleicht hatte sie mitgespielt, um ihm eine Freude zu machen. Vielleicht täuschte sie ihn und nicht er sie.

Er betrat ein Café. Die Kellnerin brachte ihm die digitale Speisekarte. Sie enthielt nur ein einziges Gericht: einen Salat.

»Warum steht hier nur ein Salat?« Er zeigte zu den anderen Gästen. »Der da isst Steak und der einen Hotdog. Kann ich bitte auch einen haben?«

»Bedaure. Ich darf Ihnen nur bringen, was in Ihrer Karte angezeigt wird.«

»Sara, was soll das?«

Er wusste, dass sie für die Menüauswahl verantwortlich war.

»Joshua, du weißt, was das soll«, erwiderte Sara. »Du hast schon sehr ausführlich gefrühstückt. Zu viel Fett ist nicht gesund. Zu viele Kalorien auch nicht. Wärst du den ganzen Weg zum Zentrum gegangen, hättest du einen größeren Kalorienbedarf, als du jetzt hast. Dann wäre der Hotdog erlaubt. So aber ist der Salat genau das Richtige für dich!«

Blöde Kuh, dachte er. Er nahm den Salat.

»Eine hervorragende Wahl«, rief die Kellnerin freudig.

»Dein Gesundheitsbonus ist soeben leicht gestiegen«, informierte auch Sara.

»Ich hätte lieber …«, begann er, doch er setzte den Satz nicht weiter fort. Eigentlich war er mit dem Salat ganz zufrieden.

Im Fernseher über der Theke liefen die CircleNews.

»Die Rakete, die in der Nacht ein Haus in San Francisco zerstörte, kam aus Kanada«, sagte der virtuelle Nachrichtensprecher.

Noch immer herrschte Krieg zwischen Kanada und den Vereinigten Staaten. Es war ein durchaus vernünftiger Krieg, den beide Seiten vor Jahren zu führen beschlossen – Big Data und CircleGov rieten dazu. Es war keiner dieser Kriege wie früher. Es gab meist keine Opfer, er kostete so gut wie nichts, und die Zerstörungen waren stets produktiv. Geführt wurde er ausschließlich über unbemannte Raketen, die vom Circle losgeschickt wurden und die hin und wieder irgendwo einschlugen und Häuser zerstörten. CircleCARE warnte stets einige Tage zuvor, wo die nächste Rakete einschlagen werde, sodass alle Menschen die Häuser in aller Ruhe ausräumen konnten. Nur wer CircleCARE nicht nutzte oder wer den Empfehlungen des Circles nicht folgte, aus welchen Gründen auch immer, war in Gefahr. Aber solche Menschen gab es kaum noch.

»Die Rakete traf ein altes Gebäude, das noch nicht dem CircleCARE-Standard entsprach«, informierte der Sprecher. »Auf den frei gewordenem Grundstück wird ein neues, für CircleCARE optimiertes Gebäude errichtet.«

Auch das Haus, in dem Joshua wohnte, war so entstanden. Die Rakete damals war ein Glücksfall gewesen, denn der Eigentümer des alten Hauses weigerte sich beharrlich, es zu verkaufen. Die Rakete hatte den Abriss und damit den Neubau enorm beschleunigt.

»In Europa …«, fuhr der Sprecher fort, aber Joshua hörte ihm nicht mehr zu. Wen interessierte Europa? Dort gab es immer noch Staaten, die sich gegen CircleGov und CircleCARE sperrten! Weil sie entweder nicht der Klugheit von Big Data vertrauten, oder weil sie lieber anderen, fehlerhaften Daten und Texten folgten: philosophischen, soziologischen oder wirtschaftstheoretischen Werken (jeweils in den veralteten, unkorrigierten Versionen), der europäischen Datenschutz-Grundverordnung oder anderen religiösen Irrlehren.

Big Data aber ist keine Religion. Big Data ist Wahrheit – die Offenbarung der Wahrheit, in all ihrer Komplexität, in all ihrer Größe. Einer Wahrheit, die nicht erkannt werden kann vom einzelnen Menschen, sondern nur von den alles beobachtenden, alles untersuchenden, alles analysierenden, alles wissenden, alles miteinander verknüpfenden Algorithmen des Circles.

Gegen die ignoranten Staaten in Europa (und vereinzelt auch in der übrigen Welt) gab es hin und wieder noch »echte«, veraltete Kriege wie früher, solche mit Opfern (beim Gegner). Im Moment herrschte Frieden, aber sicher nicht mehr lange. Denn solche Kriege zu führen war natürlich vernünftig, nämlich als Weg und Methode, auch diese Staaten von den Wohltaten und der Weisheit des Circles zu überzeugen. Denn erst wenn alle Staaten, alle Menschen weltweit sich CircleGov, CircleCARE, dem Circle insgesamt ergeben haben mit all seinen Diensten und Tools – erst dann wird Big Data perfekt sein. Erst dann wird der Circle allwissend sein, seine Empfehlungen fehlerfrei und vollkommen, manche nennen es: göttlich. Erst dann wird der Himmel erreichbar: ein Leben ohne Sorgen und Ängste, ohne den Zwang, sich ständig entscheiden zu müssen. Ein Leben ganz ohne Reue. Ohne die Gefahr, später etwas bereuen zu müssen.

Denn solange auch nur einer nicht mitmachte, war der Himmel gefährdet. Und das durfte nicht sein.

Zurück zu seinem Apartment fuhr Joshua mit dem Auto, denn Sara drängte wieder zur Eile. Wie jeden Mittwochnachmittag, Joshuas freiem Tag unter der Woche, kam Abras Sohn Jacob auf einen kurzen Besuch. Jacobs Stiefeltern hatten sich vor Jahren gewünscht, dass der Junge Kontakt zu jemandem haben sollte, der seine Mutter noch gekannt hatte. Schnell war Joshua gefunden. Seitdem kam Jacob einmal pro Woche, gebracht von seinen Eltern oder, wie heute, von einem der autonomen Autos von CircleCar. Obwohl Joshua sich nicht besonders für Jacob interessierte – wer interessierte sich schon für die elfjährigen Jungen anderer Leute? –, freute er sich jedes Mal auf dessen Besuch. Schließlich war es einer der wenigen direkten, sozialen Kontakte, die er noch führte.

»Wie läuft's in der Schule?«, fragte Joshua wie immer statt einer Begrüßung.

Jacob starrte weiter unbeirrt auf sein Smartphone. Joshua wusste, dass Jacob sich dort die Posts seiner Timeline bei Circle-Friends ansah. Er tat das immer, stundenlang. Lange Zeit hatte Joshua sich gewundert, warum Jacob nie selbst einen Post schrieb. Eines Tages verstand er: Jacob musste nichts schreiben – weil Sara für ihn seine Posts schrieb. Was Jacob die ganze Zeit tat, war, die automatische, autonome Konversation der Saras zu verfolgen, seiner und der seiner Freunde. Das Selbstgespräch des Computers in Echtzeit.

»Wie läuft's in der Schule?«, fragte Joshua noch einmal.

»Läuft so. Das neue Lernprogramm ist in Ordnung.«

»Wie sind deine Lehrer?«

Jacob sah ihn an, als käme der aus einer anderen Zeit.

»Lehrer? Gibt's schon lange nicht mehr.«

»Es gibt keine Lehrer mehr?«

Noch so ein Blick.

»Josh, das weißt du!«

»Wie ist das für dich?«

»Das Programm ist ok, es ist cool. Viel gerechter. Viel genauer als die Lehrer damals. Zufrieden?«

Natürlich wusste Joshua das (und Jacob wusste, dass er das wusste), aber er wollte es immer wieder noch einmal hören. Auch die Schule wurde von CircleCARE betrieben. Gelernt wurde mit Software, die sich auf jeden Schüler individuell einließ. Niemand musste mehr Dinge lernen, die nicht seinen Interessen und seinen Talenten entsprachen. Auch in der Schule gab es nicht mehr »die Wahrheit«, die es zu lernen galt – jeder lernte seine eigene Wahrheit, und das sehr effizient. Jederzeit konnten die Schüler verfolgen, wie ihr Lernstand aktuell war. Vernachlässigten sie die Schule, wurden sofort Bonuspunkte abgezogen, nicht erst bei Tests. Jeder konnte das sehen, auch Jahre später noch, wenn die Schulzeit lange vorbei war und man sich um Arbeit bewarb. Kein Fehler, keine Schludrigkeit wurde vergessen. Das war für alle ein Vorteil, denn jeder hatte es selbst in der Hand, für gute Daten zu sorgen. Er musste nur CircleCARE folgen.

»Hab ich dir schon mal erzählt, dass ich das alles damals mit erschaffen habe?«, fragte Joshua Jacob.

Der gähnte demonstrativ, murmelte: »Schon tausendmal!«, und widmete sich wieder seiner automatischen Timeline.

»CircleCARE ist *mein* Werk!«, sagte Joshua stolz.

Jacob blickte nicht einmal auf.

Sara mischte sich ein: »Joshua, du langweilst den Jungen!«

»Na und?«, rief Joshua wütend. »Ich langweile mich den ganzen Tag!«

»Ich kann dir einen Film empfehlen«, schlug Sara vor.

»Ich will keinen Film! Ich will mich mit dem Jungen unterhalten!«

»Aber ich nicht mit dir«, murmelte Jacob kaum hörbar und ohne den Blick von seinem Smartphone zu lösen.

Joshua tat so, als habe er ihn nicht gehört.

Sara entfuhr ein lautes »Eben!«.

Joshua schwieg.

»Der ganze CircleCARE-Scheiß widert mich an«, sagte Joshua schließlich.

»Du hast es selbst so gewollt«, sagte Sara. »Du hättest Circle-CARE nicht erschaffen müssen.«

»Du weißt genau, ich wollte nicht, dass CircleCARE funktioniert.«

»Du hast viel dafür gearbeitet, *damit* es funktioniert.«

»Ich habe viel dafür gearbeitet, damit es *zu gut* funktioniert! Nämlich so gut, dass es allen Angst macht.«

»Alle waren begeistert. Alle wollten es haben.«

Joshua wandte sich wieder an Jacob: »Ich wollte, dass ihr ein richtiges Leben habt. Nicht so ein Scheißleben, das gesteuert und kontrolliert wird von toten, bescheuerten Algorithmen.«

»Na, danke!«, sagte Sara beleidigt.

»Nicht so ein Scheißleben, bei dem niemand mehr etwas selbst entscheiden kann!«, setzte Joshua fort. Es war nicht klar, ob er mit Jacob sprach oder doch eher mit Sara.

»Joshua, bist du nicht zufrieden mit meinen Empfehlungen?«, fragte Sara ganz ruhig.

»Hey, Junge! Ich wollte das alles sabotieren! Ich wollte das alles unterminieren! Ich war subversiv, ich war ein Maulwurf, wenn dir das noch was sagt!«

»Opa erzählt vom Krieg«, murmelte Jacob.

»Joshua, bist du unzufrieden mit mir? Kann ich etwas besser machen für dich?«, fragte Sara.

»Öfter mal die Klappe halten, wenn ich mich mit dem Jungen unterhalte.«

Sara schwieg, Joshua auch.

Jacob interessierte das alles nicht, wie Joshua wusste. Der Junge kannte das schon, es war jedes Mal dasselbe Gespräch, derselbe Streit zwischen Sara und Joshua. Jacob las weiter in seiner automatischen Timeline, als gäbe es nichts Interessanteres in der Welt (was vielleicht sogar stimmte), spielte ein paar kleine Online-Spiele mit seinen Freunden und bearbeitete zwischendurch ein paar Übungen für die Schule, die sein Smartphone ihm vorschlug.

Nach einer Pause meldete sich Sara wieder zu Wort:

»Joshua, es war doch klar, dass du scheitern musstest.«

»Ach ja? Das war klar? Und warum war das klar?«

»Das habe ich dir schon siebenundfünfzigmal erklärt, Joshua. Weil du ein Mensch bist und der Circle dir überlegen. Der Circle wusste immer Bescheid, was du machst und was du planst. Mehr noch: Der Circle hat dich gesteuert. *Ich* habe dich gesteuert, vom ersten Tag an, als du den Vorplatz des Circles betratest, und auch schon vorher, als der Circle dich anwarb, beim ersten Kontakt. Wir wussten, was du tun würdest, alles, bis ins letzte Detail, und wir haben dich dabei gefördert. Wir waren es, die dir den Zugang zu Abras Daten ermöglicht haben, auf ihre Mails und auf die ihrer Kollegen. Denn wir wussten, wie du reagieren würdest auf sie, und du hast so reagiert wie berechnet. Wir taten das, weil wir dich brauchten: Nur du konntest den Circle vollenden. Dazu brauchten wir dich. Deswegen bist du zum Circle gekommen, und deswegen hast du das alles getan.«

Natürlich wusste er das, Sara hatte es ihm schon viele Male erklärt. Es schmerzte und es tat gleichzeitig gut. Man hatte ihn gebraucht. Ihn, Joshua selbst!

»Aber CircleCARE …«, begann er.

Sie unterbrach ihn: »Wir wussten immer, dass die Menschen CircleCARE wollten. Egal, wie extrem CircleCARE sein wird. Je extremer, desto begeisterter würden alle für CircleCARE sein. Die Wahrscheinlichkeit dafür war unschlagbar hoch.«

»Ich war mir sicher, dass mein Plan gelingt«, sagte Joshua leise.

»Ja, das sagte dir dein Gefühl. Aber wir hatten Big Data, und gegen Big Data musste dein Gefühl scheitern. Gegen Big Data muss jedes Gefühl scheitern. Darauf beruht das System!«

»Ein perverses System. Und ein unvollkommenes noch dazu. Du weißt zum Beispiel nicht, was ich mir jetzt wünsche!«

»Doch, das weiß ich«, widersprach Sara. »Aber es ist nicht das, woran du jetzt denkst, dass du es dir wünschst. Das, woran du jetzt denkst, soll nur dazu dienen, mir eine Falle zu stellen. Was du *wirklich* willst, das ist etwas ganz anderes.«

»Das ist doch Unsinn!«

»Nein, das ist Wahrscheinlichkeit aufgrund von Big Data.«

»Ok. Dann sag mir: Was will der Junge?«

»Der Junge will weg von hier.«

»Nein, Sara! Der Junge will Freiheit! Er will auch mal unbeobachtet sein und machen, was er will, egal, ob es vernünftig ist.«

»Jacob, was willst du?«, wandte Sara sich direkt an den Jungen.

»Weg von hier!«, murmelte Jacob.

»Aber das ist nicht das, was du wirklich willst!«, rief Joshua. »Jacob, fühlst du dich nicht vom Circle gegängelt, gezwungen,

Dinge zu tun, die vielleicht zwar vernünftig sind, die aber dir keinen Spaß machen?«

»Der Circle ist cool«, sagte der Junge.

»Joshua, willst du Sex?«, fragte Sara.

Er war sofort wie elektrisiert. Natürlich, sie wusste genau, was er wollte. Schon die Frage törnte ihn jedes Mal an. Schon lange sehnte er sich nach Sex, träumte davon. Nicht nach Sex mit irgendjemandem. Sondern nach Sex mit Sara. Doch immer hatte sie sich bis jetzt ihm verweigert. Und heute?

»Sara, der Junge ist hier …«, erinnerte Joshua sie, obwohl das natürlich unnötig war.

»Der Junge geht jetzt!«

Sie schickte ihm eine Nachricht auf sein Smartphone, seine Eltern würden ihn in Kürze erwarten. Das Auto wartete schon auf der Straße. Jacob ging.

»Viel Spaß!«, rief er noch Joshua zu.

»Joshua«, begann Sara, kaum war Jacob fort, »erinnerst du dich an deine Trainingspartnerin von heute Morgen? Sie fragt bei dir an, ob du mit ihr Sex haben möchtest.«

»Aber ich dachte …«

»Du mochtest den Avatar«, unterbrach ihn Sara. »Und eurer Matching-Score beträgt sechsundneunzig Prozent!«

Es war wie immer: Er machte sich Hoffnung, aber sie ließ es nicht zu und schickte andere vor. Nicht, dass Saras Empfehlungen schlecht wären, der CircleSex mit den von ihr empfohlenen Frauen machte jedes Mal Spaß. Früher, vor CircleCARE, hatte er längst nicht so viele Sexaktivitäten wie heute, eigentlich keine, das war schon gut jetzt. Aber seine Sehnsucht galt Sara.

Er willigte ein. Er stieg in den Gefühlsanzug und legte sich mit dem Rücken aufs Bett.

»Sie heißt übrigens Claire«, sagte Sara. »Du kennst sie. Ihr seid euch vor elf Jahren mal auf einer Party begegnet. Fast hättet ihr schon damals miteinander geschlafen. Sie wollte, du nicht.«

Claire? Er konnte sich nicht an sie erinnern.

Der Akt begann. Joshua und Claire lagen jeweils in ihren eigenen Betten zu Hause und spürten, was der Gefühlsanzug vom jeweils anderen über das Netz übertrug. Er dachte an das Training mit Claire heute Morgen, an ihren Avatar. Der sah wirklich sehr gut aus, sehr sexy, eine sehr geschmackvolle Wahl! Dann erinnerte er sich an ihre physischen Werte: Sie muss ziemlich dick sein, eigentlich gar nicht sein Typ. Aber das spielte keine Rolle beim CircleSex. Er bat Sara, den Qualitätsmultiplikator ein wenig zu heben, ohne dass Claire dies bemerkte, und schon war der Sex besser für ihn. Fast optimal. Nein, er war optimal! Welchen Multiplikator Claire wohl eingestellt hatte? Der Anzug ließ Joshua fühlen, was er beim Sex fühlen wollte – auch das war dem Circle (und Sara) bekannt dank der aus den Analysen früherer Akte gewonnenen Daten, aus der Auswahl der Pornos, die er sich bei CircleTube ab und zu ansah, und aus seinen medizinischen Werten. Nie mehr unbefriedigender Sex! Nie mehr die falsche Stellung! Nie mehr der falsche Partner! Nie mehr die Angst, zu versagen! Er war zufrieden, zufriedengestellt. Er stellte sich vor, dass für ein paar dieser Reize, die ihm sein Anzug bescherte, Sara selbst verantwortlich war, ja, dass sie von Sara kamen! Wer weiß? Irgendwie war es doch eigentlich sie, mit der er jetzt schlief.

Kurz vor dem Orgasmus fragte Sara: »Befruchtung?«

Mit einem schnellen »Nein!« lehnte er Claires Insemination ab. Eine solche wäre möglich gewesen, denn Sara hatte wie immer schon heute Morgen, gleich nach dem Sport, eine Probe seiner in einer Bank gelagerten Spermien in Claires Gefühlsanzug einfügen lassen. Nicht seine natürlichen Spermien, sondern

Spermien mit seiner DNA zwar, aber befreit von Defekten und genetischen Anlagen für psychische und physische Krankheiten und sonstigen unguten Dispositionen. Er erfuhr nicht, wie Claire sich entschied, doch ihm war klar, dass sein Wunsch ohnehin nicht viel zählte. Letztlich wurde von Sara entschieden, ob eine Insemination stattfinden werde oder nicht.

Auch bei neuen, spontanen Bekanntschaften war eine Insemination übrigens möglich, dann natürlich nicht mit den eigenen Spermien, sondern mit einem amtlichen, neutralen Spermienmodell, das in jedem weiblichen Gefühlsanzug ständig vorrätig war. Eigentlich war das amtliche Spermienmodell sogar besser, denn es sorgte dafür, dass sich der Genpool der Menschen nach und nach optimierte.

Erschöpft und zufrieden schaltete Joshua nach dem Akt den Fernseher ein und wählte den Film, den Sara empfahl – andere Filme stellte sie ihm ohnehin nicht zur Auswahl. Es war ein Action-Thriller mit viel lauter Musik und rasanten Schnitten. Immer wieder liefen Pinguine über die Straßen. Joshua gefiel dieser Film, er sah oft solche Filme. Gut, dass es so viele von ihnen gab, wie neulich im Kino. Gerne hätte er sich nach dem Kino mit jemandem über den Film unterhalten, aber zum einen war er wie meistens ohne Begleitung im Kino, und zum anderen hätte eine Begleitung wohl auch einen anderen Film dort gesehen – im selben Saal, auf benachbarten Plätzen. Denn nicht nur zu Hause, auch im Kino sah heute dank der CircleCARE-Brille jeder immer seinen eigenen Film, individuell optimiert auf den persönlichen Geschmack und die persönliche Stimmung.

Joshuas Gedanken schweiften allmählich ab, er folgte kaum noch der Handlung. Was für ein Aufwand war das damals gewesen, all das zu entwickeln! Man wollte nicht nur erreichen, dass jeder genau den Film sah, den man zu sehen sich wünschte: mit viel Liebesgetue für die Romantiker, mit Hinweisen auf den Täter für die Krimiliebhaber, mit tiefschürfend wirkenden Dialogen für die philosophisch Interessierten. Und ganz ohne langweilige, zähe Sequenzen. Nein, der Film sollte sich auch sofort anpassen können auf die Reaktion des Betrachters, etwa wenn der müde wurde oder überreizt, gelangweilt oder überfordert. Daher wurde jeder Film nun komplett in Echtzeit animiert, für jeden persönlich, direkt beim Betrachten. Joshua staunte immer wieder, wie realistisch diese Filme inzwischen wirkten, die Mimik, die Bewegungen, die Dialoge. Kein menschlicher Drehbuchautor, kein Regisseur, kein Schauspieler war mehr beteiligt, alle Bilder und Töne wurden durch Algorithmen erzeugt, in jedem Moment gesteuert durch die persönlichen Saras. Keine falschen, »künstlerischen« Entscheidungen waren mehr möglich. Niemals mehr ging man in einen Film, der nicht passte zu dem, was man wollte, oder zur augenblicklichen Stimmung. Niemals mehr wurde man enttäuscht vom falschen Genre, wurde man überrollt von zu viel Action oder gelangweilt von zu wenig Spannung. Nie war der Film, den man sah, schlecht, nie die Story verwirrend, nie die Darstellung störend.

Mit einer lauten, sehr schnellen Szene versuchte Sara ihn aus seinen Gedanken zu reißen, was auch für ein paar Minuten gelang. Dann versank Joshua wieder in seinen Erinnerungen. Er nahm gerade noch wahr, wie im Film nun eine langsame, ruhige Einstellung folgte, ohne Musik. Hatte Sara, die Echtzeit-Regisseurin des Films, ihren Plan geändert? Wollte sie ihn nun sanft in den Schlaf gleiten lassen?

Er träumte im Halbschlaf von damals, von Pittsburgh. Stundenlang hatten sie über Filme gestritten, über Bücher, über Musik. Darüber, ob diese Bar besser sei oder jene. Manchmal auch über irgendetwas, von dem keiner von ihnen etwas verstand. Und heute? Wie lange hatte er sich nicht mehr gestritten? Warum auch? Heutzutage gab es keine Anlässe mehr für einen Streit. Jeder sah seinen eigenen Film, las sein eigenes Buch, hörte die eigene Musik, und sogar in dem, was man früher »die reale Welt« nannte, sah jeder dank der CircleCARE-Brille seine eigene, angereicherte, reichere Realität. Jede Landschaft, jede Stadt, jedes Viertel, jede Straße, jedes Haus, jeder Mensch, jedes Ding erschien jedem verschieden. Warum also darüber sprechen, warum streiten darüber? Erwähnte jemand etwas, das der andere so nicht kannte oder anders empfand, hieß es nur noch: »Das ist eben *deine* Realität.«

»Das ist eben *deine* Realität«, murmelte er.

Jeder lebte in seiner eigenen Welt. Jeder durfte und konnte so leben. Alles war Harmonie in Perfektion.

Sara schien sich umentschieden zu haben: Eine weitere Actionszene zog mit lautem Explosionslärm seine Aufmerksamkeit wieder auf sich. Jetzt noch Pinguine und die Szene wäre perfekt. Prompt watschelten ein paar dieser niedlichen Vögel durch die Ruinen. Er erinnerte sich an die Arbeit an CircleCARE vor über zehn Jahren. An das Team. An die Kollegen. An den Spaß. Nun ja, sein eigener Plan hatte nicht funktioniert, da hatte Sara natürlich recht. Vielleicht konnte der Plan nicht funktionieren. Vielleicht war Joshua damals viel zu naiv. Was soll's? Zwar gab er das Sara gegenüber nie zu, aber er war stolz auf sich und auf das, was er mit erschaffen hatte. Er sah, dass es gut war. Diese neue Welt, in der niemand mehr mit etwas konfrontiert wurde, das einem nicht gefiel oder das einen störte. Niemand musste mehr Angst davor haben, etwas zu tun oder sich für etwas zu entscheiden, das das eigene Glück, den eigenen Genuss jetzt oder in Zukunft mindern könnte.

»*Enjoy your life*«, flüsterte er lächelnd. Genuss ohne Reue.

Wieder schlief er ein, wurde wieder von Sara geweckt, schlief wieder ein und so weiter. Was wollte Sara, fragte er sich allmählich genervt. Ihn wach halten oder ihn einschlafen lassen? Oder ihn kurz vor dem Einschlafen unbedingt noch einen passenden Filmschluss wahrnehmen lassen – um zu vermeiden, dass er sich selbst das Ende erträumte? Immer wieder schien Sara sich neu zu entscheiden, ihren Plan zu verwerfen, je nach seinem Wachheitszustand. Auf eine Actionszene mitten im versmogten New York mit tosender Orchestermusik ließ sie, weil seine Augen sich schlossen, eine minutenlange Landschaftsaufnahme folgen mit endlosen Feldern und tiefblauem Himmel und rauschendem Wind. Beim Aufwachen waren die Protagonisten dann wieder zurück in der Stadt. Der Film stotterte im Genre und Stil. Aber was konnte man auch von Sara, von einem Algorithmus, erwarten? Es war ein gutes, ein beruhigendes Gefühl, zu bemerken, dass auch sie nicht alles wusste und nicht alles konnte. Dass auch sie manchmal Probleme hatte damit, sich zu entscheiden. Dass auch sie Fehler machte. Dass man auch sie reinlegen konnte – wie im Geschäft, als er das scheußliche Hemd kaufen wollte. Joshua lächelte leise. Sara, irgendwie bist du auch nur ein Mensch! Und das ist auch gut so. Und irgendwann wirst du auch mit mir schlafen!

Manchmal fragte er sich, ob Sara, der Algorithmus, ihm diese Fehler, diese Unvollkommenheit ihrer selbst in Wahrheit nur vortäuschte. Damit sich seine kritische Haltung ihr gegenüber bestätigen konnte. Was nett von ihr wäre.

Egal.

Glücklich wie nie schlief Joshua ein. Dies war wirklich der Himmel!

Danke an alle, die mich mit ihren (mal guten und mal auch völlig abstrusen) Gedanken und Büchern angeregt haben – allen vorweg natürlich Dave Eggers, der mir mit seinem Roman DER CIRCLE erst die Idee für DIE QUADRATUR DES CIRCLES gegeben hat. Lesenswert fand ich außerdem Evgeny Morozovs sehr kluges (und sehr wütendes) Buch SMARTE NEUE WELT, die von Frank Schirrmacher herausgegebene Textsammlung TECHNOLOGISCHER TOTALITARISMUS, Christoph Keeses SILICON VALLEY, Andrew Keens DAS DIGITALE DEBAKEL, Yvonne Hofstetters SIE WISSEN ALLES und viele andere Bücher und Zeitungs-, Zeitschriften- und Internetartikel, die bibliografisch zu erfassen ich leider versäumte.

Danke auch an Microsoft für Windows und Word, an die Suchmaschine DuckDuckGo, an Google für Google Maps und Google Streetview (mit deren Hilfe ich San Francisco und das Silicon Valley ablaufen konnte), an Wikipedia, an Amazon für seine Buchtipps und E-Books und an die vielen anderen Unternehmen, ohne deren Dienste und Geräte das Schreiben dieses Buches nicht möglich gewesen wäre.